中国专业作家散文典藏文库

中国专业作家散文典藏文库

肖克凡卷

人间天使

肖克凡 ◎著

中国文史出版社

目　　录

第一辑　青春纪事

第二辑 亲情常在

第三辑 你不知道这些人物

第四辑　激情行动

第 一 辑
青 春 纪 事

成长年代

　　我报考小学是一九六一年。此前的一九六○年我去报考过，人家说年龄不够明年再来。我惦记了一年，又去考了。那时候粮食已经不够吃了，不过城市生活还是强于农村的，没听说饿死谁。如果我没有记错的话，我报考小学后每月粮食定量涨到十八斤。若干年后涨到二十六斤——我的体形已然显出豆芽菜趋势。

　　我住家的地方，旧时属于日租界，鞍山道曾经叫宫岛街。我住家在宁夏路，曾经叫石山街。相邻的陕西路，曾经叫须磨街。天津日租界的民居，有日式的，进门就是榻榻米，也有西式改良的楼房。

　　我报考的天津市和平区鞍山道小学，它的对面是座大宅院，两扇大门常年紧闭，看着很神秘。长大之后我才知道它叫静园，是当年清朝逊帝溥仪曾经住过的地方。他随日本华北驻屯军特务机关长土肥原贤二秘密前往长春充当"满洲国"皇帝，就是从这里上路的。后来我写小说，还写了这座大宅院以及日本华北驻屯军特务机关长土肥原贤二。

　　倘若沿着鞍山道向东行走，路南还有"张园"，当年孙中山来津下榻处，逊帝溥仪也曾在那里居住。再向东走，路北那座大洋楼是段祺瑞公馆，继续向东则是日租界大和公园旧址，当年日本神社和战争纪念碑遗迹犹存，成为中国人民解放军的驻地。

节粮度荒年代，吃东西要用粮票。有一种玉米面饼子名字取得特别好听，叫两面焦。多年后我打听两面焦的下落，很多人都不记得。天津有俗语：记吃不记打。可惜我们连吃都不记得，可见人类的健忘症挺严重的。

鞍山道小学是座名校，起初是日租界第二小学，新中国成立初期叫"一区小"。中苏友好期间，鞍山道小学与苏联一所十年一贯制学校是友好学校，中苏学生之间经常书信往来。记得邻家姐姐用中文给苏联友好学校写信，我问她苏联学生看得懂中国字吗？她怔了怔，思忖着说可能看得懂吧。

我被鞍山道小学录取了。学校给新生们发了标志，要求开学那天佩戴胸前，这样就不会乱了套。我是一年五班，胸前标志是个纸剪的五角星，粉红色。这五角星标志，老师一看便知道我是一年五班新生。别的班的新生佩戴何种标志，我不知道。假若有一年十八班，我敢断定那纸剪的标志不会是章鱼。

开学第一天我即被宣布为"班主席"，就是现在的班长。那时候的称谓与如今不尽相同，譬如教师办公室叫"预备室"，传达室人员叫"工友"，放学回家组成"路队"，寒暑假期间传递学校紧急通知的线路叫"联络网"……

至于为何开学当天我即被册封"班主席"，于今原因不明。总之，我八岁就进入"官本位"状态了。

于是，我成了个颇为自信的小学生，不懂得什么叫自卑。

小学适逢经济极端匮乏时期，不光缺粮，就连小学新生的书包与铅笔盒也无处去买。我使用的铁皮铅笔盒是母亲同事儿子的。方老师的儿子进了"少年管教所"，他的铅笔盒自然留在家里。我继承了这只颇有来历的铅笔盒，看到背面铁皮被那个"少年犯"刻了句脏话，我只得用刀子刮掉，以此净化心灵。

有的同学以医用注射剂的包装盒充当铅笔盒，边角用橡皮膏粘牢。相比之下，我的铁皮铅笔盒还是符合班主席身份的。

这只少年犯的铁皮铅笔盒陪伴我两年，直到国家经济好转我买了新的，它才退役。此间，我不时产生惶恐心理：少年犯若提前获释就要将他刻有脏话的铁皮铅笔盒追讨回去。

国家经济实在困难。城市文具店出售的木杆铅笔表面没有喷漆——半成品就卖到学生们手里。我记得有次算数课考试，油印卷子是浅褐色草纸的，其中可见草梗儿与苇皮儿。我同座的女生方红用橡皮去擦错字，那草纸卷子竟然煎饼似的开裂，吓得她哭了起来。

深秋时节，学校的卫生老师走进教室，这是个文雅的女士。她依次去摁学生们的脑门儿。凡是一摁一个坑儿的，就叫浮肿。我们一年五班有三个男生两个女生被卫生老师叫走了，看着好像犯了什么错误。

学校给这三男生两女生各自发了二斤黄豆，叮嘱他们回家煮熟了吃。一个名叫郭庆来的男生，父母双亡跟随叔婶生活，住万全道的胡同里。他用褐色灯芯绒帽子盛着黄豆回家去了。据说婶母也有一堆孩子，不知道那帽子黄豆能否吃到郭庆来嘴里。后来的日子里，郭庆来依然浮肿而且脸蛋儿总是很脏，使人想起电影《渔光曲》里的小猴儿。期末考试后，我再也没见郭庆来前来上学，下落不明。

这些年我经常想起郭庆来，他不会被饿死吧？记得我曾经在陕西路早点部看到他在舔碗，伸出细细的舌头舔食别人吃罢的豆腐脑或面茶的残渣。尽管大家肚子都吃不饱，郭庆来的舔碗还是深深刺激了我，认为这是小学生的耻辱，我向班主任举报了他。这也成为我人生的污点。

尽管普遍营养不良，我们一年五班期末依然被评为优秀班集体，我是班主席代表全班登台领奖。发奖后全校联欢演出文艺节目，我才知道我们班的两个男生是天津人民广播电台童声合唱团的成员。

升入小学二年级，我们变成二年五班，却被集体迁往附近的西藏路小学，改称二年四班。我则成为二年四班少先队的中队主席，属于中层干部吧。升到三年级我佩了"三道杠"，成为西藏路小学的大队副主席。多年后我在一篇文章里这样写道："我的官运似乎都在小学三年里享尽了，可谓少年得志。"

西藏路小学距离墙子河不远。墙子河是清朝守将僧格林沁防备捻军下令开挖的护城河。那座黄墙绿瓦的起脊式建筑是日租界武德馆，看着特别结实。

如今这座日本武德馆仍然完好无损地站立在原地，含蓄地流露着武士道精神。那条墙子河道则成了天津地铁2号线。天津城建总体规划利用旧有河道改造成为城市地铁，我将这种现象写进中篇小说《赵浦的桥》发表在《收获》杂志，被"北大评刊"评价为"一部陈旧的小说"。由此看来，我的怀旧情绪将我的小说本文浸染成故纸了。

西藏路小学前身是一座工人夜校，我记得桌椅上印着此类字样。这座小学附近有天津轮胎厂和天津钟表厂（它是恒大卷烟厂旧址），平时可见上班下班的工人们，一个个精神饱满的样子。那时工人阶级很受尊重，尤其背带裤和套袖，都是劳动光荣的象征。

小学三年级全校少先队员"六一"集会，借用天津轮胎厂大礼堂。我和杨永宪同学登台演唱照刊登在《中国少年报》上的长篇对口快板书《看汽车》。我手持竹板儿扮演爷爷，嘴唇上还贴了一撮胡子。

就这样，我基本克服了说话口吃的痼疾。一个有着"结巴历史"的小男孩儿成年之后竟然给人以伶牙俐齿的印象，比如作家何申就称我为"大筛手"。

小学三年级开学不久，依照惯例要在班里设置一名大队委。记得那天老师站在黑板前面，要大家选举。见民主空气如此浓烈，同学们就纷纷举手提名。选票大都集中在三四位同学身上，我是其中之一。回想起来，那时候我还是颇有人缘的，胜过今日十倍。于是我当选了，由中队主席而戴上"三道杠"。在学校大队委员会的分工中，我又荣幸地成为大队副主席。真可谓少年得志了。

　　戴上"三道杠"，我犹如站在艳阳天里，却从来没想过天要下雨。不久，家庭生活起了动荡，整天心事重重的，我的学习成绩开始滑坡，用今天的时髦术语来说就是从甲 A 降入甲 B。四年级了。一天蔡老师将我叫到办公室（那时叫预备室），说肖克凡你不能再担任大队委了。

　　面对突然的打击我显然缺乏充分的思想准备，泪水立即涌满眼窝。

　　蔡老师说，你哭什么！是不是还想戴那"三道杠"啊？

　　我竟然点了点头。

　　蔡老师说，不行。你不但不能担任大队委，就连中队委你也不能担任了。

　　我终于止住泪水说，那好吧，我就当一个普通的少先队员吧。

　　蔡老师说，不行，我要你担任小队委。

　　这对我又是一个打击。要么从"三道"降为"两道"，要么一捋到底成为"白板"。可老师偏偏赐我戴"一道"。如今我明白了，老师是要我做到能上能下。然而我自暴自弃，拒绝担任小队委职务。

　　蔡老师勃然作色说，你必须担任。我知道一切都无法改变了，只得接受这个现实。放学回家，我也没向家长提及此事。

　　第二天，班里的新任大队委走马上任，他是一个画家的儿子。过了几天老师要少先队干部们交钱买符号。记得"三道杠"的符号是五分钱，没想到"一道杠"的符号也是五分钱。等价而不等值。符号发下来了，我不声不响将它收藏起来。

我的家离学校很远，同时我戴"三道杠"很是引人注目，如今成了"白板"，邻居的孩子们聚在一起，纷纷猜测我已被撤职。于是我成了他们私下议论的中心。

我感到非常被动。

蔡老师再次找我谈话，责问我为什么不戴小队委的符号。我默不作声。蔡老师说，你如果不戴小队委的符号，明天就不要来上课了。

我害怕了。第二天我只得戴着"一道杠"走进学校。其他班级的同学有的不知我已遭贬，就惊讶地看着我。我风光尽失，邻班的几位差生见状十分得意，叫我"下台干部"。从那时候我就懂得了什么叫作度日如年。

无论如何我还是不能接受这个"一道杠"。

我开始拥有了自己的秘密生活。放学路上，我走到僻静之处，就迅速摘下肩头的"一道杠"，悄悄藏在书包底层，之后若无其事走回家去。上学路上，临近学校我则不失时机地将符号戴在肩头，然后走进校门。以此，我维护着自己的尊严。蔡老师以为我驯服了，很高兴。每天路上我的一戴一摘，都使人想起革命电影里的地下工作者。就这样，我上瞒家长，下瞒邻居，渐渐成了一个机警过人但心理负担沉重的学生。我的心底，似乎比别的孩子多了一个世界。

学校开展慰问孤老活动。大队旗在前，中队旗随之，高唱队歌浩浩荡荡。我则肩佩"一道杠"手持小队旗走在队列之中。这时我发觉队伍是朝西北方向走去的，离我家住的那条街越来越近。我慌了，知道自己个子太高，走在队伍里显山显水，很难隐藏。

行走到十字路口，我一眼瞥见几个熟悉的身影，正在指指点点议论着什么。这一定是邻居的孩子。蓦地我觉得人们目光同时向我投来，灼得我无地自容。我的脚步沉重起来，两眼发黑。

我知道一切都完了，自己精心维持的那份自尊已经被打得粉碎。懵懵懂懂随着队伍朝前走去，我心中一片空白。

慰问孤老活动结束了。我独自跑到墙子河边，看着河里的黑水发呆。不知为什么，心情渐渐轻松起来，似乎愁云已散，人也得到解脱。我起身朝回家的方向大步走去。无论路途多么遥远，孩子总是要朝着回家的方向走去。成年之后我才懂得，"回家"乃是文学的一大主题。记得那天进了胡同迎面遇到一个小我两岁的男孩子。我对他说，告诉你吧，我已经不戴"三道杠"了。那男孩子眨着一双大眼睛，无言地看着我。

父亲恰好在家。进了门我就对他说，爸爸，我不戴"三道杠"了。听了这话，父亲的目光凝固了一个瞬间。

从此，我渐渐"脱敏"了。

读到小学五年级，"文革"爆发。我从胆小男孩儿变成胆大妄为的半大小子。我攒了三块五毛钱买了一张汽车月票，进入漫游生活。那时天津市区有二十六条公共汽车线路，几乎没有我不曾抵达的地方。我小小年纪便成为这座城市的"活地图"。一位邻居叔叔向我打听纺织机械厂在哪里，我脱口回答道："万柳村大街！乘坐七路公共汽车就到了。"

到了"复课闹革命"的一九六八年十一月，我们"小升初"，被"一锅端"升入当时的"抗大红一中"。我们这届学生分别来自哈尔滨道小学和山西路小学以及西藏路小学，为了一个共同的革命目标走到一起来了。我在六连二排。那时候无论工厂学校都实行军事建制，所谓排长就是过去的班长。

"抗大红一中"坐落在和平区哈尔滨道上，之前叫"女四中"，最早则是法租界的教会学校"圣若瑟女中"。

由于"抗大红一中"以前是女中，处处遗留着与女性有关的物品，比如平衡木与垒球手套。有关男性的场所则很小。入学之后的几天里，课间休息男厕所排起长队，一个个表情紧张仿佛抢购紧俏商品。于是学校只得在每层楼选一间教室改建为男厕所。我记得男厕所的门窗都是"圣若瑟女中"时期的，活契的百叶窗以及法式黄铜窗锁，看着挺可惜的。

我们是"七〇届"新生，学校给每班配置辅导员，我们班辅导员是个大我们两岁的"六八届"女生，梳着两条大辫子，一笑有两只小虎牙，绝对城市女学生形象。她出身革命干部家庭。那时候家庭出身是非常重要的，它决定着你的前途和命运。

当时的在校中学生，也有文化课程，譬如"工业基础"和"农业知识"。比如"工业基础"有计算电动机铜线比重的题目，"农业知识"我只记得"过磷酸钙"和"拉荒洗碱"。

当然也有英语课，我们的英语教师叫初文尚。一九六九年中苏边境乌苏里江战事吃紧，晚间经常停电，动不动就拉响战备防空警报，有的学校还增加了俄语教学。学校还开设战地救护课程，主要是练习止血包扎。后来，我把这段经历写进短篇小说《青春犯》，发表在《上海文学》。

我们后来就去天津自行车胎厂学工劳动了。这是一座当年日本人留下的工厂。我在轧胶车间和硫化车间劳动，每天领取有毒有害作业的"营养菜券"，吃得不错。后来我去了女工扎堆儿的成型车间，但是仍然不好意思接触女生。

如今，我仍然熟知自行车胎生产的全部工艺过程。我的工厂与工人的情结，正是从那时开始的。我学工劳动的那座自行车胎厂，前些年停产关门，厂房改造为"大荣超市"，仍然是日资企业。

一九七〇年初夏，我们在滨江道与陕西路交口的"七零四七"工地劳动，其实这是日后通往天津地铁的防空洞。白天我们站在泥淖里工作，傍晚下工去海河里洗澡。那时候海河还是活水，不舍昼夜流向大海。

天气大热，传来"选调工矿企业"的消息，这就意味着我们这届初中生有人留城，不会全部上山下乡。很快，学校组织我们体验。体验医生在四楼礼堂里给十六岁的我测了身高，1.83米，体重才五十一公斤，属于劣等排骨型。

我因母亲的"历史问题"，拖至第二批选调，兴奋地迈出"抗大红一中"校门，走进一座远郊国营大工厂。我的身体继续生长，十八岁那年定格在1.88米——这是典型的青春期"豆芽菜"体形。

我被分配到又脏又累的铸造车间，做了翻砂工。

多年后，我开始从事写作。

童年电影

我的看电影大约始于四岁光景。那是二十世纪五十年代末期，我很可能还在尿床。不过夜里尿床并不影响白天看电影。我至今记得跟随母亲在天津的光明电影院观看国产影片《宋景诗》的情景：大明星崔嵬扮演的宋景诗率领农民起义军挥舞马刀从银幕里朝着观众冲来，我小屁孩儿哇地吓哭了。黑暗里母亲拉起我快步走出电影院，她一定觉得自己孩子有碍公众观影，挺丢人的。

进入二十世纪六十年代初期，曾为教师的母亲在远郊农场劳动改造，每月放假回到市里。我便每月跟随母亲去看一场电影，内容大多记不住了。我们主要在光明影院与和平影院，也有"新闻"和"新中央"的时候。后来"新中央"改名滨江剧场，如今滨江剧场改为"麦当劳"，从看变成吃了。"新闻"则连同津门名店"稻香村"一起消失。多年之后我采访老天津人，得知"新中央"是早年租界里一位名字由 m 打头的洋人开办的，因此人称"马鬼子楼"。

我依稀记得些许电影情节。长大之后努力将记忆碎片拼凑起来，大体能够揣测我看了什么电影。比如苏联拍摄一批莎士比亚的电影，我看过《奥赛罗》和《哈姆雷特》。有一次看完电影我记不住片名就追着问母亲，她说"安娜·卡列尼娜"。我却听成"安娜和尼娜"，以为这是两个女人的故事。后来才知道自己闹了笑话。

那时候天津还是大地方，每年都要举办外国电影周，与上海和北京同步上演外国电影。我记得有"法国电影周"和"西班牙电影周"以及"印度电影周"，很有文化含量。当然，港片就更多了。

　　还看过很多东欧电影，有民主德国和匈牙利的。因为我母亲的坤式自行车是匈牙利进口的，所以我记住了这个国家。我还记得母亲那辆自行车后轮两侧挂有细密的金属网，说是防止女士裙摆卷进车轮。

　　看过《巴格达窃贼》。据说这是一部美国电影，原名《月亮宝盒》。那时与美国没有外交关系，于是经过伊拉克转口来到中国上映。我记住伊拉克这个国家是因为市场上出售一种伊拉克蜜枣，巨甜。后来说它传播肝炎病菌，就少了。

　　有一部阿根廷电影《大墙后面》，表现贫民窟生活，记得一个姑娘拎着铁桶排队打水的情节，她当即被一群街头小子相中，开始纠缠。我在这部电影里第一次看到"流氓飞刀"，击中的正是姑娘的父亲。多年之后我也有拎着铁桶排队打水的经历，不由想起"大墙后面"那个金发碧眼的南美姑娘。

　　我曾写文章谈到儿时看过的电影《瞎子的领路人》，也是拉丁语翻译的。描写一个小男孩儿跟随一个个主人的生活。从邮差到骑士，最后成为瞎子的随从。我在这部电影里第一次看到裸体洗澡的女人，由于是小屁孩儿所以没有受到什么刺激。这部电影给我留下印象最深的情节是小男孩儿经常拎着酒壶去给瞎子打酒，他为了偷喝便在壶底弄了一个小孔。瞎子举壶饮之，他就伸长脖子张大嘴巴对准小孔，偷喝酒滴。当然被瞎子发现了。其实瞎子不瞎而是装瞎，他曾经偷看洗澡的女人。

　　多年之后我接触西方文学史，终于恍然大悟。原来电影《瞎子的领路人》是根据十六世纪西班牙流浪文学《小赖子》改编拍摄的。

前些天，我读到北京一位青年女作家关于儿时电影的描写："梦境和电影，给出某种与现实对抗的解释——两者之间还有区别。梦境脆弱，承受不了微乎其微的打扰；而电影能够重复放映，弥补我们先天不足的记忆，它比生活本身更经得起考验。河流一再从源头出发。一头豹子，以完全精确的步伐和速度，再次扑杀它的猎物。放映一百遍，旗帜表面涟漪一样变幻莫测地摆动，精准无误地重现。"

是啊，我以为电影就是人类可以重复的梦境。这恰恰是电影院"黑屋效应"吸引我们的地方。黑暗里，复制着梦想，尽管我们有时候遭遇噩梦。

渐渐长大，看的电影渐渐多了，大多属于如今中央电视台电影频道"流金岁月"回顾的影片。人至中年以后，看的电影反而少了，甚至一两年看不到一两场电影。近十几年来，我好像只看过《泰坦尼克号》《霸王别姬》和《色·戒》，还有《神话》这么几部电影。于是，儿时看过的电影便成为记忆银行里储存的黄金了。

关于儿时电影的回忆，也就成为我的记忆银行支付给我的精神利息，特别珍贵。

初小阅读

　　大约是在二十世纪六十年代初，不知道为什么家里有《新港》和《延河》这两种文学杂志。我在《延河》上读到张贤亮的诗，好像是描写"我"躺在稻草垛上仰望星空的意境。当时孙犁先生的《风云初记》在《新港》上连载。几年前我在纪念孙犁先生研讨会上还提到当时阅读的章节，说变吉哥行军路经山区农家，一个小女孩发烧醒来闻见小米饭熟了，说了一声"香"。这都是我记忆里比较早接触文学杂志的事儿。

　　我第一次去买小说方面的书，大约是小学三年级。暑假里我得到一元钱，那时是巨资了。我跑到南市新闻影院旁边的开明书店（不是新华书店），买二手书。我记得书店经理有着一副天官赐福的面孔，和蔼得很。我几经踌躇选了一本七成新的《红旗谱》，很厚，还买了一本六成新的《灵泉洞》，比较薄，这是赵树理的小说。至今我记得男主人公是金虎和银虎。

　　我最初入迷的书是《水浒传》，当时能一口气背出一百单八将的绰号和姓名，被我父亲一顿痛打。其实那时我戴少先队"三道杠"，这形象，与酷爱《水浒传》的好学生严重不符。当然，阅读《十万个为什么》就是正面形象了。

　　进入中学是一九六八年深秋。我读过一些外国小说。有的民国时期的老版本将雨果翻译成"嚣俄"，将契诃夫翻译成"柴霍甫"，现在见不到了。还有《基度山恩仇记》也叫《基度山伯爵》。

国内的文学作品，无外乎"鲁郭茅、巴老曹"，有小说有诗歌有剧本，都读过一些。读郭沫若的《洪波曲》觉得他是一个风流倜傥的文人。好像还有一本以北京方言写作的《文博士》，忘了作者是谁，认为北京话挺贫的。

新中国成立之后到"文革"之前出版的长篇小说，也读过一些，比如《三家巷》《苦斗》《创业史》《火种》《野火春风斗古城》《战鼓催春》《红旗插上大门岛》，还有《儿女风尘记》《小城春秋》《破晓风云》什么的，反正挺多的。

十二岁我读法国小说《九三年》，雨果先生写了主人公郭文伏身断头台，我感动得泪流满面。郭文是为理想而献身的，他的最大痛苦就是理想与现实的矛盾。《九三年》里还有"语言就是力量"一节，写保守党的朗德·纳克公爵被俘，他站在船头面无惧色凭借超常口才竟然令对方伏地跪拜，给我留下深刻印象。十五岁前后我还读过许多苏联反特小说，比如《侦察员的功勋》《狼獾防区秘密》《西伯利亚狼》《送你一束玫瑰花》《绿色保险箱》等等。我读的书很杂也很幼稚，上至《欧根·奥涅金》下至《吹牛大王历险记》和《汤姆·索亚历险记》，还有柯南道尔的小说和普希金的诗，以及美国德莱赛的书，比如《珍妮姑娘》和《金融家》什么的。

有时我在高尔基描写底层社会生活的小说里看到与自己处境相近的人和事，便深感亲切，同时还有几分惆怅。

我还是受俄罗斯（苏联）文学影响较深，读过他们十九世纪作家的作品，也喜欢书里的俄罗斯姑娘。长大成人之后，读的外国小说反而少了。这些年读的最多的是人物传记和人物回忆录之类的书，觉得亲切，也长见识。读别人的回忆录，仿佛跟着人家活了一次，一下增加了二百年阅历，心情特别激动。

我至今没有完整读过《红楼梦》，多次努力就是读不下去，这是很丢人的一件事情，也是我第一次公开说出来。

读好书，使人丰富。尤其你受到书中人物和道理的强烈感召，内心油然生出一种独有的崇高和悲壮，终于懂得什么叫作敬畏与向往。日常生活往往令人无奈，有时候我们不得不做着浅薄的事情，怀着不可告人的目的，说着丧失羞耻的话语。只有阅读那些伟大作品的时候，我们才得以摆脱可怕的心境，在自责中清洗自己的肮脏。

读书，可以使我们的灵魂前往我们肉身不能抵达的境界。当灵魂抵达这种境界的时候，往往使我们真正体会到人生的价值与尊严，当然也有淡淡的忧伤与无奈。青春时期的阅读，犹如人生初恋，可能比较幼稚却令人难以忘怀。尤其像我这种青春成长期处于文化沙漠时代的人，有幸能够读到几册好书而且受到教化，实乃人生莫大幸事。与那些读书专家们相比，我读书的最大收获就是懂得了自卑——至今我依然告诫自己不论什么时候都不要沾沾自喜。我时常这样反问自己：你以为你是谁？

狗不理与稻香村

　　我第一次走进"狗不理"是一九六五年孟春时节。那是家里来了重要亲戚，派我去买"外卖"。肩负如此庄重使命，我心情挺激动的。

　　我说的"狗不理"是山东路店。那时有没有其他分店，我不知道。我始终认为山东路的"狗不理"是正宗的，因为这是一个孩子的视野。

　　一个三年级小学生端着一只钢精锅从甘肃路出发，快步拐上万全道，从"大德生"门前经过，朝着山东路方向走去。"大德生"是一家副食店。我是大德生旁边小银行零存整取的储户。我储蓄的目的是给家里换一盏日光灯。后来攒到三元钱却放弃了目标，依然在老式灯泡的照耀下埋头写作业。

　　前往山东路经过的街区旧时都是日租界。我从一座座青砖楼房前面走过，主要任务是购买二斤狗不理包子，然后去滨江道新闻电影院旁边的"稻香村"买一只熏鸡。这两宗东西对于小孩儿来说均为奢侈品。于是，我一路行走颇有异样的感觉——远远胜过今天的孩子前往麦当劳或肯德基。

　　山东路的"狗不理"门面不大，全然没有时下大饭店气派。走进店门左转，还有几分庭院的印象。如今回忆，诸多细节模糊了，只记得二斤包子满满腾腾装了一钢精锅，端着很沉。天津人管钢精锅叫"钢种锅"，可能出于"音转"。

我与包子一起走出"狗不理"店门，钢精锅里的气味升腾而起，直扑面颊。吸一口气，诱人气息深入肺腑，心情难以描述。

"三年困难时期"过去了，市民生活大为好转。津门名店"稻香村"正门在滨江道，侧门在辽宁路，与新中国文具店一街之隔。稻香村不是村，却顾客盈门，生意火爆。我端着钢精锅好不容易挤到前面，隔着玻璃柜台观察着各种美味。有一种银色带鱼浸在黄澄澄的油盘里，商品标签写着"油浸带鱼"，还有"叉烧肉"和"熏鸡蛋"，也有散装猪肉松和广式腊肠。我移动目光，终于发现一只托盘里盛着几只熏鸡，只是它们个头儿不大，似乎与我体量相仿。

我选中一只熏鸡，请身穿白大褂的售货员称了分量，以浅褐色的纸包好。那时全社会高唱"八大员之歌"，商业战线服务态度普遍很好。我在半小时里经历了两家津门名店，连同狗不理包子与稻香村熏鸡，结伴回家了。

走进家门，将钢精锅端上饭桌，发现包子们互相粘连，显出紧密团结的精神。我还是吃得津津有味，而且留下深刻印象。

一年之后，我有了继母。为了表示友好她在劝业场附近商店给我买了一件"学生蓝"上衣。我不由想起儿时亲生母亲在劝业场附近商店给我买过一件条绒夹克。一前一后两件衣服使我年龄不大颇有"资深儿子"的履历，丰富着我的人生。

买了新衣继母带我去山东路"狗不理"，吃了一顿包子。记得她问服务员有没有酸辣汤，服务员回答没有胡椒粉。继母笑着问没有胡椒粉那还叫酸辣汤吗？我觉得继母对"狗不理"非常熟悉，可能属于常客。

至于稻香村，我后来经常光顾的是坐落在和平路人民剧场东侧的那家店。我祖母称呼人民剧场永远是"美琪戏院"。这是几十年前的旧称。后来我知道上海也有美琪戏院，至今依然存在而且不改名称。天津却没了稻香村，也没了人民剧场。小时候人民剧场一张门票可以进两个小孩儿，我在那里看过很多话剧。

记得第一次看到茅台酒，是在人民剧场东侧稻香村橱窗里，好像售价四元八角。那时一旦有钱，我即去稻香村买一种藕片。这种东西属于蜜饯食品，分量很沉。由于囊中羞涩我每次只能买到两三片。转身走出店门不远，藕片基本吃完了。那形象不亚于饿狼扒心。

有时候，在人民剧场看电影等候进场，我就去稻香村买一支冰棍儿举在手里吮着。看到有人掏钱买街边小贩的冰棍儿，便暗暗讥笑他们"不懂局"。

有一次，人民剧场上演话剧《新时代狂人日记》，十二岁的我被邻居拉去协助卖票，在剧院门前大声吆喝着"新时代狂人——陈里宁！"记得没有卖出几张票，我就躲进"稻香村"去参观水果柜台了。当时稻香村出售的东西就是好，尤其这里的南味食品，成为在天津生活的南方人的最爱。

参加工作之后，我经常去稻香村买面包，有的形似列巴，有的小巧如点心。遇到春节给亲戚拜年送糕点，我也跑到稻香村去买。在这里买不到中意的，我才去南市牌坊里的"玉生香"。如果给我父亲的回族朋友穆伯伯拜年，则必须去和平路上清真名店"桂顺斋"买糕点。

如今，"狗不理"依然存在，据说做大做强，分店开到外埠。在天津"稻香村"却难觅其踪，似乎逸出本埠市民的日常生活而成为人们的永久记忆。然而，前些年我客居北京，却发现首都"稻香村"经营良好，而且分店很多，很有现代大公司的气派。身在异乡为异客，我还是怀着童年形成的情结，多次在和平里的"稻香村"购物，尽管那是北京的"稻香村"。

　　一座城市留给人的记忆，往往与胃口有关。因此我以为人的胃是有记忆的。否则出生天津落户承德的作家何申先生也不会对津门小吃锅巴菜怀有难舍之情。"浮云游子意，落日故人情"，我虽然没有长久离开天津这座城市，却怀念儿时的"稻香村"，以及它代表的一去不复返的"大地方味道"。是的，只有大地方配有"稻香村"，小地方是养不活它的。不光"稻香村"，也包括人民剧场。

少年春节

节粮度荒的第二年，父亲从新疆回来了。他是公差给单位购买仪器的。当年他报名参加建设祖国大西北的行列离开天津，我并不记事。这是具有记忆以来我首次见到父亲。

我家住旧日租界宁夏路，日文叫须磨街。说是街其实是巷子。记得腊月三十的上午，我走出院子看到一个中年男子蹲在小街口，操着外埠口音大声说话，如今我懂了那是叫卖。

他说，他这挂炮仗打算带回雄县老家过年，可是路上遇到卡子检查肯定没收，只好卖了回家。那时我七岁却从来没有正经放过炮仗。我太小，往年家长是不给我买炮仗的。我想起今年春节不同以往，因为爸爸回来了。

我就跑去跟爸爸说外面蹲着个卖炮仗的。爸爸听罢立即走出家门。我追在后面看到他掏钱买了那一挂炮仗，然后转身递给我。

那是一挂用红纸包着的炮仗，接在手里沉甸甸的。我喜出望外如获至宝，急忙奔回家去。当天下午我坐在桌前，小心翼翼将一挂鞭炮拆成一颗颗炮仗。那时候的孩子是舍不得放鞭的。

就这样，除夕夜我家小院里响起了零星的爆竹声，那是一个七岁的男孩儿有生以来首次发出那么大响动。当时的欣喜心情，至今难以忘怀。最令我难以忘怀的是父亲的形象。他穿一件蓝色呢子上衣走出家门，掏出钱夹不问价钱就给我买了人生第一挂炮仗。

父亲返回新疆的第二年，我家搬到山西路居住。这里也属日租界旧称明石街。临近过年我生病了，发烧呕吐。一年一度的春节是孩子们三百六十五天的企盼，穿新衣、吃好饭，尽情玩耍。如此大好时节我却病了，心情很是沮丧。

表哥来了，从唐山胥各庄带来几样好吃的东西，有花生瓜子什么的。当时城市限量供应春节食品，记得每人只给二两瓜子儿。除夕夜我发热，迷迷糊糊特别希望清凉。正月初一热度稍减，外祖母端来一小盘吃食，有京糕条儿果仁什么的，还有几颗水果糖。不知何故我家竟然拥有两只褐色花斑塑料碗，平时舍不得使用。由于发烧，我想起夏季的冰棍儿，心中萌生一个极富创意的念头，固执地动手实施起来。

我将京糕条儿和果仁儿放进碗里，又剥了两颗水果糖投进去。端来一杯热水沏开，耐心等待冷却。外祖母看到我如此暴殄天物，问我做什么。我如实回答了。外祖母告诫我说，这都是好东西，你不要后悔啊。

我是年末生人。西方星座理论称这种人往往一意孤行从不罢休。我家住房是双层窗。我拉开窗子小心翼翼将塑料碗摆在外面窗台上，幻想着明天就能吃到又凉又甜的自制"冰棍儿"了。

夜里，我做了一个清凉的美梦。第二天一大早儿，我爬起来奔向窗前，打开窗子迎着冷风从外面取回冻成冰坨的塑料碗，准备大快朵颐。

我的美好创意惨遭失败。冰坨上落了一层灰尘，脏兮兮的。我试图去除这层灰尘，只能等待融化了。然而融化后我得到的是一碗浑汤。

外祖母走过来叫着我的乳名说，不听老人言，吃亏在眼前。

我的春节美食全部投入这项"创意"，这很像当今炒股不惜血本的"满仓运作"。从那时候我就懂得什么叫作"全部泡汤"。屈指一算，这是四十八年前的事情了。如今回忆备感温暖。那毕竟是一个傻小子的少年春节——尽管如今我仍然很傻。

祖母小忆

读到小学三年级家庭变故，我于一九六四年来到一座大杂院里跟祖母一起生活。那时候她将近七十岁，乃是一位满头白发的小脚儿老太太。

她老人家脾气不好。尽管我学习成绩优异戴着"三道杠"，她还是整天唠叨，令我苦恼不已。我不懂得这也是亲情，心里恨她。后来我生病了，发烧。这个小脚儿老太太竟然猫腰背负着我去附近的小医院看病。当时我不懂得感动。如今回忆，似乎能够听到她老人家的一路喘息。

我自幼无缘享受母爱，是祖母填补了我的空白。她对我的疼爱几乎达到无以复加的地步。我十六岁参加工作，工厂远在郊区。偶尔下班晚了，她先是站在屋外等候，之后挪到院外，如果仍然不见我归家身影，她就站到胡同口了。有那么一个冬日我下班晚了，远远看到她站在大街上等我。一眼看到我的身影，她马上转身快步回家，那样子仿佛争分夺秒。她为什么走得那么急呢？就是为了让我回家立即吃上热乎乎的饭菜。

夏日天气炎热，工厂上班人们都说夜里热得睡不着觉，无精打采。我感到奇怪。回家邻居告诉我，小子呀你奶奶给你扇了一宿扇子啊。

家里挂钟坏了，为了我上早班不迟到，大冬天她一宿几次跑出家门去一家饭馆看表，为了按时叫我起床。

我年少不懂人间亲情。家里的活计，她老人家能做则做，做不得就请邻居做，然后酬谢人家。很久以来，我几乎没有做过家务，包括买煤买粮之类的体力劳动，都是祖母请邻居做的。她不忍心累我，宁可去求人。我几乎享受着今天的"八〇后"待遇。只要做了一顿好吃的，我与祖母对桌而坐，主要是我吃，她老人家一旁看着，而且不停地往我碗里夹菜，连声说着吃啊吃啊。我就埋头吃着，根本不懂得祖母还空着胃口呢。

邻居们告诉我，有好吃的祖母一律留给我，自己好歹吃一口就是了。即使在经济困难年代里，我依然吃得不错。是啊，一个人吃两个人的营养，当然不错了。这样的事情，我当时毫无感触。如今回忆，对祖母的恩情已难以报答了。

后来，我离开工厂去上大学了。每次从远郊学校回家，祖母总要给我带上一兜子好吃的东西。有火腿肠，有炸酱，有饼干，有麦乳精，甚至还有铁皮罐头……在二十世纪七十年代末期，这规模使人以为我是谁家的高干子弟。

有一次邻床的同学小声问我，肖克凡你祖上有遗产吧？我一头雾水。邻床同学半怨半讽地说，要么你就是假装祖上有遗产，看你每次从家里拎回那一兜子好吃的东西！这得多少钱啊……

是啊，祖母的疼爱竟然将我塑造成为一个拥有万贯遗产的假少爷形象。可是，祖母在家吃的什么伙食，我浑然不知。此时写这篇回忆文章，我难以谅解自己，更加令我难以弥补的是我今生对祖母难尽孝心了。

祖母活到九十二岁高龄。她被一个骑自行车的醉鬼撞断股骨，在床上躺了两个月去世了。邻居说，肖奶奶要不是被车撞了，能活一百岁呢。那时候我已经学着写小说，渐渐懂事了。她去世前夜我陪着她。她神志不清了，却一夜都叫着我的乳名。看来，她老人家生命最后时候依然将我视为她的宝贝。

是的，人间的东西，有的既不可重复也不可超越，譬如祖母对我的亲情，便是无以替代的。我将这话讲给我妻子听，已届中年的她默默点头，由衷地承认祖母是人间最疼爱我的人。

我虽然没有获得多少母爱，却获得了祖母全部的疼爱。她老人家对我的亲情完全可以用无私二字概括。记得一位亲戚曾经不无感慨地说，你奶奶真疼你啊，就是要从她身上割下一块肉给你吃，她也没有二话啊。

一九八二年春天，她老人家去世。发丧那天我参加全市工程师资格考试，居然没有为她老人家送葬。有的亲戚抱怨我不孝。记得父亲做主说，还是让克凡去考试吧，那是他的前程。

父亲是祖母的次子。至今我仍然对父亲当时为我做主心存感激，也对自己没有给祖母送葬心怀愧疚。

我在考场答卷儿全神贯注，记得考的是高等数学，最后一道大题是"二阶常系数线性微分方程"，我答对了，求出的系数分别为"1、2、3"。交了试卷走出考场我蓦然看到自己左臂佩戴黑纱，于是悲从中来，不禁泪流满面。

从此，我再也吃不到祖母给我做的饭食了。比如红烧茄子和醋熘土豆丝，还有拌面的"四碟菜"，不知为什么她老人家捞面从来不打卤也不炸酱……

多少年过去了，我经常想起她老人家站在街头寒风里等候我下班回家的身影。那么一个小脚儿老太太，却将我拉扯成人，长成一个身高 1.88 米的男子。我是她老人家的杰作。

我敢断定，多少年了祖母依然在天堂注视着人间的我——这个她老人家留在人间的宠物。

记忆深处的粮食

谈起吃的话题，中国人首先会想到"粮食"。记忆深处泛起的则是"粮食定量"年代的涟漪。

关于造成"三年自然灾害"粮食短缺的主因，如今有的说是天灾，有的说是人祸。我的童年恰恰处于"三年自然灾害"期间，粮食不够吃的，国家只得对城市居民实行定量供给，不同的人，有着不同的定量。

不过那时城市生活还是明显强于农村的。我对粮食定量的记忆，那是一九六一年进入鞍山道小学读书。

记得我听到家长说，"这孩子上学了，应该去长粮食了。"

人的不同年龄阶段，有着不同的粮食定量。我从学龄前儿童成长为小学生，遵照国家规定提高每月粮食定量。家长所说的"长粮食"并不是让地里长出粮食。从学龄前儿童变成小学生，好像粮食定量从每月十二斤涨到十四斤，也可能是十六斤。我记不清了。

成年人的每月粮食定量，不同的工作性质或不同的劳动岗位，各不相同。体力劳动者高，脑力劳动者低。天津的家庭妇女不外出工作，粮食定量由街道评定。记得我祖母被定为每月二十九斤，她认为不公平就跟街道干部吵了架。因为她看到邻里有人被评为三十斤。

城市居民的定量粮食供应，以月为单元，一个家庭拥有一个购粮册，天津人简称"粮本儿"，全体家庭成员的粮食定量写在这个购粮册上，按月供应。每月凭"粮本儿"购粮。民以食为天，何况是口粮。"粮本儿"在天津市民家庭的重要性，可想而知。

二十世纪九十年代我曾在短篇小说《孩儿戏》里写到一个家庭丢失"粮本儿"，全家口粮被别人盗买所造成的悲剧。我记得还有一个小说家写过《狗日的粮食》。我认为文学作品不仅具有审美功能，它还可以记载历史教科书里不屑记载的人类生活镜像，包括诸种日常生活的琐细。

那时候"粮本儿"的功能不可小觑。它不仅具有市民家庭合法购买定量粮食的功能，同时起着"双向调节粮食流向"的作用。

例如一个人清晨从市区前往塘沽办事，中午在饭馆吃饭不光付钱还要付粮票。他事先就要凭"粮本儿"去粮店取出粮票，否则外出就要饿肚子。你取了几斤粮票，粮店便从"粮本儿"里核减掉你的几斤粮食。这叫"取粮票"。

同理，你将手里的粮票交回粮店，这叫"上粮票"，你交回几斤粮票，粮店便在你家"粮本儿"里核增几斤粮食。

天津城市家庭供粮总量由粗粮和细粮组成。同样，粮票也有粗粮票和细粮票两种。出门在外，粗粮票买棒子面窝头，细粮票可以买白面馒头吃。唯一例外是天津市民可以用粗粮票买点心。无论小八件还是糟子糕，都可以用粗粮票在糕点店买点心。如今想来，这样的规定颇具人道主义色彩。当然，当时大多数天津市民家庭还是吃不起糕点的。点心铺有时出售点心渣子。我不记得买点心渣子要不要粮票。好像不要。

假如你去北京或外省，那么就要拿着"粮本儿"到粮店取全国通用的"全国粮票"。如果你取额度较大的全国粮票，还要交还相等额度的油票。这种油票不是如今加油站的汽油票，它是当时的食油票。因为你到外地饭馆吃饭，"全国粮票"里是含有食油的。你从天津领走含有食油的"全国粮票"，当然要交回天津市民的食油票。这种精细的核算功能，体现着计划经济年代的点滴公平。当年"粮本儿"具有的双向调节功能，堪称计划经济时代的伟大创举。

"三年自然灾害"后期，紧张局面渐缓，天津出现"议价食品"不收粮票，比如议价点心和议价奶糖，还有议价果子饼。但这种议价食品比较贵。议价点心被称为高级点心。有民间歌谣云："高级点心高级糖，高级老头儿上高级茅房。"然而，议价食品毕竟超越了粮食定量的限制，让人们有了些许自由度。

那时候，粮店的粗粮供应通常是玉米粉，天津人叫它"棒子面"。我记得一九六一年粗粮配比里还包括黑荞麦面和麸子，后来渡过"三年自然灾害"经济形势有所好转，这两宗就没了。

天津市民的细粮供应是小麦面粉，我至今清楚地记得它的价格：一毛八分五。这是"标准粉"，高档的叫"富强粉"，价格稍贵，只有过春节时每人供应一斤，让全家过年包饺子用。这是政府的德政。

尽管经济形势有所好转，天津市很多家庭的粮食仍然不够吃，没到月底粮食就光了，堪称如今"月光族"的先祖。官方为了顺应"寅吃卯粮"的客观现实需要，只得规定每月二十五号为"借粮日"，就是从二十五号即可购买下月的定量粮食。于是，每月二十五号就成下月的一号，这天一大早儿人们就去粮店门前排队，等待粮店开门成为特殊年代的城市景观。

规定每月二十五号为借粮日，有的家庭粮食还是不够吃的。于是出现非法倒买倒卖粮票的地下市场——"黑市"。尽管警方重拳打击，依然屡禁不止。因为人是要吃饭的。

我记得进入二十世纪七十年代，天津仍然是中国第二大城市，市民粮食供应优于首都北京。天津市规定在40%的粗粮指标里，每人每月可以购买七斤籼米。如此折算，天津市民每月的粗粮比例大幅降低，等于吃不到很多棒子面了。白面加大米。那时候身为天津人的自豪感，或多或少跟这七斤大米指标有关。每逢借粮日，一大早儿排队的很可能还会买到比籼米更好的粳米，这便大喜过望了。尤其每逢过春节，粮店还每户家庭供应三斤小站稻，天津人就更高兴了。因为中国只有天津出产小站稻，所以天津人历来有吃米饭的习惯。北京没这习惯。北京人吃炒疙瘩。

天津人对粳米的记忆很深。然而天津人将"粳"字读为"梗"音。这也是天津方言的特色吧。

一九六八年深秋我从小学升入初中，又该"长粮食"了。全班评议粮食定量，我被评为三十二斤。也有男生被评为三十一斤，女生普遍被评为三十斤。两年后初中毕业，我分配工厂成为铸造车间造型工，粮食定量升为每月四十八斤。这属于重体力劳动，我早餐半斤大饼、四根油条、两碗豆浆，午饭八两猪肉包子。

随着国家经济形势改观，人们能够吃饱饭了。计划经济年代的粮食政策依然不改。记得二十世纪八十年代我就职某工业局机关，有时下厂检查工作在职工食堂吃客饭，每餐要交半斤粮票五角钱的。

进入改革开放年代，人们肚里有了油水，主粮吃得少了。粮票也渐渐淡出人们的生活。起初，早晨购买油条没带粮票、一两粮票按二分钱折算。后来也没听到政府发布废止粮票的号令，粮票就退出我们的日常生活了。如今，我们只能在古董市场和收藏爱好者那里看到老版粮票。

粮票，象征着计划经济模式下的粮食定量供应政策。时光流水，换了人间。粮票已然成为我们历史文化符号，必然进入那座中国人民日常生活博物馆，告诫人们不要忘记过去。

写作此文之时，我耳畔响起远在天堂的祖母的声音："小孩儿吃饭不要剩碗底子！"这是家教。使我从小知道珍惜粮食，至今吃饭碗里不剩米粒。

可是，如今很多人吃饭不用碗了，改用餐盒。这是时代的变迁。

晨钟再度响起

清晨钟声从远方传来，悠扬旷远居然含有几分暖意。不知为什么，我总觉得这钟声带来安全感——特别是在莫名忧伤的童年时代。那时我不晓得钟声是从老西开天主教堂传来的，也不晓得那里旧时属于天津法租界。

我家住在宁夏路76号。一天我意外发现院门外高处还钉着一块废弃的木质门牌，依稀可见"石山街"字样。后来知道这里是旧日租界。我读书的鞍山道小学坐落在旧日租界宫岛街，原本是日本第二小学。日本第一小学则坐落在橘街，它与段祺瑞公馆隔街相望。旧日租界的橘街，新中国成立后改名蒙古路了。

我的童年与少年时代都生活在这片区域。静谧，安稳，甚至可以说祥和。譬如旧日本大和公园对面的牛奶店，那扑面而来的面包香气基本就是资产阶级的产物。

我家附近的居民，成分比较复杂。有的甚至身世不明。偶尔半夜醒来听到对面楼里传来男人咳嗽，我姥姥就小声说沈先生真遭罪。尽管已经是新中国了，这里的人们依然不改旧时称谓，叫男人先生，称女士太太。新社会所具有的强大的文化改造力量，当时尚未抵达并充满它的毛细血管。旧文化以及衍生物，垂垂而不死。

松岛街、加茂街、须磨街、浪速街……这些日本街名统统消逝，

33

变更为哈密道、青海路、陕西路、四平道……身边唯一与日本有关的事情就是同校那位女生的母亲是日本人，新中国成立初期妈妈归国把女儿留在天津。一九六五年这个女生去日本探亲竟然买了十几支天津产圆珠笔带去东瀛，当时我觉得日本还是比较穷的。另有邻班女生家庭是天主教民，于是我越发对那座响彻晨钟的老西开天主教堂产生好奇心理。

我大起胆子沿着墙子河奔跑，这条河是前清守将僧格林沁开挖的护城河。我终于跑到那座大教堂前面，伸长脖子仰望高高圆顶十字架，一时猜不出钟声是从哪里传出，心情有些焦急。

老西开教堂前的马路两侧，有干货店和成衣铺，还有"小件物品抵押所"，这是政府开设的具有典当性质的处所。新中国了，来这里抵押物品的有原装资深穷人，也有曾经是富人的新进穷人。前来典当的人们，表情平淡走出小件物品抵押所，手里有了几个钱就来到干货店前购买糖炒栗子，初冬季节里这是必需的。穷也坦然，富也淡然。后来，我祖母也走进过小件物品抵押所，拿日本蜻蜓牌推子和清朝铜碗换成人民币，照样去买糖炒栗子。这正是我儿时看到的市民群像，远比大型泥塑《收租院》生动多了。

长大成人才知道，天津这座城市有过"英法德美日意俄奥比"九国租界，是中国近代外国租界最多的殖民城市。记得冰心老人在《紫竹林怎么样了》散文里写道："天津很像上海，然而城市却是北方的。"我想当年冰心住在天津英租界，所以才会产生这种感觉吧。张爱玲也曾在天津英法租界生活，但是没有留下丝毫笔墨记载。天津这座城市确实有人不喜欢的，尽管它毗邻首都。

我五岁那年首次进北京，记忆蒙眬。只记得前门大街的公共汽车，还有在"独一处"吃烧卖。返津时我们只买了丰糕和蜜供，父亲说其他东西天津都比北京的好。是啊，中国首家西餐厅就出现在天津德租界威廉街，餐馆主人名叫起士林，是个退役的普鲁士军官。

首都皇城具有独到的大气。天津文化则属于板块结构。有从海外漂来的租界文化，早于北京十几年就过起了圣诞节；也有明初建卫以来的老城厢文化，恪守传统不改章程。此外还有漕运文化、码头文化、盐渔文化、早期萌芽的工业文化，以及来自直鲁皖豫的农业文明，这诸多文化板块在各自领域生长繁荣，彼此不相融合。这样就很难识别何为天津主流文化，于是有时被误认为没文化。

二十世纪八十年代，京津两座城市差别不大。到了九十年代便差距明显了。大量移民拥入首都，北京越来越不像北京了，分明成为一座无所不包的大熔炉。全中国的矿石都想投身这座大熔炉里，恨不得立即将自己炼成好钢，然后用在刀刃上。

天津情况完全不同。二十世纪七十年代初，海河失去上游来水全面废航，码头成了河流的弃妇，天津卫变成一片止水，宛若水缸。水文地理发生如此畸变，河畔文化也逐渐呈现华北腹地化倾向，市民成了保守党。于是天津也越来越不像天津了。京津双城都不像过去的自己了，这叫嬗变。

北京是座精英云集的理性化的城市，天津却以市民文化为特征。我客居北京去菜市场，很有感慨。北京人称为"扁豆"的蔬菜，天津人叫"弯子"，北京人称其"豇豆"的蔬菜，天津人叫"长豆角"。北京人以其理性思维的严谨，以规范称呼蔬菜。天津人则以感性思维取其外貌特征而命名。

北京人驾车离开主路叫驶入"辅路"，天津人却说"下道"。北京开车驶入"匝道"，天津人说"走桥下边"……还有北京的鲤鱼天津叫"拐子"，北京的草鱼天津叫"厚子"，北京的"复式"天津叫"跃层"，不一而足。从某种意义讲，北京人的语言表达追求既能定性也能定量的理性效果。天津人更倾向形象思维的语言表达，于是出了个郭德纲。

近在咫尺，天津却很少"北漂"，不知是天津人极端热爱这座城市，还是他们根本就懒得离开家门。天津，这是一座既难以抽象又无法概括的城市。

曾经又有晨钟响起，却不是来自老西开法国教堂，而是坐落在天津南京路上电报大楼。这是两种不同的声响。但是，我仍然认为晨钟再度响起。

诺言是金

一个时代的词语世界，宛若星空。任何一个时代都曾拥有最具其时代特征的词语。它犹如灿烂银河系一颗颗耀眼的星座，闪闪发光。譬如说"雷锋"这个词语，无疑代表着一个时代。多年之前我整理藏书，意外发现一册《雷锋日记》，我看到封面上幼稚地写着：西藏路小学五年四班肖克凡，便一下就被当年的自己感动了。

翻开青少年时代日记，每一个人都会在那一页页心灵独语之中看到自己熟悉的身影。我曾经在青春日记里看到自己编制暑假学习计划的决心："必须实现以上学习计划，我以人格保证！"

"我以人格保证！"这句话令我心头一热。已逾知天命之年，遥想当年发出"小大人"式的豪言壮语，我再次被自己深深感动。是啊，儿时伙伴们聚在一起玩耍，或为了表示自己正确或为了表示自己清白，或为了表示郑重或为了表示崇高，我们总会听到这种举足轻重的承诺：我以人格保证！

这是童口无忌。其实童心对"人格"一词并无多么深刻的理解，但是足以说明那个时代我们始自童年即对"人格"产生的强烈追求心理。如今的孩子们已经不大爱讲这句话了，这正是时代的变迁。而我们的青春时光，在那个消逝的年代里依然闪烁着理想的光芒。

但是，"我以人格保证"这句话，毕竟令我难以忘怀。从这个意义上讲，我们这一代人已经拥有一册厚厚的极具时代特征的"人生词典"。

长大成人，我曾经在二十九岁的夏天里遇到这样一件事情。当时我是一个工业机关干部，正午时分骑着自行车回家去吃午饭。

夏天往往是令人心浮气躁的季节。骑行在路上，一个男子从我左侧超越，相距两米的样子。不知为什么，他的自行车后轮咔地响了一声，这似乎并未影响他的骑行。然而他停下车子破口大骂。我弄不清楚他究竟是在骂谁。

这是一个五十多岁的男子，双手沾满泊污。他叫骂着冲过来。我这才意识到他在骂我。他愤怒地认为是我在后面碰了他的车子而又不向他道歉，因此他破口大骂。过往行人纷纷围拢上来。

我平静地告诉他，我真的没有碰到他的车子。他更加愤怒，骂得更为难听。围观的群众显然有人认为我属于冤案。见对方如此辱骂，就预测我将做出强烈反应。于是人们就期待着，期待着大打出手的场面出现。

至今我也难以相信当时我为什么表现得宁静如水。就我的深层性格而言，我是一个容易急躁甚至愤怒的男人。

围观的人们迟迟不见事件出现高潮，如同观赏火灾而不见大火苗子，便走了许多失望者。这时我想起问对方："是不是你的车子被碰坏啦？"

他继续骂着。这时我终于明白了，他的车子是否被碰坏并不重要。重要的是他认为我碰了他的车子而佯作不知，因此引发破口大骂。身边有好心人小声劝我，你就承认碰了他的车子，向他说一句好话事情就结了。

我敢说正是在这样一个时刻，我真正明白了"妥协"二字的含义。我为什么要为自己从未犯过的错误而承担过失责任呢？于是我对那位好心人说，我真的没碰他的车子。

那好心人显然为我的冥顽不化而感到失望，转身走了。对方此时停止叫骂，目光茫然地看着我。我从这茫然的目光里看出了他内心深处的怯懦。

我一字一句对他说："我真的没碰你的车子，我以人格保证。"

人格？对他来说这显然是个陌生词汇，一时不知如何回应，满脸不知所措的表情。

我平静地注视着这个年长我二十多岁的男子。渐渐，他颇为自信的精神阵地崩溃了，犹犹豫豫举起手来，朝我行了一个民间军礼。那样子令人啼笑皆非。

他说也许是他弄错了，说罢骑上自行车就走了。望着他远去的背影，我心中感慨万千。

"我以人格保证。"这是一句少年时代常说的话啊！时隔多年面对辱骂我竟然脱口而出。恰恰是这样一句脱口而出的话语，使对方心理受到震撼，终于转身退去。这个结果的确是我始料不及的。

我绝对不具有"无故加之而不怒"的境界。令我感到欣慰的是，我毕竟没有愧对自幼所接受的教育，心灵深处还珍存着"人格"这个词语，于是蒙受误解与屈辱之时，脱口而出。这应当是我所拥有的精神财富吧。

我的人生词典，它随我成长进入青春期，它随我成熟进入成年世界，它或许能够伴我终生吧。

从新港出发

　　曾经写文章谈到《新港》，说接触这册文学刊物还是比较早的。记不得是哪年了，我大约十岁吧。不知道为什么家里有几册文学期刊，是《新港》和《延河》。

　　可能是认为诗歌比较简单吧。小孩儿首先读诗。长大成人才懂得诗歌是语言艺术的最高形式。小孩儿我随意翻开《新港》，记得读到作者薛雪的诗作，"绿窗深处，含笑绣花，苏州离北京有多远，姑娘一针一线牵……"

　　当然，我当时在《新港》上还读到其他作者的诗歌，比如刘中枢和白金。

　　还是那几册文学期刊，我从中读到孙犁先生长篇小说《风云初纪》。这部风格独特的长篇小说在《新港》上连载，因此我只读到两期。那是变吉哥行军路经山区农家，房东的小女孩儿发烧醒来闻见小米饭熟了，说了一声"香"。走的时候变吉哥想送给房东礼物，转念想自己个穷八路能送人家什么呢？如今我记不清具体情节，好像变吉哥送了一张画像，是不是领袖画像我更记不清了。

　　这些年我没有重读《风云初纪》，真是失敬了。我认为，随着时光推移，被当代文学严重低估的孙犁先生理应得到公正评价。阅读孙犁先生我是从《新港》开始，因此我感谢这册文学杂志。

我试图与《新港》发生直接关联时，它已然改名《天津文艺》了。那时我在郊区一座大工厂里当工人，开始偷偷学习写诗。说是诗，其实顺口溜而已。我经常阅读《天津文艺》，从中看到许多天津的诗歌作者：唐绍忠、王榕树、李超元、金同悌、许向诚、颜廷奎、李子干、苗绪法、王光烈……

我记住《天津文艺》杂志社的地址：天津市和平区四川路八号，但从来没有去过那地方，便在心里想象着。后来我动了心思，开始向它投稿。

那时候，作者投稿是可以不贴邮票的，只要将信封右上角剪去，便"邮资总付"了。我每次剪掉右上角，还要贴上一张一分五厘的邮票，这样就双保险了。万一收邮的报刊不是邮资总付单位，我也付了邮费。那时邮寄稿件，贴一分五厘的邮票就可以了。

我总共在《天津文艺》上发表过两次顺口溜，一次一九七五年，一次一九七六年，都是小豆腐块儿，比豆腐坊卖的真正的豆腐块儿还小。责任编辑均为肖文苑先生。我是通过一位老作者认识他的。肖文苑先生个子不高却很有学问，讲粤式国语，对唐诗有着很深的研究。

"文革"结束，《天津文艺》恢复《新港》的刊名。我也从工厂技术员变成工业机关干部。我渐渐意识到自己不是写诗的材料，转而学写小说。每每写出小说，便向肖文苑先生投稿。为了发表作品，我还到解放南路他家的"临建棚"拜访，正赶上他修缮自家屋顶，显得很有力气。我得知他曾经下放工厂劳动，抡大锤劈铁锭，竟然不在话下。

我开始在我市内部刊物上发表小说作品，比如《海河潮》。大约一九八三年春季，我终于在《新港》发表了小说《看车姑娘》。一天上午，我在办公室接到责任编辑肖文苑先生打来电话，说话完全文人口吻："肖克凡同志，大作在我刊发表了。现在《小说月报》决定转载您这篇作品，需要作者的创作简介。"

我激动且羞涩地说："这是我在正式刊物上发表的小说处女作……"

《小说月报》转载这篇小说之后，我开始接到外地刊物的约稿信，有《奔流》的王剑冰老师、《江城》的肖桂民老师等等。我还接到几封读者来信，有四川的、河北的、山东的和本市的，我都礼貌地复了信，对他们的鼓励表示感谢。

后来，这篇小说获得了首届"新港小说奖"。我向单位领导请假参加颁奖活动，见到诸多有名的作家，比如浩然先生。我还记得，那次在警备区招待所小礼堂召开的颁奖会，吕舒怀兄代表青年获奖作者发言。他是天津青年作家的代表人物，发表了《在友谊的圈子里》和《美的记忆》。我坐在台下望着他，内心很是敬佩。

再后来，《新港》改名《小说导报》，由已故的柳溪先生主持。我在上面发过小小说《珍品》，还被河南的《小小说选刊》转载。至此，我依然是个小小说作者而已。当年，天津有些青年作者开始尝试中篇小说甚至长篇小说，勇气可嘉。记得《小说家》的李子干先生来信鼓励我写中篇，我心存感激，却没敢写。我知道自己不行。

《小说导报》改名《天津文学》是一九八七年的事情。我将自己的中篇处女作《黑砂》投给编辑李兴桥老师。这篇稿子受到重视，执行副主编刘品青老师叫我去编辑部谈话。十年了，这是我首次走进这家文学大刊的编辑部。冯景元老师也与我谈了话，使我受到很大鼓励。《黑砂》发表后，《小说月报》和《小说选刊》转载。之后《天津文学》为我召开研讨会，蒋子龙老师讲话肯定了这部作品。我受宠若惊，一时不知如何是好。

这次研讨会后，扈其震兄立即写了报道在《文艺报》发表。我又有了外地编辑约稿信，心里挺高兴的。

之后几年，我在《天津文学》发表了《黑色部落》和《遗族》，后来又发表了《私死》《都市谜底》以及《个案》等几个短篇小说，与编辑们建立了亦师亦友的关系。从《新港》到《天津文学》，我始终是她的作者。无论什么时候，我都会认为自己是她培养出来的。没有《新港》和《天津文学》，就没有我这个写小说的作者。我调入天津作家协会成为文学从业者，也应当与发表《黑砂》有关。我不会忘记是《天津文学》发表了我的中篇小说处女作，让我有了几分虚名，混入文坛了。

我尤其要说的是，二〇〇八年我出版长篇小说《机器》并在北京召开研讨会后，《天津文学》不惜版面发表了这次研讨会的发言纪要。这种支持令我难忘。

今年《新港》创刊六十周年，可喜可贺。我是从《新港》启航的，所以我由衷祝贺她。这么多年过去了，从《新港》到《天津文学》她培养了多少像我这样的作者啊。想起一位位退休甚至去世的老编辑，我从内心感激他们。看到一位位如今在岗的中青年编辑，我从内心祝福他们。愿我们依然保持着当年启航的信念，朝着前面驶去。

《新港》是我启航的港口。前面是大海，一派蔚蓝景象。让我们同行。

生锈的英雄

　　小时候我是个非常怯懦的孩子。胆小，站在门里朝小街上望去，对外面的世界充满惧怕。四岁那年我莫名其妙就被街上的孩子打了一拳，牙齿出血，至今耿耿于怀。记得当时我心底暗暗发誓报复。之后，在很长一段时间里我都在心中勾勒着痛打对方的画面，并一次次在那个虚拟的画面里成为英雄。我对英雄的向往，大约就是从那个时候开始的。如今我懂了，怯懦的现实与英雄的情结呈反比。我在生活中越是怯懦，心中越发渴望成为英雄。

　　这几年写文章，我很少谈到那段时光。只有夜深人静难以入眠之时，我才独自潜往青春年少的世界，重做冯妇。于是，我久久沉浸在昔日的英雄业绩里；同时我也时时以昔日的英雄业绩来谴责今日的心理怯懦。

　　我只能通过寻找青少年时代的英雄梦，来饲养自己脆弱的心灵。因此，我的怀旧心理日甚一日。

　　二十多年前我初中毕业，是一棵身高 1.83 米的"豆芽菜"。这棵豆芽菜命运不错，没有"上山下乡"而是被分配到郊区一座大工厂里做工。我觉得天宽地广了，又觉得现实生活过于平静，自己难以成为英雄。于是我就处处标新立异。

　　十八岁那年，我每月工资人民币十八元，加上福利费和交通补贴，总共二十三元。我竟然敢花七十二元钱去买一双冰鞋。记得那是黑龙牌跑刀，高赛鞋。我是个平民子弟，却用近四个月的工资，过了一把贵族瘾。拥有这双冰鞋之后，我几乎天天出现在冰面上，风雪无阻。

飞驰在冰封的湖面上，觉得自己颇有几分英雄气概。对英雄的向往，使我很少产生谈情说爱的念头。回忆起来，拥有冰鞋的年代里我几乎天天与男孩子混在一起，尽显英雄本色从而形成我历史上的"异性空当期"。

这时期我有一个重要的朋友：Z。

我与Z形影不离。从小学到中学我与他都是同学，甚至同桌。进入工厂又成了同事。我俩之间除了文学，可以说爱好处处相同。Z身高1.80，是个体育通才，无一不精。见我买了冰鞋，他不言不语也去买了一双。我俩的冰鞋唯一不同之处就是颜色。我黑，他栗色。从此，每年的冬季我与Z总是身上背着冰鞋去上班。

那是个隆冬的清晨，上班途中我与Z走进西沽早点部。记得我刚刚找到座位，就听见嘭的一声。我转身看到一个人已经被Z一拳击倒。战争爆发得如此迅速，我被惊呆了。这时又有人扑向Z，形成三打一的局面。我不知从何处借来几分勇气，拎起一只凳子扑上前去。到处都潜伏着对方的兵力，就在我拎起凳子砸向对方之际，背后飞来一拳打在我左眼上。顿时视线模糊。

炸油条的和盛豆浆的两员大汉同时赶上前来，将双方拉开。

我渐渐恢复了视力——看到Z的右手已经肿胀成馒头。这是他挥拳击打对方的后遗症。我俩彼此询问了身体情况，均无大碍，就埋头吃了起来。那时候我们每天晨练都要跑五千米，早餐进食量大得惊人。

吃到中途，Z低声对我说，外边来了很多人。

我回身朝早点部窗外望去。果然，大约来了一个排的兵力。那时候我与Z都是十九岁的青年，而我们的敌人也是相仿的年岁，正是火气冲天的"青春期"。

看来是走不脱了。那个时代，街上经常出现的斗殴场面是绝无警察来管的。我无法依靠政府，一下子没了食欲，呆呆看着Z。不知为什么，我想起儿时打得我牙齿出血的那个男孩儿。

Z揉着肿胀的右手，做着冲杀前的准备活动。至今我也不曾见到第二个像Z一样大战之前宁静如水的男子。我知道冲杀是不行的，心里开始发愁。

我看见那四只摆在桌子上的冰鞋。二十多年前，在寻常百姓之中它绝对属于奢侈品。

就在这关键的时刻，文学解救了我。这是我记忆中文学能够给人带来实惠的唯一例证。身陷重围的我想起了大作家雨果，想起了他老人家的《九三年》，想起《九三年》里有个章节"语言就是力量"，那位身处险境而站在船头口若悬河的保皇党人名叫朗·德纳克。

Z不喜爱文学，当然不知道我的心思。Z已经吃得很饱，镇定自若准备搏斗。

我想出"冰刀加口才"的方案。当然，这方案是事后命名的。当时我知道国际上有"胡萝卜加大棒"政策。我一手握着一只冰刀，轻声告诉Z，我在前你断后，没有我的招呼千万不要动手。我心里知道，冰刀一旦成为凶器，后果绝对不堪设想。

Z朝我点了点头，我心里踏实了。Z虽然不懂文学，但他是迄今与我配合最为默契的朋友。篮球场上，我是中锋，他是右前锋，总共打了上百场比赛。这些年我心里总是想，Z要是一个作家多好，我在文坛上就有真正的朋友了。

我在前，Z在后，依次走出早点部大门。敌人立即将我们远远包围，不下三十多人。他们手中不是拿着石块就是握着棍子，属于新石器时代的斗士。我与Z手中的金属使对方不敢靠得太近。

大战一触即发。这时候，我渴望自己成为诸葛亮那样的人。

进入冷兵器时代。我和Z走到自行车近前，互相掩护着，打开了车锁。看见我们那两辆漂亮且一模一样的"凤凰"，对方立即将我们紧紧围住。

我大声问道，谁是你们的头头儿？

一个极其粗壮的小伙子立即应声。看他体形我断定这是个业余举重选手。举重选手表情镇定。这时候我心情紧张起来。

我知道自己正在颤抖。我也知道绝对不能让对方看出我的怯懦。我做出蔑视对方的样子说，你们这么多人，我们只有两人，你们算是什么英雄！

对方看着我手里的冰刀说，你不是也拿着家伙吗？

我心里非常高兴，因为我看出这是个讲究斗殴规则的选手。我攻击他以众欺寡，他就攻击我手持利刃。我立即说，那就改成明天吧，明天还是这个时间还是这个地点，你要是凑不齐一百人的话，就不要来啦。

业余举重选手听了这话，似乎感到困惑，毫无主张地看着我。

我慢慢悠悠推起自行车，回头看了他一眼，再次叮咛着：你要是凑不齐一百人，明天就不要来啦。

我终于看到他朝我点了点头，表示承应了。

这时，我将两只冰刀挂在脖子上小声对Z说，慢慢推着车子朝前走吧。说罢，我又回头朝着那个业余举重选手说，咱们一言为定！

骑上车子，我低声告诉Z，一定要慢骑。我知道不能让对方看出我们内心的慌张。

这时候 Z 不解地问我：肖克凡，我们为什么要慢骑呢？

这时候我估计已经基本脱离险境，就大声对他说，咱们快骑吧！快！

这时对方果然大梦已醒，纷纷喊叫着追了上来。可惜为时已晚。尽管业余举重选手臂力过人，他投出的石块儿也难以赶上我们的车速了。

默默骑了一段路，Z 突然对我说，君子一言驷马难追。明天，咱们到哪儿去找一百个人呢？

我告诉 Z，我为了突出重围才那样说的，这叫权宜之计。明天就让他们在这里白白等候咱们吧。

Z 立即停住自行车，大声对我说，你算什么英雄！

我无言。我与 Z 又默默骑了很长一段路。后来，我离开工厂和Z，去上大学了。

二十年之后一个下午，我在繁华的滨江道上遇见 Z。他依然宁静如水，孑然一身。这时我才想到，已届中年的 Z 至今仍然独身不婚。我问他是不是每年冬天还去滑冰。他说好几年没滑了。

那次见面，Z 没有谈及往事，我也没劝他成家。我敢断定，他怀有比我更为强烈的英雄情结。

这就是我的悲剧。渴望英雄而在走近英雄边缘之时，却绕道而去，表现出市俗的狡诈。因此，我怀念 Z。我由衷地希望 Z 能谅解我当年的怯懦。同时我也希望 Z 能够成为一个真诚的英雄。

至今我还保存着那双冰鞋，只是冰刀已经生锈，通身呈现巧克力颜色，但是不甜。

人生速成班

　　一九七六年七月二十七日下午四点多钟，我独自去小白楼一家委托店取钱。我把凤凰牌自行车卖了，刨去手续费得到一百五十元。那辆车是一九七一年花一百五十六元买的。骑了五年多赔了六元钱。那时自行车凭票购买，因此保值了。次日凌晨，发生了唐山大地震。我和祖母住在一起。震波传来，我大约没用十秒钟便拖着她老人家冲出平房到了院子里。天亮之后我去林西路住所看望父亲，沿途哭号之声不断。我特意绕路经过那家坐落在大沽路上的委托店，看到一片瓦砾，三层楼房全部倒塌。于是暗暗庆幸，假若我的自行车没有售出肯定砸烂，也不会有一百五十元钱落袋为安了。

　　当天上午有一次强烈余震，我们已经在大街上搭起防雨棚子。邻居李嫂好像是局级先进生产者，毅然撇家舍业去地处陈塘庄工业区的工厂上班了。我受到她的感召，第二天骑车赶赴坐落在北仓工业区的工厂。沿途属于南开和红桥地界，早点部照常营业"吱吱"炸着果子，并未看到类似和平区的惨状。市里地震的重灾区在贵阳路一带。地震之后与一位住在兰州道胡同里的同事老六姐邂逅，她紧紧抓着我胳膊大声说，小肖啊，我可见到咱厂的人啦！那种激动，只有经历巨大恐惧与孤独的人才会理解的。

　　到了工厂大家彼此问候着，熟识的人大多家住红桥和河北，惊吓不小伤亡不大。只有家住鞍山道与陕西路交口的小张的父亲遇难了，听说几个同事合力搬开一根水泥横梁然后蹬着三轮车将张伯父遗体埋在水上公园后门附近。几天之后官方要求统一火化，小张便将父亲尸体刨出来送到火葬场。多年之后我在一部电视剧里听到这样的台词："你只有心硬似铁，才能面对生活。"地震就是这样，它迫使我们心硬似铁，不被灾难砸碎。

我将祖母送到周李庄亲戚家，便报名参加工厂抢险队了。我以为抢险队的时光是我的人生速成班，尽管人生是不可以速成的。抢险队的工作首先是排险，拆除一座座岌岌可危的建筑物。我变得勇敢起来，率先爬上高高的热处理窑顶，伸出钢钎撬动开裂的大墙，一声轰然坍塌暴土扬尘，二十二岁的我真正体验了摇摇欲坠的人生状态——倘若人在高位，那是不可忘乎所以的。因为有一种从高空坠落的物质叫肉饼。

天气热，抢险队住在车间附近的篮球场上，草草搭了几座防雨棚，没有墙。入夜我们躺在蚊帐里睡觉，雷声大作暴雨滂沱，一只无主的大狗围绕着这一群不要命的抢险队员走来走去。只有在这种时候你才深切感到动物是人类的朋友。

工厂给抢险队员发放营养餐券，一人一天折合人民币三毛钱。大家为了改善伙食经常去河沟里钓鱼。我天天买午餐肉罐头，不顾财务透支而且开始吸烟。工人吸烟多为两角二分钱一盒的"永红"，就是后来的"大港"。我则吸五角钱的"郁金香"，这难免引起同事的惊奇。如今回忆，我的所谓放达可能与地震有关。当灾难突然将人推到地狱门口，人的生活观念无疑发生了变化。

排险任务完成了，开始加固厂房。车间结构梁足有六层楼房高，只有一尺多宽，我站在上面抡起大锤打眼，腰间系着安全绳。有时我想，万一安全绳断了我肯定"忘乎所以"了，于是不敢将目光投向地面。我与王兆武搭档，轮流扶钎打锤。王师傅是全厂乒乓球单打冠军而且能拉小提琴，我就一边打锤一边向他请教乐理ABC，这样就忘记了对高空的恐惧。

两个月之后，抢险队解散了。望着经过加固重新投入生产的车间厂房，我心里不免升起几分荣誉感。

我去郊区接回祖母。生活似乎重返昔日轨道。又过了两个月，我被工厂推荐去上大学了。我不知道这是否与本人在抢险队的表现有关。工厂派了一辆吉普车送我和另外两个人去杨柳青报到。走进学校头一件事情就是动手搭建"地震棚"——我们的学生宿舍。有了工厂地震抢险队的"人生速成班"经历，我以半个瓦匠的身份出现在学校工地上。我还和樊本源同学一起给全班垒了一座红砖大灶。夜间，我睡下铺屠梦雄同学睡上铺。大灶的火苗儿照耀着我们努力学习建设"四化"的美丽梦想。

有时坐在地震棚里上课，别有味道。这是地震的余韵，深深渗入我们的学习生活。

都市村庄

　　我们的政治经济学教科书说，中国最早的工人阶级来自失去土地的破产农民。例如"华北机器工业摇篮"天津三条石的工人们，绝大多数来自河北省泊镇附近的庄户人家。二〇〇四年，我率天津文学院作家骑自行车沿大运河采风，抵达河北省交河县泊镇（如今改称泊头市），探访河北铸造之乡与天津三条石的血缘关系。

　　由于来自传统农村腹地，即使解放后成为新中国大型企业里的工人，他们的"原型文化"还是依稀可见。我认为文化是一条粗壮的根，它在一两代人身上是难以消磨的。这正是文化的生生不息。以二十世纪七十年代初期我所接触的工人们为例，都保存着明显的传统农耕文化痕迹，只是时隐时现而已。

　　首先，他们依然保留着乐于耕种的农夫习惯。举凡大工厂，大多地处城市远郊，尤其二十世纪五十年代的"托拉斯"构想，使得工厂占地广阔，颇有跑马圈地的意味。

　　工厂落成投产，车间附近的大片空地无疑成为工人师傅们的"自留地"，早早便有了张王李赵的归属，呈"分田分地真忙"之景象。

　　平时工余时间，身为工人却保留农夫心理的人们，积极投入开荒生产，再现新中国版"南泥湾"。他们一人垦出一块土地，互不干扰，各自为战，做小农经济状。有栽葱的，有种蒜的，有栽"猫耳朵豆角"和西葫芦的，有栽小白菜的，总之属于蔬菜类，长势良好。

我生在城市长在城市，丝毫没有农村生活经验。然而，通过与这样的工人师傅接触，我竟然增长了很多庄户知识。譬如"头伏萝卜，二伏菜，三伏种荞麦"，还有"夏至三庚便数伏"的农谚。所谓一庚是十天，三庚是三十天。也就是说夏至节气后三十天，就进伏了。后来我特意验证过这句谚语，果然进不差一两天。

出身农村的工人对土地有着深厚情感。庄稼一枝花，全靠肥当家。他们为了给农作物积攒农家肥，一大早儿宁肯一路憋着，也要坚持跑步进厂，将"人工肥料"屙在自留地里，顽强地践行着"肥水不流外人田"的古训。

春去秋来，车间四周一派丰收景象。无论西红柿还是黄瓜，都是要搭架子的。你参观一块块结满果实的自留地，一定会被他们精彩的"农田手艺"所打动。这正是当年的独特风景——大工厂里的小村庄。

大工厂附近，往往建有工人家属宿舍。住在这里的工人师傅们，每逢秋季便纷纷呈现清晨拾柴的劳动本色。进入深秋，万木凋零一派萧索，枯枝败叶满地堆积。天色未亮，工厂家属宿舍里便走出一个个或高或矮或胖或瘦的身影，渐渐消逝在工厂周边的原野里。

天色大亮，他们背负着一捆捆树枝返回了，好似旷野里归来的樵夫。工人师傅们猫腰撅腚将过冬柴火运回家里，一路行走纵然辛苦，却是满脸知足常乐的表情。

那时候，做饭没有天然气，采暖也没有供热，过日子烧煤球。这一捆捆艰辛打来的柴火，可以用于引火生炉子，也可以用于烧大灶做饭。中国农民吃苦耐劳勤俭持家的传统美德之花，竟然盛开在工厂家属宿舍里，可谓亦工亦农。

上班时间到了，这一个个出没晨风里的"樵夫"立即走进工厂大门，成为车间里熟练操作的技术工人。

工厂附近也建有单身宿舍，家属在农村的工人师傅们，时间更为充裕了。他们八小时工作时间是工人，下了班自愿打回原形，钻进自留地里忙碌着。每年他们享受探亲假，还将自留地收获的农产品带回老家，以贴补家用。因为那时候的农村尚未实行联产承包责任制，自留地很少的。

由于原籍村庄相邻而且同时享用探亲假，比如春节期间回家团聚。于是他们的孩子也几乎同时出生。就有这样的歌谣流传："刘家堡的柳树一行行长，刘家堡的孩儿一般般高。"

是的，在土壤相近而且同时播种同时发芽的情况下，麦苗儿当然同时破土，而且同进抽穗同时灌浆同时收获，"刘家堡的孩儿一般般高"——这种同时生育的现象，竟然呈现春种秋收的农业耕种状态，显得十分有趣。

前些天，我在电视相亲节目里看到异地恋男女，不由想起当年男人在城市工厂做工，家属在农村老家务农的现象，当时被称为"两地生活"。一旦农村家属进城落户，被称为"农转非"。即"农业人口转为非农业人口"。这是极其难得的事情。从这里我们也可以看到，中国工人的根系来自中国农村。

为了解决两地生活造成的生活困难，城市里自发形成"对调工作"的民间市场。譬如老张在 A 城工作，家属在 B 城农村，老李在 B 城工作，家属在 A 城农村。所谓"对调"就是在 A 城工作的老张与在 B 城工作的老李进行对调：老张调到老李的单位去工作，老李调到老张的单位去工作。这样的对调，既解决了老张也解决了老李的两地生活难题，双方都拥有了家庭生活。

这种现象再次说明，农村与城市有着千丝万缕的联系，中国农村与城市工人有着无法割断的关联。

我在工厂生活八年，向这样的工人师傅学到很多农村生活常识。譬如不用绳索就能够将一只装满粮食的大麻袋挑在扁担上，譬如有一种绝对牢靠的打结方法谓之"绝户扣"，譬如怎样在一池即将干涸的水塘里捉鱼，譬如怎样选择风向在小树林里悬挂逮鸟儿的粘网，譬如捉住一窝没长毛儿的小耗子泡在香油里，一年后即可泡成不亚于獾油疗效的烫伤药，譬如患了"撞客"那样的怪病如何用土法医治……

中国工人与中国农民，本来就有着千丝万缕的血缘联系。即便新中国涌现的工业题材文学作品，也残留着农业祖先的"胎记"。这种血缘联系，我们无须将其斩断——这就是历史，这如同我们在水中看见的自己的倒影。

如今大量涌入城市的农民工，其实正在重复着我们祖辈离开土地进城谋生的道路。因此，我们没有理由向他们投去不以为然的目光。假若对他们表示轻蔑，那就等于我们忘却了祖辈进城创业的艰苦历史。

城市是人类进步文明的产物。哪座城市不是由集镇发展进化而来的呢？哪个城市人的先祖不是来自农村土地？这或许正是我写这篇忆旧文章的初衷吧。

食　堂

一九七〇年初中毕业，当时尚未恢复高中，我们被分配到工厂。那时物价还很低。一根油条四分钱，一个烧饼四分钱，一碗豆浆三分钱，一碗馄饨八分钱。面粉一毛八分五，粳米一毛四分七，棒子面九分九，西红柿五分钱一脸盆……如今看来，那时的物价低得宛若史前社会。

工人在工厂职工食堂吃饭，必须要将粮票换成饭票，将人民币换成菜金券，饭票有粗粮和细粮两种，菜金券简称"菜票"，最大面额贰角。那是粮食定量供应的年代，倘若有谁丢失整月饭票等于丢失三十天口粮，其严重程度超过今天的丢失钱包。丢了钱，你可以找人去借。丢了饭票，你去哪里借？每人每月粮食定量供应，谁有余粮借给你呢？

记得一九七一年初春，我在工厂职工食堂买了一份甲菜：一个狮子头肉丸子，配有一只鸡蛋，才人民币一角五分钱，今天大概要八元钱的。那时学徒工吃甲菜，在老工人眼里多少有些"小资产阶级"的奢侈。所以，我心里发虚，做贼似的买了狮子头肉丸子加鸡蛋，悄悄躲到职工食堂角落里，绝不敢显山露水回到班组去吃。

工厂的老师傅们勤俭过日子，大多从家里带饭上班。他们走进工厂大门，提兜儿里的饭盒是实的，沉甸甸装着昨晚家里的剩菜剩饭。当然也有家庭经济条件比较好的，则是媳妇专门给丈夫做的饭菜。无论冬夏，车间里设有蒸锅，工人们将饭盒交给蒸锅，午休时间便可以吃到热饭了。然而，各种饭菜装进这只蒸锅里，一旦加热便散发出"百家饭"的气味。这种气味很是诱人，多么高明的厨师也难以烹调出如此复合的味道。

车间蒸锅故事不少。有的工人带了有鱼有肉的饭菜，他们的饭盒就成为众人觊觎的猎物，兴许没到午休时间便被偷光。这种行为既包含着工友间的"浑不吝"情感，也不乏贪占小便宜的心理，趁机起哄解馋。

工人们下班走出工厂大门，他们的饭盒空了，走起路来咣咣作响——那是一只只铝勺在饭盒里跳舞呢。我曾经在长篇小说《机器》里描写了这种场面，称为"下班交响乐"。

当时的工厂，只有小青年们爱去"吃食堂"，一派吃咸不管酸的劲头儿。无论什么年代，青年都代表着先锋与前卫。

每逢青黄不接季节，职工食堂的青菜完全断档，只供应两种菜品，一是炒海带丝，二是烩猪血丁。偶尔见到咸鸭蛋，味道也不新鲜。有时候青菜极端匮乏，中午食堂竟然出售臭豆腐。热饼夹臭豆腐，气息就浓厚了。一时间工厂处处弥漫着王致和遗留的味道，绕梁不散。记得女天车工小金吃了臭豆腐，竟然被女工们排斥在更衣室外面，说有人闻见王致和就昏迷。其实这是女工们以开玩笑名义"挤对人"。工友间彼此挤对，其实强度不大，顶多把你带的午饭给偷偷吃了。

二十世纪七十年代后期，工厂职工食堂供应品种有所增加，出现"小炒"窗口。一样样菜品摆在里面，丰俭由你。我记得花五角钱便能吃上一条半斤大小的"胖头鱼"。只是老工人们依然舍不得吃，他们是要养家糊口的。

工厂职工食堂的饭菜价格，往往比外面饭馆便宜，因为工厂食堂属于福利性质，它的开销是摊入企业成本核算的。比如生产一台电机的出厂价格，它里面已经包含职工食堂所消耗的费用。如今，有些企业对员工实行免费午餐了。这也算是时代进步吧。

当年天津的工厂职工食堂中午供应大米饭，是可以凭粗粮饭票购买的。这种米饭是先煮后蒸，因此余有大量米汤。一大铁桶米汤摆在食堂中央，随便喝。有个极其吝啬的老工人，每天中午舀一罐米汤下班带回家，让老婆用米汤和面做饭。有人问其原因，他嘿嘿笑着说，这米汤里也有粮食啊。

这个老工人从稀薄的米汤里看到它的本质——粮食，从微观世界看到宏观世界，堪称学哲学用哲学的标兵。

一九七六年十月，打倒"四人帮"，全国喜洋洋。喜讯传来，工厂职工食堂连续三天免费供应打卤面，以示庆祝。工人们闻讯蜂拥而至，挤满售饭窗口。掌勺师傅宣布只是免费供应"卤"，面条饭票照收。不少老工人平时不吃食堂手里没有饭票，只得丧气而归。

二十世纪七十年代末期，我所在的工厂食堂二楼开设了职工图书馆。我至今还记得当时书架上的诗集，有李学鳌的《太行炉火》，李瑛的《枣林村集》，李幼容的《天山进行曲》，黄声笑的《挑山担海跟党走》，还有纪鹏的《新坦克兵进行曲》……那些年出版了那么多诗集，中国好像真的成了诗歌大国，重返盛唐时代了。

由此可见，职工食堂不光为工人们提供碳水化合物，还提供精神营养。这里经常举行"忆苦思甜大会"，后来举办文艺演出和年终表彰会，成为工厂政治文化大舞台。

除了政治文化，职工食堂也滋生爱情。这个车间的小伙子与那个车间的姑娘，不同的生产岗位难得一见，只有相遇于食堂，彼此间秘密联系方式就是传递纸条儿。一旦确立恋爱关系，胆子就大了。要么女方给男方买好饭菜，坐在那里等候。要么男方给女方买好饭菜，径直送到车间里去。这真应了"食色，性也"那句古语。

当然，已婚男女食堂邂逅，一旦摩擦出情感火花，就叫"生活作风问题"，如果到了发生"男女关系"的地步，问题就严重了。从当时的道德观念出发，工厂职工食堂也不是一块净土。

那时候胖子不多，工人们普遍属于"瘦肉型"的。工厂食堂的职工，胖子不少，这可能基于近水楼台的原理吧。有一次外号"张胖子"的厨师乘坐班车回家，坐车打盹睡着了，他的大号铝制饭盒从怀里滑落，满地都是夹带的火腿肠，引发全车愤慨："你他妈的偷吃就是了，还往家里偷拿啊！"

工人阶级是宽容的，他们可以宽容厨师偷吃，但是不允许偷拿。据说张胖子因此受到处分。工人自有工人的逻辑，假若有谁饭票被偷，他便叉腰站在食堂大骂："有本事你去偷公家东西，偷私人东西算什么能耐啊！"

这种言之凿凿的逻辑，无疑暴露出"一大二公"时代的弊端：都说工人是企业主人，一旦利益受损，还是宁可牺牲公家利益而维护个人利益的。

二十世纪八十年代初期，我调到局机关工作，有时跟随领导下厂检查工作，多次在工厂职工食堂吃"招待餐"，交半斤粮票五毛钱。一碟菜一碗饭一钵汤，还是比较朴素的。

然而，工厂职工食堂毕竟属于工人，它的诸种细节透视出真实人生景观，成为真实的历史。如今，不知有多少人还在怀念工厂职工食堂的饭菜，有些品种确实是家庭做不出来的，大酒店也做不出来。譬如铁锹熬白菜，譬如素炒茄子丝，譬如油渣馅大包子，还有那大桶刷锅水味道的清汤。这些滋味只属于工厂职工食堂，因为工厂是一块独特的园地。举凡独特的东西，往往是无以替代的。

无以替代的，还有那一去不复返的工厂岁月……

第 二 辑

亲 情 常 在

怀念冬季

　　如今的冬季已经不是那么天寒地冻的了。走在大街上你会看到，一个个爱俏的姑娘衣着单薄体形凸显，仿佛走在飞花的春天里。冬天不冷了，说是什么厄尔尼诺现象产生的温室效应。于是雄性的冬天，雌了。

　　小时候的冬天很大。儿时心里似乎一年四季只有冬天是最大的。大风、大雪、大雾还有被严寒冻裂的大地。孩子们就显得更渺小了。

　　夜间，你会被呼啸的北风所惊醒。躺在温暖的被窝里不敢发出声响。清晨起来窗上的玻璃结满冰凌花儿，千姿百态让你看不到外面的世界。你跑出门去，身子猛地一紧，朝地上吐一口唾沫，转身回屋它已经结冰。

　　这就是冬天。冬天使世界变大变旷变深远。冬天使天地之间越发有了无穷无尽的内容。

　　冬天使孩子们情趣大增，堆雪人儿砍雪球儿滑冰排……数不尽的冬日游戏而只有在冬日才有。冬天里的少年不知愁。

　　想起儿时的冬天就忘不了那白茫茫的雪地。那是一个九岁男孩儿的雪地。

　　外边下着大雪。这雪已经下了两天了。在儿时的记忆里连续下几天雨的时候很多，连续下几天雪的时候却很少。所以我从小就认为雪比雨要珍贵。雪花胜过雨珠，尽管它们同宗。

外面下着大雪我背起书包要去上学。上学的路要步行四十分钟，一遇雨雪路就显得更长更远。那时候我肩上戴着"三道杠"，是个走在人前十分自豪的学生。其实我的内心世界非常自卑。这可能与住家太远有关。路远使人自卑。

我走出家门便被迎面扑来的风雪给镇住了。我觉得冷。我转身跑回家去对祖母说我冷，我想戴一顶帽子。祖母听罢，怔怔地看着我。

我就又说了一遍，我想戴一顶帽子。

祖母就翻箱倒柜去给我找帽子。当时我朦朦胧胧意识到，祖母这样做是徒劳的，因这我根本就没有冬季戴的帽子。

祖母关上箱子，叹了一口气。

戴这顶帽子吧。我突然听到父亲的声音。他从床上爬起来，不知从什么地方拿出一顶剪绒皮帽。当他将这顶帽子递过来的时候，我呆呆望着他。不知为什么我觉得这一切都来得非常突然。

父亲以及父亲的皮帽在我眼里也显得有些陌生。

父亲是从新疆回来的。他带了许许多多只有新疆才有的东西。大皮靴、皮大衣、毛毡袜，还有奶酪和一大桶咸羊肉。这些东西使我产生联想——新疆的冬天更大，一望无际全是冬天。

因此我觉得新疆归来的父亲略显陌生。略显陌生的父亲将那顶哈萨克式的皮帽递给了我。

我将皮帽使劲戴在头上。帽子太大了，给我一种十分强烈的感觉——它使我想到了伞。

我小心翼翼说，这帽子太大了，我不戴。

父亲听了这话立即怒了。那时候我才知道他是个脾气暴躁的男人。他大声说，你戴！你得戴！你就得戴！说着他跳下床来，抬手

64

打我。

我不知道父亲为什么发这么大的脾气。后来我才懂得男人苦闷至极往往爱发脾气。我懵懵懂懂被祖母推出门外。她将那顶又大又厚的皮帽沉沉地扣在我的头上，然后飞快地塞给我一枚硬币，说晚了晚了你坐公共汽车去上学吧。

于是，我戴着那顶沉重的大皮帽，跑进九岁冬季的风雪里。我没有去乘公共汽车。我也不明白我为什么没有去乘公共汽车。或许是因为我戴了一顶又大又笨的皮帽吧。这是大男人的皮帽。

我朝前奔跑着。帽子太大，几次从头上掉下来。我猫腰拾起重新戴到头上，继续朝着学校跑去。雪地里的学校显得比新疆还要遥远。我赶到学校的时候已经迟到。走进教室，我头上的皮帽引起全班哄笑。老师用那种令我一生难以忘怀的目光注视着我。

当时我并不知道，从今以后冬天成了我最为难忘的季节。

课间休息我走出教室便成了同学们袭击的目标。一个个雪球向我头上的皮帽投来，成为众矢之的。至今我也不明白他们为什么用这种独特的方式来表达对这顶皮帽的好奇。就这样，反而坚定了我戴这顶皮帽的信心。

我过早地戴上了一顶成年男子的皮帽。

这顶皮帽使我牢牢记住了冬季。这顶皮帽也成为我冬季生活的重要内容。

那时候我住的地方是城市贫民区。这里的人们吃水，是要到大街上一个水龙头前去等。那水龙头被砖头砌成一个堡垒模样。人们吃水要用两只大木筲去挑。入冬，这一双大木筲就挂上了两寸多厚的冰凌，看上去像是两只庞然大物。扁担呢一人多长，担在肩上吱吱作响。严寒之中的水龙头前面，因挑水者众而滴水成冰，渐渐形成一座冰的山坡。远远望去，水龙头竟然成为一座欧洲风格的城堡。

我不是这里长大的孩子。我不会挑水。即使是这里长大的孩子，似乎也要等到十二三岁的时候才能挑起那两只大木筲而成为袖珍男子汉的。

一天傍晚，祖母小声对父亲说，缸里没有水啦。

父亲是个孝子。但父亲是个脾气不好的孝子。他躺在床上嗯了一声。那时候他似乎已经对生活丧失了信心。一张床他就足够了。

祖母又小声说了一遍。父亲又嗯了一声。冬日的黄昏里，父亲懒散的声音显得十分微弱。那时候我当然不懂得人为什么会对生活丧失信心。

那时候我只知道冬天很冷，皮帽很大。

我戴着那顶皮帽，悄悄到院子里去。那一对挂满冰凌的大木筲蹲在门楼的角落里，像两个大肚汉。旁边立着一根硬邦邦的扁担，不动声色。

我扶了扶头上的皮帽然后拿起扁担。扁担与男子汉一般高。那时我认为扁担是一种长满牙齿的动物。它咬噬着我的肩膀。

我无法描述我是怎样将那一担水挑到自己家门前的。我一脚门里一脚门外极力使自己站稳。父亲闻声从床上爬起来，吃惊地望着我。我听见祖母小声说，老天爷啊小毛孩子也挑水啦。

父亲没说话。他帮我将水倒进缸里，就又躺到床上去了。我摘下皮帽，任汗水从脸上流下来。父亲两眼望着屋顶说，新疆的冬天那才真冷呢。有一次我胃疼躺在戈壁滩公路边上，一会儿大雪就把我埋了。幸亏一位司机看见了我……

我光着脑袋站在院子里。很久，我依然觉得冬天很大很大，大得令我感到自卑。

我一直没有机会向父亲询问那顶皮帽的故事。我固执地认为它应当有一个故事。因为皮帽属于冬天，冬天又是很大的，怎么能没有故事呢？如今父亲到另外一个世界去了。

那顶皮帽使我一下就长大了。在冬天里。

如今的冬天已然不那么冷了，变得温温暾暾的，没了冬天的样子。不冷，能叫冬天吗？寒冷才能称为纯粹。暖冬算是什么呢？只能算是一种经过改良的冬天。

没了纯粹冬天，我怀念儿时的冬季。

儿时的冬季真纯粹啊，无论你有没有皮帽。

父亲去了。皮帽也死了吧？

如今男人们的脸孔也因缺少严冬的风雪扑打而几乎面若桃花了。这是暖冬的德政。

今年的冬天又会怎么样呢？我期待着，做童心未泯状。

等待纯粹的冬天吧。

生命星辰

　　外祖母九十六岁那年过世，滁州的舅父来信告诉我，她老人家的骨灰埋葬在琅琊山上。我知道，那就是欧阳文忠公写《醉翁亭记》的地方，令人神往。我几次想去拜谒外祖母的墓地，终未成行。也就是在她老人家去世之后，我才渐渐懂得了什么叫睹物思人。有一次走在市场上猛然听到一个小伙子的大声叫卖。看他车上的货色，我想起外祖母在世之时的拿手绝活——油炸排叉。我敢说今生今世凡是吃过她老人家油炸排叉的人，大概不会再买街上出售的同类食品。外祖母做的排叉，我不敢说空前，但几乎是绝后了。

　　外祖母是冀东人。中国北方喜欢吃油炸面食，似乎由来久矣。岳飞风波亭遇害之后，民间即有"油炸桧儿"出现，表现了人们对当道奸臣的共同仇恨。如今这种食品在北京一带仍然可见。而外祖母的油炸排叉，则属于唐山的地方风味。

　　那时候我很小，心思完全集中在"吃"字上。关于排叉的制作过程，根本也没有给我留下丝毫印象。只记得她老人家先是将面团和好，然后做成剂子；将剂子擀成薄薄的面片，然后在面片上划上几刀，随手一抻一叠，那面片就成了一朵"蝴蝶结"。似乎还再撒上几粒芝麻，然后投入油锅，去炸。只等那焦黄的排叉从锅底浮出，炸得吱吱作响，我的口水也就流了出来。嚼着又香又脆的排叉，我

68

的童年一下就幸福起来。其实我的童年恰恰处在国家经济困难时期。物品紧缺，限量供应，人们普遍营养不良。外祖母制作排叉的白面和菜籽油，都是平日里积攒下来的。即使这样，每次制作排叉外祖母总是一家一份送给邻居们尝鲜儿。我心里舍不得，可又不敢提出抗议。无疑，外祖母的善良品质对我的成长产生了极大的影响。

至今，令我万分后悔的是我没有学会制作排叉的技艺。外祖母过世十五年了，我只买过一次街上出售的排叉，吃了一口就放弃了。说心里话与外祖母制作的味道大相径庭。这几年怀旧之风甚盛，有时我就发出感叹，说再也吃不上可口的排叉了。一次，我与一个朋友又讲起关于排叉的事情。这位朋友非常深沉，他说并不是世上没有你认为可口的排叉，而是世上再也没有你的外祖母了。

一句话说得我热泪盈眶。是啊，童年的油炸排叉已然随着外祖母远去了，不可返还。正因如此，长大成人的我才永久地感到缺憾。我对童年排叉的强烈怀念，恰恰说明亲情的不可替代。我思念外祖母，只盼梦中相见。可不知为什么，十几年来我竟然不曾梦到她老人家。我想，这正是生活的残酷。

我自幼不曾与父母一起生活，尝遍人生五味。外祖母做的油炸排叉，无疑已经成为我精神银行里储存的黄金。我因此而感到幸运。

远远逝去了，却永远照耀着我，这就是生命之中的星辰。

老式电车

人到四十，说是不惑之年。与童年少年青年时代相比，中年以其成熟的魅力使人觉得进入了五谷飘香的季节。如今我也四十岁了。不知什么原因，心境却随着年龄变得尴尬了。在老人面前你依然被认为是个孩子，在孩子面前你又时常感到自己已经变老了。许多事情反而拿不准了。不知道应当世故还是应当天真。

于是我经常想起那种老式电车。

我说的是那种在我们这座城市已经绝迹多年的老式电车。

只有在这种老式电车面前，我才是个真正的孩子。看如今这世界，真正的孩子似乎不多了。我们都拥挤在那叮当行走的老式电车里，一下子就驶入不惑之年而变得不惑了。

想念老式电车的心情，显得有些古典。童年的记忆里，处处与电车有关。在我眼里，电车就是一座座高大宽敞隆隆行走的木头房子。四道铁轨，锃光泛亮地躺在路中央，任那电车轮子轧过来碾过去。电车四通八达，成了都市的一大景观。白牌电车，红牌电车，蓝牌电车……如今繁华的滨江道，当年行驶的乃是绿牌电车。去年的一个夜晚，我看罢京剧独自回家，走的正是这条"绿牌电车道"。白日的人间喧嚣被月光淘洗得干干净净。我一瞬之间又变成那个乘坐电车到达终点的小男孩儿了。

我又看见远处那座法国大教堂。

这里还有一座桥。桥下是那条墙子河。

电车是不过桥的。桥太小。桥前不远处就是电车的终点站——铁轨尽头立着四根铁桩子。

每次都是祖母拉着我的手，挺着身子从电车上走下来。老式电车的台阶，对一个小老太太来说，确是显示了高大。我总是恋恋不舍地看着那辆电车倒行而去——又满载乘客叮叮当当驶走了。

这时候往往是我一个人立在桥前。

祖母过桥去了，急匆匆去办她的事情。她不让我过桥我就不敢过桥。我是个胆小的孩子。

我知道祖母过桥去干什么。我肯定知道。那时候我四五岁吧？几年之后，我成了一名小学生。我第一次只身走过教堂桥，去看祖母常去的那个地方。

那地方已经改业，变成了租赁小人儿书的书铺。门上窗上，挂满了小人儿书的封面，招徕着。我去那里借了一本《母亲》。我之所以借看这本小人儿书，是因为我很少见到自己的母亲。于是就在小人儿书里去看别人的母亲。后来，我才懂得母爱意味着什么。

站在这间小人儿书铺门外，我心里明白了。奶奶，怪不得这两年您不领我来了呢。原来当铺没了。

每次我随祖母乘电车到这里，都是来典当的。那时候我根本不懂进当铺是一件脸上无光的事情。懂得脸上有光，我却已经不是孩子了。祖母怀揣典当之物，迈着一双小脚走过教堂桥的身影，那场景就像是在昨天。

其实新中国成立之后就已经取消了当铺。后来我才知道，祖母常去的地方名为"小件物品有偿抵押所"。虽然解放了，但还是有穷人的。后来"小件物品有偿抵押所"也被取消了。这对祖母这位常客来说，一定是个沉重的打击。然而我能够记住的只是祖母典当之后从桥那边向我走来时，一派士气旺盛的样子。

我从未见到祖母脸上有过什么愁云。

我也从未听到祖母口中有过什么悲叹。

祖母是个独立性极强的人，永远理直气壮。

应当说祖母是个穷人。祖父死得太早了，不曾存在似的。祖母一个人生活，住在贫民区的一间平房里。那时候我被寄养在外祖母的家中。隔上一段时光，祖母就跑来看我。而每次又都不忍离去，就索性将我接走，去住上几天。

这来来往往，乘的就是那种老式电车。

祖母对外祖母，似怀有一种莫名的敌意。出了姥姥家大门，祖母就十分为我高兴，仿佛我脱离了虎口似的。我知道祖母的看法不对。

我说："奶奶，我姥姥对我挺好的。"

祖母脸色一沉："你给我闭嘴!"

她使劲扯着我的手，登上了电车。

电车上，祖母便开始不停地说话，一直说到到站下车。祖母永远旁若无人。她在电车上的说话，句句都是对我的提问。有时我贪看车窗之外的景致而几句不答，她就急了。

于是一路之上，我都在忙着回答她的问题。在那叮叮当当而又摇摇晃晃的老式电车里，她的那双细长的眼睛异常专注地看着我。祖母的这种目光，我如今极尽文字之能事，也无法将其描述。我只能说这种目光对我的照耀，今生今世也不会再有了。我懂得了唯一。

我依然记得祖母在电车上的那些提问。

这一程子你吃得饱吗？你姥姥一准饿着你！

前天下雨你准出去疯跑了吧？

夜里你还是光着屁股出去撒尿？你姥姥怎么就这么忍心呢？

那些糖块儿你都吃了吧？没叫别的孩子给骗了去？

叮当行走的电车上，我一一回答着这些永无休止又无微不至的问话。祖母听力不强，有时听不清楚她就要我大声再说一遍。

我就再说一遍，仿佛做了一次小结。

电车上的乘客们，纷纷注视着我的祖母。祖母那如处无人之境的气概，我至今叹为观止。是因为耳聋她听不到世界对她的评价，还是她从来就不把世界放在眼里？我不得而知。在我的记忆中，祖母是个刀枪不入的人物。她不念旧，没有给我讲过一个故事。她也从不希冀什么未来，更没有丝毫功利目的。在那沿着轨道向前行驶的老式电车上，永远是祖母的现在进行时。到站了，我们就下车去。祖母是一位市井现实主义者。她活的就是一个"现在"。

我每次能在祖母家住上几日，要取决于祖母的财力。我走进那间面积不大但拾掇得非常干净的屋子里，美好的生活便开始了。

宝贝儿，你想吃什么呀？说呀，奶奶给你买去！你想吃糖炒栗子吧？准的！还想吃什么呀？你想想！你可是说话呀！

这时候的祖母，更像是在逼问我的口供。她不善慈祥，发语爽快而近乎强硬。

之后祖母就环视着这间小小的居室。这种时刻，往往是她在思考问题。

我当然不知道祖母有多么为难啊。

祖母念念叨叨地出去了。有时出去的时间很长，有时一会儿就回来。无论出去的时间长短，她回来总是不会空着手的。回忆起来，大都是那些我喜欢吃的东西。糖炒栗子，糖粘子，糖葫芦，糖梨，蜜枣，瓜条，藕片，杏脯……令我激动。祖母每次都是一样儿买一点儿，花样繁多之中透着精致。这精致之中又透出了祖母的精明。

我就忘乎所以地大吃起来。

偶尔抬头，就与祖母目光相遇。我仍然难以描述这目光。祖母的眉心偏左处，生着一颗暗红的痣。在我的血缘长辈之中，祖母是唯一有痣的人。这就注定了我能牢牢记住她而不会忘记。祖母的这颗痣，使她活到了九十二岁。

住在祖母家的日子里，我的主要生活内容是吃。祖母像是一个模范饲养员，我则是一只小动物。我的一些坏习惯，大多是那时给宠的。譬如说睡懒觉。譬如说猛吃零食。譬如说不爱劳动。还有性急而易躁什么的。

祖母去世之后，这些坏习惯更加牢固地保留在我身心之中，仿佛她老人家留给我的一份永恒的纪念品似的。四十年来，还没有一个人能像祖母这样，在我身上刻下如此不可磨灭的痕迹。在另一个世界里，她永远洞察着我——她留在人间的这个宠物。

美好的日子，总是戛然而止的。上午起床的时候，祖母对我说："今儿，送你回去吧。"

我就闹哄，说不回去。

我知道闹哄也没有用，祖母言而必行。

这时候祖母必然要拉开被阁上的抽屉，从中拿出那个手绢叠成的小包儿。头天晚上，祖母在里边裹了一毛钱。

她打开手绢，里边竟然变成了五毛钱。

夜里财神爷下凡啊给咱们添钱来了。

我就由衷地高兴。这钱来得如此之容易。我怎么知道，这些钱都是祖母舍脸去向邻居借贷来的。为了我，她什么事情都做得出来。

于是这一天便成了最为辉煌的一天。

几乎是有求必应。祖母先是一声接一声问我中午想吃什么饭，然后就着手准备了。这时间里如果有孩子来找我玩儿，必然被祖母

74

驱逐。不知为什么，祖母不允许我的身边有别人存在。

祖母目不转睛地看着我吃完午饭。她的午饭吃的什么，我从未留意。我只依稀记得当我美滋滋地吃着可口的饭菜时，她脸上所流露出的那种陶醉的表情。

我央求她不要送我回去。她凝神，不理会我。她又开始环视这间小小的屋子。然后就是翻箱子开柜，颇为艰难地寻找着那些历史遗存。

祖母年轻的时候，曾经极其短暂地富过一段时光，后来就破败得一塌糊涂。祖母一生似乎也不曾拥有爱情。偶尔谈到祖父，她总是极其冰冷地一带而过。祖母既不恋人也不恋物。

祖母肯定是翻找出一些可供典当的东西。她洗脸梳头，将自己拾掇得体体面面的。我们走出家门。路上遇到熟人打招呼，她就颇为自得地对人家说：领我孙子出去遛一遛。

我们在东南城角乘上电车，去往教堂，有时车上乘客渐多，有人站到我的身边，祖母就十分尖厉地发出吼叫："看你挤着我孙子啦!"

其实人家并没有挤着我，而祖母却十分霸道地认为，她孙子身边不许有人站立。祖母的这种行为，当然遭到公众的白眼。然而她那无所畏惧的旺盛斗志，竟使众多乘客敢怒而不敢言。

至今我依然不曾被母爱所沐浴。但是我却永远不会忘记祖母出于对我的呵护，在老式电车上发出的那种护犊的尖吼。祖母对我的疼爱，已经达到了疯狂的程度。于是我对母爱，也拥有了一种间接的体会和感触。

母爱可能是最为伟大的最为崇高的，同时又是最为自私的最为狭促的。母爱可能是理性的，同时又可能是难以理喻的。而祖母对我的那种疼爱，我只能用两个字来比喻：放血。

祖母过桥去典当。她走回来的时候，手里便有了些钱。她领着我沿滨江道一直走到劝业场——钱也就花得差不多了。一路上她不停地问我想吃什么。我的回答稍有迟缓，祖母就急了。她不能容忍她对我的疼爱，出现分秒空白。

在劝业场我们上了电车，叮叮当当一两站地，在四面钟站下了车。我呆呆看着祖母。这时天已渐渐黑了。身材矮小的她，将那些食物一样儿又一样儿给我包好，让我拿在手里。她高声说："谁敢抢你吃的，你就告诉我，看我下回撕烂他们的嘴。"

其实没有人抢我食品。祖母疼我爱我，便对这个世界持有一种"泛敌情绪"。举凡与我有所接触者，都在心理上被她列为敌人。

黑暗之中我听到祖母说："走吧宝儿，一直回家别在半道上玩儿！"这时候祖母已经饿了一天了。

我就向西边外祖母家走去。不知什么原因，祖母每次都在这里与我分手而不将我送到外祖母家，至今我也不得其解。是不是祖母不忍心看到我与别人在一起的情形，那对她将是一个刺激。祖母永远认为，我与别人在一起的生活，是在水深火热之中。

今天我懂了，祖母有权利这样认为。

我走出一个路口，祖母尖声喊叫叮嘱着我，小心脚底下别绊着！那葡萄洗洗再吃！

我走出两个路口了，仍能听到她的喊声。

好宝儿，过几天奶奶再来接你……

我走得很远了。回头看，却看不清祖母的身影了。我知道她还在旁若无人地喊叫着。只有和平路上那南来北往的老式电车，成了祖母身后朦胧可见的背景。

祖母如那老式电车，去矣远矣。

人子课程

　　我抵达这个世界的第一个任务是来做儿子的——当我呱呱坠地时就已注定。没有人告诉我当时大家是否吃了喜面，但我敢断定我的到达没有引起他们更多的反感。

　　只是这个人间又多了一个男婴罢了。

　　我就开始做儿子了，自觉不自觉便到了如今，很匆忙的。父母没有留给我任何"遗产"，因为他们还都分别活着，不很健康。

　　很久以来，见过我父母的人，有的说我长得很像父亲，有的说我长得很像母亲，看法很不统一。我想：一定是因为父亲与母亲生得就有些相近吧？才有了这两种殊途同归的说法。

　　我想我是更像父亲的，我是他的复制。

　　对于父亲，很长一段时间里我印象不深。据说四岁时我随母亲去车站送过他。他去了很远，到大西北边疆去工作了。

　　然而我对母亲也没有更多的印象，这很令我感到遗憾，似乎缺少了许许多多东西。

　　我在没有父亲在场的情况下继续做儿子。几乎没有男性可供我模仿，我居然一天天成长起来，如今也做了父亲——有了自己的儿子。

　　我做起父亲来常显得力不从心。

这一定是有原因的，我说不清楚。

记忆之中有了父亲，是国家经济困难时期的一个隆冬。一个头戴大皮帽身穿皮大衣的人推开了我家的门，他提着扛着许多东西，呼呼喘着粗气。

我问："同志，您找谁呀？"

这个人就冲着我笑。他很高很瘦，就像今天的我一样，更合秩序地说，今天的我就像当年的他一样。

外祖母在一旁大声说："他是你爸爸呀！"

我至今没有忘记这句话。这的确是一个开始。

于是有了父亲的起初印象，当时我正读小学一年级。别人都有父亲，我也有了。

我因此而激动。

生平首次看到那么多饼干，是在父亲从新疆带回来的那只小皮箱里。在我眼中那只装得满满的小皮箱简直大得胜过一家糕点店。我一头扎进去，吃了许久才恢复常态。父亲笑了，他当然没有告诉我他在新疆过的是一种什么样的生活。我松了松裤带，只知道在"节粮度荒"年月里我是个最为幸福的儿子。

几天我就吃空了那只小皮箱，像一只耗子。

父亲返回新疆时没有带走那只空空荡荡的小皮箱，他说，明年我还回呢。于是我又成了他遥远的儿子，他又成了我遥远的父亲。

我继续混沌地做儿子，时常想起那一箱不复存在的饼干。班上有几个同学患了浮肿病，我没患。我想这与那一皮箱饼干有关。

而父亲却是两手空空返回新疆的，没带一块干粮，也没带一两粮票。那路，多遥远。

有时我回想那不是一皮箱饼干，绝不是。而是父与子之间的一种特殊的物质。

后来我在母亲授意下给父亲写过一封信。内容我已忘了，大约是告诉他我期末成绩优秀并希望他多多寄些钱回来。这是我识字以来所写的第一封信，也是至今写给父亲的唯一的信。他读信时的复杂感受，如今我已能够大体揣摩出来了。

　　因为我也做了父亲——身兼两职了。

　　至今我也不明白母亲为什么让我给父亲写信。可能是有意训练我的文字表达能力吧。

　　我依然遥远地做着父亲的儿子，很难进入角色。那时我学会了看地图。地理课的成绩全年级我一枝独秀，有一次居然问倒了老师。

　　老师不知道我的"地理情结"，面有愠色。

　　父亲的再一次出现是很突然的。当时我已经忘记了他的存在。他在我放学的路上候着我，像个伏击者。塞给我一把糖果，他笑着说，我从新疆回来了，我再也不回去啦。

　　我知道我已经属于父亲了，心中十分害怕。这害怕源自一种深深的陌生感。

　　我给一个陌生的父亲做了这么多年陌生的儿子，陌生得近乎无有。该实打实做儿子了，前景难卜，我在路上偷偷哭了。

　　我希望自己快快长大。大街上见到成年男子，便从心底羡慕，只恨自己长得太慢。

　　难道是我不愿意做一个儿子？至今我也说不清那是一种什么样的想法。

　　做儿子是人生法定的事情。

　　我与父亲在一起生活了不长的一段时间，他就另有了自己的家庭。那一段时间是短暂的，就好像我与他从未一起生活似的。

　　就产生了一个愿望，希望他再生个儿子将我替换下来，就如足球场上的换人。

终于没有"替补队员"将我换下场来，我只能继续下去，在父亲不在场的情况下当儿子。

父亲偶尔来看望我和祖母。我仍然觉得他是我遥远的父亲，我是他遥远的儿子。

有时我为自己感到庆幸。

什么是儿子呢？

我长成了，进入社会谋生。先后挪动了几个机关，当小公务员。渐渐，我体味到了人的痛苦，心底很是迷乱。这时我与父亲见面的机会更少了。只是偶尔才想起他来。

其实我根本没有理解"儿子"一词该有多么沉重。它不只说明着一种血缘，一种秩序，还标志着一种角色和角色感。每当我做思想深刻状时，才会切肤感到：做了这么多年儿子，却不是给自己的父亲。我可能永远丧失了，不可追补。就像我不可能退回幼儿园去表现童真一样。因此我又怀疑自己长得太快，年纪轻轻就成了一个如此成熟的"儿子"。

我可能永远丧失了。与父亲共同生活的那一段时光，已成为一个常数和恒量，像"π"值一样不可变更。随着年龄的增长时光的推移，与他共同生活的那一段时光就越发显得短暂。

有时我想，我还不如是个彻头彻尾的孤儿，便用不着在两难处境中而不得要领了。

"儿子"是这个世界上一个最为复杂的字眼儿。我身为人子却又从未去深深地体验它。

这是一种轻松，也是一种沉重。

你一生都没有实实在在做上他一场儿子，该是多么可悲呀。

为了生存，你早早就将儿子这个字眼儿大而化之而成为一种谋生意义上的心理身份，又是多么可叹呀。

我以为我一生都不可能拥有那种真正父子的体验了。我是一个多么可怜的"儿子"呀。

今年父亲生病了，挺重的。我却忙着在家中给自己的儿子做父亲——全日制，挺忙的。

父亲见了我，说胃疼。其实他已病了多年，很是潦倒的。我说该去医院查一查了。

他没说话，而是将我介绍给他身边的人们。

"这就是我的大儿子。"

其实他只有我这么一个儿子，孤本。

我为父亲预约了医院，他拗不过，就随去了。我们一前一后走着。那一天阳光灿烂。

我在前，他随后。这时我蓦然觉出自己很是有些威武的，比父亲强大了许多。

当时我没有意识到这是上天赐给我的一次"补课"的机会。在此之前我已经永远地丧失。

父亲不多言不多语，随着我的安排一项项查体，有时看我一眼又迅速挪开目光。

不知为什么我激动起来。这么多年了，我们第一次共同做着一件他乐于做我也乐于做的事情。这么多年了，我们从未这么长久地相处着，合作得那么好那么成功。

我居然十分感谢医院这个白色世界。

父亲住院了，他的那个家庭似乎忘记了他，无人光顾。我每餐都去病房给他送饭，为了他那多灾多难的胃口。往往返返，我每天要骑行三个小时的路程，这些年我从未这样奔波，很累的。病友们见每天都是我反反复复出现在病房中，从未见"换人"，就常用目光询着。

父亲就说："这是我的大儿子。"之后就有些自得地笑一笑。

有一次我走出病房就哭了，为了自己。

我懂了，我终于获得了这个机会，走出"儿子"的阴影而成为一个真正的儿子——自主地做着自己想做的事情并从中体味到什么是爱。我不是为了什么社会称谓做着儿子而是为了自己做着儿子。这不是一种称谓而是一种实在。

我终于获救。我因此而激动。

他说："大手术，要花很多钱吧。"

我说："我有稿费。"在此之前他从未读过我写的小说，可能也不知道我是个作家了。

手术后一次他下床我为他穿鞋，他躲闪着说我自己穿我自己穿。这时我才想到：我在父亲不在场的情况下做了这么多年儿子，他也是在儿子不在场的情况下做了这么多年父亲呀。

于是我也懂了什么叫作人子的课程。

任何外部势力都无法强迫我做他们的"儿子"。

因为我有自己的"父亲"。

我居然在病床前体验到一种苦涩的幸福。

我是个大器晚成的儿子。不是吗？

戒　　烟

　　到今年国庆节，我戒烟整整两年了。这是我的第四次戒烟。一而再，再而三。我却有了第四次。这足以说明在我国庞大的烟民队伍中，我属于立场不甚坚定而常怀背离之心的动摇分子。

　　前三次戒烟肯定是失败了，否则怎会有这个第四次呢？前三次戒烟，最长的时间为九个月，最短的只有三天。但失败的原因却是一样。那就是我无法阻止自己对香烟的贪恋，吸烟的确是一种燃烧不尽的欲望。

　　这一次戒烟选定国庆节这一天，实出偶然。好在戒烟不是土木工程，用不着惊扰四方。说戒，就悄悄戒了。只记得九月三十日晚十点多钟突然冒出戒烟的念头，然后我上床睡了，第二天醒来伸手就去摸烟盒。这时我想起戒烟已从今日开始，就缩回手做坚贞不屈状。于是心情也有些神圣。

　　最怕遇见熟人。以前我抽烟是有些名气的，一天两盒不够用。如今戛然而止，往往被人认为我已改变生活立场。遇到的目光可分为两类：一类是赞赏与羡慕，认为我是个意志坚定勇于自裁的人。另一类则含有不可思议与藐视的成分。你为什么要跟自己过不去呢？是怕死吧？活得太拘谨了真不像个男子汉。

　　这两类目光都令我汗颜，都将戒烟这一普普通通的生活行为扩大而近乎一种思想评价。尤其是在风行潇洒走一回的今日，讲究一种淋漓尽致的痛快。大碗喝酒大块吃肉大声唱歌大步走路……可谓一掷青春。相形之下，我在烟运如日中天之时，居然自废。这就很容易被认为是那种贪生怕死患得患失的小农意识在作怪了。戒烟成了最不理直气壮的事情。

我因此而自惭形秽。每当有人向我询问戒烟之初的痛苦时，我都极力表白自己。我不厌其烦地告诉对方，这一次戒烟我真的不记得有什么难以忍耐的痛苦，就这么平平淡淡到了今天。初戒的那些天有些不适，一坚持也就过来了。

那你为什么戒烟呢？有人这样问我。我说是因为我不愿意再吸下去了。不愿意就不吸了吧。这就叫顺乎自然。

据说有人私下立了宏愿，说这一时期的首要任务就是将我重新拉回烟民队伍中来。我的戒烟居然产生了这么大的反响，不觉心中窃喜。在吸烟与戒烟这件很小的事情上，颇能流露出一个人的自我心态来。

那时候我吸烟正凶。一次在北京开会，大家聚在一起闲聊。有人对我大声说，回去以后咱们一起戒烟吧。我也大声说，我不管你，回去之后我要是想戒，就自己戒。事后，我被告知因当众以生硬言辞回绝同好，引起人家不满。后来我向对方道了歉，一场小风波告罢。

事后反省，我告诫自己在文坛要慎言慎行以免得罪诸多。我之所以语出生硬而坚辞对方的善意，实在是出于我对戒烟的基本看法。戒烟属于个人生活中的个体行为。它不同于合伙经商或合资办厂那样的多方契约关系。我时常听到一些烟民们慷慨激昂地一次又一次组织联合戒烟。戒烟竟成了一种群体盲动，结果是一次又一次失败。

无论吸烟还是戒烟，都是最个人化的，不应搞成一九五八年的大轰大嗡。人的思想是一条流动的河流，戒与不戒，都是此一时彼一时的小小浪花罢了。人们提倡顺其自然，也算是一种生活态度吧。

最令人难忘的是我父亲生前的一次戒烟。他被查出癌症住进了医院。我隐瞒实情告诉他是胃溃疡。那时候父亲一天吸三盒烟，是那种劲头很猛的雪茄。

父亲六十岁，烟龄却已有四十二年。值班医生将我叫到办公室，要求我父亲立即戒烟。倘若在手术过程中爆发痰咳局面将难以收拾云云。当时我很是为难。记得以前父亲曾与别人开玩笑说，要他戒烟还不如要他去死。而如今他身患绝症我又不能一语道破，这戒烟就成了一件难办的事情。我小心翼翼跟父亲商量。

父亲听罢说，非戒不可呀？

我说，由多抽改成少抽，然后再戒。这样循序渐进您能取得成功的。

父亲说，那咱们就试试吧，由你监督，我先改成一天抽六支烟，行吧？

看到父亲如此豁达，我喜出望外。同时心头也一阵酸楚。医生私下跟我讲，父亲的胃癌已是晚期，手术之后恐怕也只有一年左右的光景了。

父亲又对我说，等到手术之后，你可不能限制我抽烟了。咱们一言为定。

在手术前的十几天里，每天由我向父亲发放香烟。我知道属于父亲的时光已经不多了，就买了市场上最好的过滤嘴，记得是精中华。早上发两支，中午发两支，晚上发两支。当时的场面，真是令人怀念。我走进病房，父亲就像盼望慈善家布施一样，不言不语望着我。待到父亲接过那两支香烟，他竟小孩子似的捧在手里，盯着。我就猜想，父亲孩提时代得到一只糖瓜，可能就是这和神态这种目光吧？能从父亲脸上看到童稚，应当说是我这个当儿子的一大幸运。不是每个人子都有这种机缘的。

烟瘾极大的父亲居然能以那六支香烟抵挡每天的二十四小时。我开玩笑说，以少胜多，您这是在抗战啊。

手术之后父亲渐渐得到了恢复，就要回家去调养。出院那天我收拾东西，当我拉开床头柜的抽屉，看到里边睡着一支支过滤嘴香烟，显得有些散乱。细看，正是我在手术前的那一段时光里每天发六支给父亲的那种精装中华牌香烟。

我数了数，然后又算了算日期。

这烟，父亲一支也没有吸。

父亲已经悄悄戒了烟。

后来我才明白，父亲其实心中非常清楚自己患的是绝症，却装出全然不知的样子。表象看隐瞒病情是我在安慰着父亲，其实恰恰是父亲故作愚钝而在安慰着我。他知道自己不久于人世了，戒烟与否，对他来说意义并不重大，然而他却悄悄戒了烟。我敢说他不是为了自己才戒烟的。

父亲是为了我，才戒烟的。

他却孩子似的每天从我手中接过那六支香烟然后收藏起来。父亲啊！

直到去世，父亲也没再吸一支烟。他也从未向我提起任何与癌症有关的话题，使人觉得他真的什么都不知道似的。每当我抽烟的时候，他就默默看着。

如今回想起来，我觉得自己挺残酷的。然而一切都晚了。

父亲的骨灰盒旁我常年供奉着一盒香烟。尽管生前他老人家已经戒了烟。每次清明我去祭他，也总是在遗像之前点燃一支香烟，让那袅袅青烟飘到父亲那里去吧。

这是我的第四次戒烟，真是不足挂齿。但这是父亲去世之后我的第一次戒烟。父亲已经不能吸烟了，我也不吸。这样，似乎显得更公平些……

当年的母亲

　　我出生的时候，母亲还是一名教师，后来就不是了。她因"历史问题"而被驱逐出人民教师队伍，下放农场。我记事儿的时候母亲从农场回城探家，皮肤黝黑而体态健美。我是小孩子，当然不懂得她内心的痛苦，也没有听到有人叫她"侯老师"。她已经不是老师了。我的外祖母告诉我，母亲当年在北京（当时叫北平）贝满女中读高中，她不但学习成绩突出，而且是优秀运动员，她参加了著名的 FRIEND 女子篮球队，名满京华。

　　大约是"节粮度荒"的第二年，母亲患了肾病，全身浮肿，躺在床上不能动弹。那时候我只有六七岁吧，却觉得母亲生病是好事，因为她可以不去农场了——这样我就有了妈妈。那时，我还是不曾听到有人叫她"侯老师"。她已经不是什么老师了。

　　至今我还记得，隆冬天气里我凌晨五点钟起床，出了家门一路小跑，沿着结冰的墙子河奔向天津总医院。那时虽然没有今日的"专家门诊"，但为了能够得到名医诊治，必须很早去医院门口排队挂号。冬日的天色，亮得很晚——我这样一个小男孩儿在茫茫夜色里奔跑着，身后拖着一条长长的影子。这是如今独生子女家长们难以想象的。

　　我的童年的这种奔跑似乎成为命定。至今，我仍然在人生路上奔波着，很难歇脚。

母亲大难不死。她的病情渐渐得到好转。这可能与她大学时代的运动员体质有关。她在唐山开滦学校读初中就创造了当时的冀东田径纪录。母亲身体渐渐复原，这令我感到高兴。一天，家里来了一位阿姨。

这位阿姨，乃是母亲过去的同事。她在屋里与母亲小声谈了一会儿就走了。我记得那位阿姨走后的第三天，母亲就悄悄出去上班了，早出晚归。

这种情况大约持续了一个月的光景。母亲不再外出上班，仍然在家养病。外祖母偷偷告诉我，前一段时光母亲偷偷出去上班，是应老同事之邀，给女七中的高中毕业班代课——高考在即毕业班急需一名优秀教师把关。

哦，母亲原来是优秀教师。

但是，我仍然没有听到有人叫她"侯老师"。

母亲又回农场去了。虽然已经被打入生活底层，她仍旧悄然保持着自己的生活格调。只要回城探家，她必然去天津劝业场的光明影院看一场外国电影，并且带我去"和平餐厅"吃一顿俄式西餐。西餐的味道我已经忘了，却记住了那一部部外国电影：《好兵帅克》《奥赛罗》《巴格达窃贼》……还有一部电影名叫《瞎子的领路人》，后来我长大成人读了西方文学史，才知道它就是根据西班牙著名流浪文学《小赖子》改编的。

记得有一天，我与母亲看完电影回家走在新华路上。这里是旧时的日租界。居民成分基本属于小资产阶级。母亲不言不语走着，似乎仍然沉浸在电影的世界里。这时候，迎面走来一个高高大大的女学生。

高高大大的女学生十分响亮地叫了一声："侯老师！"

母亲满脸茫然，注视着这位女学生。

"我是女七中的学生，你给我们班代过课啊！侯老师我已经考上大学啦！"

母亲怔了怔，然后无言地笑了。在她脸上这是一种久违的笑容。

这是我第一次听到有人叫她"侯老师"。

多年之后长大成人想起当时的情景，我哭了。

世纪夜晚

　　一九九七年六月间，我夜以继日地为金钱而写作着。记得那是一部二十集的电视连续剧，讲述一个阴谋与爱情的故事，绝对俗套儿。俗套儿也得写，因为我想赚钱，赚了钱买更大的房子。就这样到了六月底，我终于写完了，开始关心孩子的病情。这时晓雨的左颈淋巴已经明显肿大，头痛得彻夜难眠。在此之前妻子带晓雨去了天津的几家大医院，屡屡遭遇庸医而坐失治疗良机。记得香港回归的那天夜里，晓雨竟然不能坚持收看中央电视台的香港政权交接仪式现场直播，恹恹睡去。这时候我感到问题严重了。我对天津这座城市毫无信心，决定带孩子去北京治病。

　　一九九七年的夏天，奇热难当。七月七日——就在历史上发生了卢沟桥事变的这一天，我和妻子带晓雨进京治病。我上午十点钟走进北京医科大学口腔医院门诊室，主治医生看了 MRI 片子，然后面无表情问我是什么人，我连忙回答我是患者的父亲。医生表情越发冷峻，告诉我晓雨患了极其严重的疾病，而且前景十分悲观。听了这话，我一时双腿发软无法站起。医生还是向我投来责备的目光：你这个做父亲的怎么现在才带孩子来看病。

　　立即办理了住院手续。正午时分，我们在沙滩附近找了一家餐馆，开始吃饭。这时的晓雨已经张口受限，只是勉强吃了几口。我偷偷看着自己的孩子，内心阵阵自责。

午饭之后我和妻子带着晓雨来到天安门广场。有生以来晓雨首次见到天安门，然而重病在身的孩子已经无心观赏大好风光。天安门只是我们全家身后的一道风景而已。我心情沉重，提出全家在天安门前合影留念。王松明白我的心思，拍照的时候他要求我们笑一笑。我努力挤出一丝笑容，心情颇为悲壮。拍照之后王松抓着我的手说，肖克凡！晓雨没事儿。

天安门广场上我牢牢记住了王松的这句话。

是啊，自从弄了文学这行营生，我渐渐变成一个名利之徒。所谓追求文学事业，只是一个美丽的说法而已，写作的内驱力无外乎名利二字。这十几年来我忙着写东西，从来不曾与家人一起外出旅游。天津距离北京只有一百二十公里，十六岁的晓雨居然一次也没来过首都。这次晓雨首次进京竟然是为了治病。而且是得了这种重病。我非常痛恨自己，觉得对不起孩子。记得妻子生产住院，我居然是在晓雨出生之后好几个钟头才赶到产院的。那时候我一点儿家庭观念都没有，特别现代派。

北京医科大学口腔医院住院部的管理极其严格，绝不允许家长陪伴。晓雨住院的第一个夜晚，我住在医院附近的招待所里，彻夜不眠。

这是我有生以来最为难忘的一个夜晚。我躺在床上彻夜自言自语着，这一次我不能失败，这一次我不能失败。

清晨五点钟我就跑到住院部门前，独自坐在台阶上等待着，希望能够早早见到那位主治大夫，打听治疗方案。我写作多年，终于对"度日如年"这个词汇有了切肤体验。我坐在晨光里，期待着。

整整一个上午我也没能见到那位主治大夫，四处打听都说他在开会，地点不详。我只能在心里祈祷。第三天我终于见到主治大夫，追在他身后。他板着面孔说必须与宣武医院神经外科的大夫会诊，然后匆匆走了。

主治大夫可能又去开会了。宣武医院神经外科的大夫们可能也在开会。我慌了。我担心世界瞬间变成一个巨大的永无休止的会场，夜以继日。

我知道不能等待下去了，这样等待下去无疑意味着失败。这次我是万万不能失败的。于是我决定将晓雨转到这座医院的七楼住院部。七楼住院部的主任医生是黄敏娴大夫，她操着一口江浙的普通话，并没有强调请外院医生会诊。不知为什么，我一下子对她感生了深深的信赖。

晓雨住院，我等待着最终的确诊。那是一个个难挨的不眠之夜。这时我终于明白，一个人患病，最痛苦的不是患者本人而是患者家属。一场疾病的突然降临，毁灭的往往是一个家庭。

晓雨住院的第四天，我又度过一个难忘的夜晚。早晨来到住院部我在七楼看到主任医生办公室里来了很多年轻大夫，不知出了什么事情。我意识到这件事情与晓雨有关，就走到门前，可巧一个白衣护士从屋里走出。

我小心翼翼问道："护士小姐，请问里面在干什么呀？"

护士小姐说："开会呀。黄主任正在跟大夫们开会呀。"

我进一步打听："护士小姐，请问大夫们开什么会呀？"

护士小姐说："开什么会？当然是研究你孩子的病情啦！还有七八位他们都是医科大学的研究生呢。"

我听罢，不再言语。我目光定定站在门外，等待着。我站在门外等待着会议的结束。我坚信，只要黄敏娴主任主持的会议结束，我的儿子就有救了。她这样的医生，是一定能够确诊并且医治我家晓雨的疾病的。

我就这样站在门外，久久等待着。我觉得自己足足等待了一个世纪。

　　门开了。身穿白大褂的年轻大夫们纷纷走出，然后从我身边走过去。我脑海一片空白，定定站着不动。

　　黄敏娴大夫向我招了招手，说屋里坐吧。我走进办公室，坐在她的面前。黄敏娴主任手里拿着 MRI 的片子，故作轻松地说："我们开了个会，研究了你小孩儿病情。"

　　那是上午九点钟。我记住了她说这句话时的表情。这是一个真正医生的伟大表情。

　　真的，我永远也不会忘记，我站在办公室门外等待会议结束的情景。今生今世对我来说，那是一次多么重要的等待啊！

　　等待，也是一种力量。无论会议结束之后从天降临的是福祉还是灾难，你都必须坚忍地保持着生命的力量。

　　于是，就在心里祈祷晓雨的病能够治好，这样也就给了我一个补偿的机会。我向护士长苦苦哀求，终于得到恩准，在病房里日夜陪伴着孩子。一天夜里晓雨上厕所，走在长长的楼道里我猛然发现晓雨的背影与父亲是多么相像啊。这时我终于明白，像我这样的平庸作家，最好的作品其实只是自己的儿子而已。

　　晓雨住院的日子里，我成了一只犹斗的困兽，炎热的天气里东奔西突，跑遍京城求医问药。我完全忘记了自己是一个写小说的人，我只知道自己是一个父亲，一个身处逆境险关的父亲。生活突然变得简单起来，只有一个沉重的目标，那就是治好孩子的病。有生以来，我所热衷的文学事业第一次离我如此遥远，我甚至完全忘记了它的存在。我唯一的身份就是一个父亲。

　　我们全家在北京住了很长时间。我知道北京是个好地方，有着很多令人流连忘返的景致。然而我带孩子到北京是来治病的——这次我不能失败。危难之中我终于发现，我居然有那么多好朋友。他们为了晓雨的获救而表现出极大的爱心。一天晚上我躺在招待所的房间里，颇有绕树三匝无枝可依的感慨，心理几近崩溃。晚间十点多钟，服务员大声叫我去接电话。我惶惶跑向服务台。电话是《青年文学》编辑程黧眉打来的。她开门见山对我说，十分钟之前她蓦然感觉到晓雨的病，没事儿。黧眉坚信自己感觉的先验性，所以她认为必须打电话告诉我。黧眉的电话对我鼓舞很大，我记住了她的话。

《文艺报》的编辑冯秋子具有蒙古族的宗教信仰。她告诉我每次到雍和宫去，心里总是想到一个细长男孩儿的身影。她为这个男孩儿而祈祷。小冯的信竖式书写，字里行间如同天上投来一道明亮的阳光。读她的来信使我懂得了什么是善者的灵魂。

陕西作家叶广芩大姊也从西安写信来，要我将客居北京的地址告诉她。她一定要派北京的亲属去看望我。不知为什么我迟迟也没给广芩大姊回信。我想，我一定是害怕自己承载不起朋友们的关爱。面对真挚的友情，我竟然躲避了。（我借居《小说选刊》高叶梅的房子。附近住着好几位编辑朋友，我也是天天躲避着他们。我真是失礼了。）

还有《中篇小说选刊》的章世添先生。多年以来我只与他通过两次电话，谈的都是稿子的事情，天各一方不曾谋面。一天，我突然收到《中篇小说选刊》杂志社汇来人民币五百元。汇款附言说：这是给您的慰问款，祝孩子早日康复。这大大出乎我的意料。我与许多刊物相熟，然而偏偏没有想到章世添主编的刊物。我与他天各一方从未谋面，更无私交可言。他施惠于我，是真善大善，是出于编辑的良心。我给他写了表示谢意的信，寄去了。也不见回音。君子之交淡如水，这就是章世添的性格。

朋友们的爱心不啻一道道明丽的阳光，投射在我的心田，使我增强了战胜困难的信心。北京，因此在我心中成为伟大的城市。

生活其实就是这样。在你形形色色的朋友里，虽然不乏沼泽却也总有那么一块高贵的净土。他们虽然没有慈善家的名分，却具有真正的爱心。无论你处于什么境地，只要想起他们，你就感到天气很好。

感谢上苍。大难不死的晓雨终于获救，半年之后我们结束治疗离开北京，回天津了。

一九九九年深秋，我又带着大难不死的晓雨进京复查，我们以百分之百外省人的形象走在面貌全新的王府井大街上，心情很好。晓雨也非常喜欢北京。他站在音乐喷泉前久久不愿离去。我则站在远处注视着他的背影。我的妻子站在我的身旁。远处，是充满生命力的喷泉啊。

二〇〇〇年初春，晓雨身体基本康复，一天晚上他骑着自行车前去天津体育馆，那里正在举行摇滚音乐会。据说来了很多歌星。这是晓雨患病以来的首次独自外出并且是去参加狂欢节般的摇滚音乐会。

我则坐在家里的电视机前，独自等待着那场音乐会结束。我期待着晓雨平安回家。这时候，电视里正在播出亚洲大专辩论会的实况。我拿起遥控器换了个频道，看到正在播出的是世界经济研讨会的场面。我再换一个频道，是某市法院开庭审判会，纪实性质。最后我锁定的频道播放的是儿童节目——动物狂欢节。

我注视着镜头里可爱的动物们，心情一下子激动起来。

是的，全世界都在开会，包括电视里的动物们。是的，既然全世界都在开会，那就说明晓雨前去参加摇滚音乐会，也属于人类总动员。我为晓雨能够融入社会生活而感到高兴。

我等待着。等待儿子回家——对我来说这是多么寻常而珍贵的时刻啊。

　　晚间十一点钟，我的儿子晓雨兴致勃勃走进家门，浑身散发着摇滚的余兴。此时，电视里的动物联欢会也结束了。

　　我牢牢记住了那个夜晚。那是晓雨患病以来的首次独自外出而且平安归来。于是，对我来说这就是世纪夜晚。迎接一轮朝阳的升起与迎接一个世纪夜晚的降临，我认为具有同等意义。同时，我在世纪夜晚懂得了人类固守阵地的精神是那么朴素与纯粹。

　　一九九七年夏天里的一件件事情，其实都发生在白天。可不知为什么，每当回忆起来，我总觉得那一件件事情都发生在夜晚。

　　或许，沉静而含蓄的夜晚更加给我以力量，让我去承受人生苦难。正是这样，我的回忆才得以在一个个夜晚延伸，渐渐进入生命的深层。

　　我猛然明白了，这是上天通过晓雨赐给了我一个教诲。不惑之年面对上天教诲，我诚惶诚恐。

　　世纪夜晚啊，我因你而清醒。

我的表哥

几乎每一个孩子都是听着故事长大的。我也是这样。外祖母讲给我的故事，有一些关于表哥的事情。这是我最早的亲情启蒙。

其实三姨母家中，有我好几位表哥。不知为什么，外祖母谈到表哥，并不冠以一二三的顺序。后来我明白了外祖母说起的表哥是专指大表哥的。其他表哥，似乎没有什么故事。

于是我只拥有大表哥这么一个表哥了。

三姨母是我母亲的三姐。大表哥是我三姨母的长子。我和外祖母居住的这座城市地处京山线上，是个大地方。三姨母和大表哥在二十世纪六十年代初期的"节粮度荒"岁月里，总是乘火车关里关外走来走去的。路经这里，总是要来看看外祖母的。那时候我六七岁吧。

睡得蒙蒙眬眬的，只觉得夜里来了人，带进屋子一股凉气。清早醒来，见地板上铺盖着被褥，一个人正在蒙头大睡。

外祖母告诉我，夜里三姨来了，一早儿又走了。而地板上蒙头大睡的，就是表哥。

我非常想看看表哥是个什么样子。

记不得第一眼看到的表哥是个什么模样。这很像电影的蒙太奇。我对表哥的最初记忆是我俩走在绿牌电车道上，就是如今繁华的滨江道，那时候人少，街道就显得宽广。

那么冷的天气里，居然还有卖冰棍儿的。表哥上前伸手就买了一根。那表情那动作，用今日的词汇来形容，可以说是抢购。

如今见不到那种劣质冰棍儿了。紫黑颜色冻得硬邦邦的。只是在顶端，冻结着那么三五颗泡发的赤豆。表哥的目光恰恰盯在这三五颗赤豆上。

表哥浓眉大眼直鼻梁，模样很是英俊。

我记住了表哥的一排门牙。

他将冰棍儿递到嘴边，一啃，那三五颗赤豆便吮进口中。我几乎没有看见表哥的咀嚼。

表哥将那颗没了赤豆的冰棍儿随手扔了。

表哥不满足地咂了咂嘴。那一年他十六七岁的样子，正是能吃下一头牛犊的年岁。

走到劝业场，表哥已经如此这般吃下六颗冰棍儿——总计二三十颗赤豆吧。

他一直不理会我的存在而只关心赤豆。

我们就这么匆匆走着，经过著名的稻香村食品店，表哥就一步迈了进去。

表哥指了指标价十二元一瓶的浓橘子汁。

表哥买了一瓶浓橘子汁，打开瓶盖儿，一扬脖子喝光了。我非常惊讶。这种兑水才能饮用的浓橘子汁，表哥竟然一饮而尽。

售货员也呆呆望着表哥。

回到家吃饭的时候，我已经很饿了。是一锅野菜粥和几个麸子豆腐渣窝窝头。

表哥说，姥姥，我一点儿都不饿。

外祖母听了这话，眼泪就流下来了。见外祖母落了泪，表哥就顺从地喝了一碗野菜粥。他将那只碗放下，却一口也不吃那窝窝头。他朝外祖母笑了笑。外祖母说，你呀真随你爹啊，真随你爹啊。

表哥走的时候是凌晨。我被惊动醒了，躺在被窝里一动不动看着表哥收拾行李。

外祖母显得有些张皇，对表哥说你一定要小心啊千万不能大意。那火车站明关暗卡的，提防的是那些便衣儿，外祖母反反复复叮嘱着表哥。

表哥不言不语倒显得十分沉着。外祖母害怕被街道居民代表发现，就关了灯悄无声响坐在屋里。

"节粮度荒"年代，国家几乎对所有的东西都实行统购统销的管理。于是便出现所谓的"黑市"。三姨母和表哥正是在这种政策之下，长途贩运跑买卖赚钱的。在当时那种形势下，应当说这是一种十分危险的地下工作。只有智高胆大者，才能为之。那时候铁路管理严格，对长途贩运以身试法者的制裁，非常严厉。三姨母让表哥铤而走险涉足此行，想必是为生计所迫吧？表哥下边，还有两个弟弟两个妹妹。三姨父是个老实巴交的猪鬃工厂工人。

表哥走后，外祖母一连几天都是心事重重的样子。她实在无法化解，就纳着鞋底跟我说话，可我又只是个六七岁的孩子。

你表哥可千万别让人家给逮了去呀。你表哥他亲爹就是让人家给逮了去，半夜拉出去砍了脑袋的。你表哥真随他亲爹呀，是个贼大胆。

听了这话，我心中非常害怕。

原来那位在猪鬃厂当工人的三姨父，并不是表哥的亲生父亲。那表哥的亲生父亲呢？

外祖母叹一口气说，等长大了我给你讲。

但我还是牢牢记住了，表哥的亲生父亲是被人家半夜拉出去，砍了脑袋的。

过了几天的一个深夜，表哥又来了。第二天早晨，他大包袱小包袱地走了。看来表哥是平安无事的。外祖母渐渐放宽了心，对表哥的来来去去，也不是那样心无宁日了。

外祖母对我说，你表哥就是随他亲爹那个机灵劲儿，胆大心细的。这来来去去跑买卖，别人都被逮着过。他硬是没犯过事。

表哥一个多月没露面了。外祖母又开始发慌。她发慌的时候，常常自言自语。于是我就慢慢听出了表哥的身世。

表哥的亲生父亲当时是个伪军大队长。年轻貌美的三姨母正是因为看中权势，才嫁他的。三姨母根本不知道丈夫的真实身份，终日过着官太太的生活。其实这伪军大队长是八路军的高层情报员——地下工作者，这些都是人们后来才知道的。一次随日军进山讨伐，伪军大队长被八路军的机关枪打断了双腿。开火的八路军肯定不知道他是自己人。他拄着双拐成了一个残废，日本投降的前一年表哥落生。抗战胜利内战在即，这个靠双拐走路的男子汉依然是共产党的地下工作者。他送情报被捕了。中央军拷打他久审不供，半夜里就把他杀了。那时候国共正在和谈不能响枪，就偷着用大刀砍了头。

外祖母说，你表哥应当算是烈士子女，可就是找不到证明人，还不是白搭呀。

听了表哥的身世，不知为什么我对表哥越发敬佩，觉得他很了不起，而表哥的亲生父亲的确是英雄，却没能强烈地震撼我。这可能由于那双木拐年代久远已成历史，而我又是个不懂事理的小孩子吧？

就觉得更为鲜活的人物是表哥——就在眼前。而历史对小孩子来说，则有些像风化的石头。

临近旧历年，表哥终于出现了。他穿着一件黑色棉大衣，拎着两个很大的手提包。十六七岁的表哥完全一派男子汉的风范，显得活跃而老练。想起他闯过那一道道关卡，我就心中发悸。我自幼就是一个非常胆小的孩子。

外祖母显得非常高兴。表哥是从南方回来。那时候深圳肯定还是一个小小的渔村，而表哥却已经是个成熟的贩运者了。

我想告诉表哥，我知道了他的身世。

表哥对外祖母说，在徐州差一点儿就被人抓住。灵机一动请身边一位现役军人替他拎着那只手提包，才混过的关卡。

听了这话，我觉得表哥比他亲生父亲还要机智勇敢。这时表哥脱了大衣。他浑身上下显得鼓鼓囊囊的。表哥又脱去了肥大的棉衣棉裤。

我和外祖母都惊呆了。

表哥的身上分明缠着一条又一条的猪肉！那猪肉五花三层的，从腰际缠起，一直缠到胸口。表哥沉重地呼吸着，身上显得肥而不腻。

外祖母说，为了挣几个钱，亏你能想出这种主意。这一路多受罪啊！

表哥十分英武地说，姥姥这些肉是我专门从南边给您带来的，过年包饺子炖肉吃。

从身上将猪肉一条条摘下来，足有三四十斤。外祖母喜得说不出话来。"节粮度荒"年月谁见过这么多猪肉啊。

我更加认为表哥是个智勇双全的男子汉。

表哥只喝了一杯热水，拎起手提包说要赶火车回家去。他走到门口，转身望着外祖母。

表哥突然大声说，姥姥身体好！

许多年过去了，这情景总是历历在目。表哥当时表情笨拙，用语也并非恰当，但我却永远记住了他对外祖母的那个由衷的祝愿。

表哥留下的那猪肉，祖母将肥膘炼成荤油，将瘦肉腌制起来。这肉，我们小心翼翼吃了很久很久。

表哥后来也结束了那种危险行当。

他到北京公主坟参加施工，成为一名地铁建设工人。后来他终于得到了承认：烈士的儿子。

如今表哥在京山铁路的一个小站上当了站长。据说他经常不动声色地站在检票口，一眼就能看透那些衣冠楚楚的走私者。

时光已将表哥打磨成一个英俊精明的中年男子了。而表哥在我心目中的形象却永远是那个奔走于天南地北的小伙儿。

你妻逸事

你给我讲了一个故事——你妻子的故事。

当时我听到了你妻逸事，还有窗外那润物无声的小雨。我之所以记得窗外的小雨，是因为我的脸颊渐渐湿了。你住的不是漏屋。

你说你是一个爬格子的动物。我说这我知道——你在格子上已经爬了十年。

你说有一天早晨你醒了，醒得比往日要早。素常你是不会这么早就醒来的，太阳永远比你勤快。

你说那一天你是被人吻醒的。

孩子已经八岁了。你说这些年来你很少有被人吻醒的时候，而是自己渐渐醒来。

这一次你是被人吻醒的。作为一个听故事的人，我无法想象那吻的力量。

你不动声色地讲着。那个将你从梦中吻醒的人正是你的妻子。你说当时你醒得并不彻底——很蒙眬。

于是在你的蒙眬中，你妻子领着孩子上班去了。天天都是这样：她将孩子送到学校去读书，然后去工厂上班。你妻是一个女工。中国的女工太多了。

你说你渐渐醒得彻底了——不再蒙眬。你躺在床上绞尽脑汁回忆着她对你说的话。

渐渐，你想起来了。

"我去上班了。有可能，我是说有可能中午我要回来晚一些……你能不能替我去学校把孩子接回来？如果我回来得很晚，你就做饭给孩子吃吧。不过我想我不会回来很晚的。"

这就是你妻将你吻醒之后所说的一番话。

都是过日子的话，没有丁点色彩。

然而你是被她吻醒的。当时你根本没有去想她为什么要吻你并吻醒了你。

你说你妻是个胆子很小的女人，稍遇惊惧，就眨着一双小鹿一样的眼睛望着你，很美。

起床的时候，你并没有因为今天是被人吻醒的而感到什么异常。你只觉得一个女工会有什么重要的事情不能按时下班？女工的生活就像一台复印机——日日无二。你妻每天中午都是准时走进家门的。

之后你也从机关下班回家了，吃午饭。

今天你毕竟是被妻子吻醒的。

上午你居然没去机关上班。而为什么不去上班，你也说不清楚。当时她站在床前，俯下身吻你。她可能吻了很久你才醒来。

你没有看清她那一双小鹿一样的眼睛她就领着孩子走出了家门。她天天率先于你得到街上的阳光。

十一点钟的时候，你听到一阵脚步声，觉得陌生。而屋门被推开的时候，却走进了你妻。

她不应当有这么沉重的脚步，太陌生。

你妻笑了，说你还没有烧菜煮饭吧，你是不是预见出了我将提回来一只烧鸡？咱们中午吃烧鸡搞一次快餐吧。你说当时你笑了，面对烧鸡。

这时候屋门又被推开，送进一个声音。

那声音的大意是说厂子还发了两瓶果珍和四盒蜂王浆你怎么忘在了汽车上？你好好休息吧，过两天我们再来看你。

这时候你才问："你生病啦？"听到你的声音屋外便热闹起来。你打开屋门看见楼道里站着一小群人。

你妻介绍说："这是工会主席，这是保健站的大夫，这是小李，我的徒弟……"

站在楼道里的人们齐声说，这次你的妻子表现得很勇敢你可要好好照顾她的身体。

你根本不知道出了什么事情，却连声说："好好好……"

关上房屋门你妻不能自持，弱声弱语说着："到底没能瞒住你，我暴露了……"

这时你发现妻子面色苍白，弱得像一棵豆芽菜……她喘着说咱们该吃午饭了。

你妻终于说了："一个月之前厂里就确定了名单，是义务献血。都是小伙子，就我一个女人。"

你当时呆呆望着晾在屋子里的衣裳——那是妻子起大早洗出的，整整一盆。

你告诉我说当时你喊了："你为什么不早告诉我？你没有必要这样去孤军作战……"

你妻躺在床上说："我怕你分心。"

你仍然连声说："你应当提早告诉我。"

你妻说："这次抽血我没害怕。因为、因为我早晨吻了你……"脸上居然现出羞涩。

你把这个故事讲给我的时候，我想我是哭了，因为我知道你的屋子不会漏雨。

我想有一天我见到你的妻子，我将对她说："你是一个好女人。然而真正的爱应当是敢于拥有，当你需要他帮助的时候，就大声说我需要你在我身边呀！一个人为什么要做孤军呢？"

　　后来你告诉我说你妻仍有一双小鹿一样的眼睛，不时向你眨动。而你从那双瞳子里十分清晰地看见了自己，并且久久激动着。

　　于是我也懂得了拥有，很勇敢的样子。

闹　钟

父亲一脚站在门槛里一脚站在门槛外，急着要走的样子说，你买烟台产的吧，烟台闹钟厂最早是德国人开的，德国人做的东西，地道。

其实天津也产闹钟，金鸡牌的，厂子坐落在旧日租界，现今叫西藏路，我念小学时天天从那里经过。但是我要听父亲的话，因为他是我父亲，尽管他身穿蓝色再生布棉大衣，形象几近潦倒。

父亲的目光，原本炯炯有神，现实生活消耗着他的电力，渐渐转为黯淡。说过烟台闹钟，面孔清瘦的父亲放下钱就走了，骑着一辆半旧自行车。那时他刚刚跟我的继母复婚，又搬回去住了。他匆匆赶回家去，要生炉子做饭，还要去幼儿园接我同父异母的妹妹。他终日奔波劳碌，家里家外不拾闲。这是个顾家的男人。

后来邻居告诉我，父亲有些后悔地说过，"我要是不再婚就好了……"

我认为父亲过于自责。一个四十岁的男人，不应当单身下去。只是他的再婚过于粗心，没有察觉对方的精神疾患。

我去买闹钟了。十六岁的我被分配到工厂做工。那座工厂很远，我清晨四点半钟就要起床上班，没人叫我是不会醒的。祖母耳聋。闹钟便成了更夫。

这么多年过去了，已然忘了哪家商店。只记得我说买闹钟，有着指导员表情的男售货员瞟着柜台里的金鸡牌闹钟问我，你要哪种？

售货员当时属于国家工作人员，因为商店是国家的、商品也是国家的，售货员便三位一体了。我成为全民所有制企业工人，也是国家的。

我的目光透过柜台玻璃，有些忐忑地寻找着德国人的遗产。

我对售货员说，我要烟台产的闹钟。他可能感到有些怪异，抬起目光打量我——这株体重五十一公斤、身高 1.83 米的"豆芽菜"。售货员肯定想不到，两年后这株豆芽菜还要疯狂长到 1.88 米，而且是净高。

那时男孩子长得太高，内心总是有些自卑。从众心理使你觉得自己跟别人不一样，不好。你若跟别人一样，就安全了。

还是跟别人不一样——我竟然提出要买烟台产闹钟。售货员颇为不解地问道，你要北极星牌的？

这时我才知道，烟台产闹钟是北极星牌的。我说是的，是烟台北极星牌的。

售货员从柜台下面找出一只闹钟。它孤苦伶仃的样子，与金鸡牌闹钟相比，显然是受到歧视的。我从小也受歧视，当即喜欢上这只绛紫色双铃闹钟，北极星牌的。

不记得这只闹钟多少钱，大概不超过十元。我付了钱，抱起纸盒里的闹钟，这是我人生十六年来最大额度的消费。

不知为什么，我喜欢北极星三个字，它显得旷远不可即。金鸡牌就太及物了，说来说去，一只镀了金的鸡而已。

就这样，这只绛紫色闹钟摆上我的床头。我晚间上满弦。它清晨准时振响铃声。这成为一个双方恪守的契约。我是青春肉身，它是金属诚信。耳聋的祖母看到有了闹钟，也睡得安稳了。

一个北风呼啸的冬夜，似有大手阵阵叩窗，好像夜风也被冻坏了，想钻进屋里暖和一下。我亲人似的将北极星牌闹钟抱在怀里，竟然睡着了。我安睡着。暗夜里有个身穿绛紫色衣裳的亲人，以它的金属之心，时刻关注着我。我沉入梦乡，梦见曾经暗恋的女孩儿，从面前走过，挺着发育成熟的胸脯。自从母亲接到被管制令，当即没了奶水。我未出满月便失去乳汁。我的梦境并非春梦，可能与母乳缺失有关。

　　于是，机械闹钟的金属声召唤，也包含着几分温情，鼓励我起床，鼓励我顶着冬季冷风，奔向远郊工厂上班。

　　清早七点钟上班，晚间七点钟下班，谓之"七对七"。这是加长版作息制。我清晨五点走出家门，晚间九点钟回到家里，体验着"顶着星星走顶着星星归"的疲惫生活。全厂取消每周公休日，大干一百天。即使父母去世也只准半日假。工厂当局认为将亲人尸体送到火化厂，半天时间足够了。

　　青春期严重缺乏睡眠。每天清晨闹钟响起，我便痛不欲生，希望这是死刑的枪声，一弹将我击入万劫不复的长眠里。白发苍苍的祖母心疼孙儿，就低声教唆我装病请假。我随即鲤鱼打挺，翻身起床。故意旷工是严重的错误。祖母的溺爱反而起到警钟作用。我迷迷糊糊走出家门，游魂似的奔向遥远的工厂。

　　我在铸造车间做工。天天开炉，铁水奔流。抓革命，促生产。三个月不休息，工人们出现生理与心理双重疲劳。我跟随"傻大个儿"师傅干活儿。他皮糙肤黑好像高大的枯树桩，我精瘦细长好像豆芽菜，两人水分明显失衡。

　　一老一小，两个身材超高的人，被人们称为"羊群里出骆驼"。我揣测"傻大个儿"也因身高而自卑。我将步他后尘，成为铸造车间新一代"傻大个儿"。

"傻大个儿"口齿不清，说话拖泥带水问我，小肖你天天诊磨起房？

我知道他问我"小肖你天天怎么起床？"连日加班，他好像舌头也累坏了。

我说闹钟。他既羡慕又嫉妒地盯着我说，还闹钟？美死你呢。

我告诉"傻大个儿"师傅，闹钟是父亲出钱给我买的。他大声判断说，你爹出钱肯定瞒着你后妈！她跟你死去的亲娘就是不一样。

我说我亲娘还活着。"傻大个儿"愣了愣说，新社会不许有两个老婆啊。

他四十几岁大男人，好像不懂得夫妻分手叫"离婚"。这时候，我猛然意识到父亲活得挺不容易的，还特意拿钱给我买闹钟。

"傻大个儿"师傅家庭生活困难，买不起闹钟，清晨老婆喊他起床。漏房、破锅、病老婆，这是人生三难，他占全了。病老婆彻夜难眠，顺便充当他的"人肉闹钟"。我每天听到闹钟振铃起床。他每天听到"死鬼！再睡迟到了，让厂里军代表毙了你！"

十年不遇的大雪，积在房顶慢慢融化。棚铺区陋屋常漏，仿佛古代计时器，点点滴滴渗落不止。"傻大个儿"的三个孩子如沐雨露，茁壮成长着。形容枯槁的病老婆也变得湿漉漉，显现水乡妇女趋势。全厂取消公休日，他早出晚归，只得夜半登高除雪。梯子滑倒，他摔断胫骨。

我下班去他家里探望，"傻大个儿"师傅左腿打着石膏说，这次我总算歇了，合法的。嘴上这样说，表情却像理亏的逃兵。

他斜躺床上，好像被伐倒的陈年老树，乱蓬蓬的头发令人想起黑木耳。我困乏难支，说了几句安慰的话，就跟"陈年老树"道别。他扭脸大声对病老婆说，他家有闹钟！他家真的有闹钟！

他的病老婆端起水杯，一仰头服下两粒止痛片，然后气喘吁吁

111

看着我。仿佛她在为我的闹钟服药。

我是个有闹钟的人。这在"傻大个儿"师傅心目中也算是一种特殊身份。

工厂里组织青年突击队,发出"生命不息,冲锋不止!"的号召。继续执行"七对七"作息制,青年突击队贴出"午间不休息"的倡议书,这样我午饭后伏案抱头小睡二十分钟的光景也没了。

天生贪睡的我困乏到了极点,十六岁小伙子半夜居然尿了床。我担心邻居笑话,就请求祖母不要把褥子晾出去。

要不你给自己撒尿时间也定了闹钟?就省得我晾褥子了。清晨时光里祖母思索着,拿起抹布擦拭着我的闹钟。那绛紫色,被她擦得好似打了蜡。

晚间下班公交车上,我酣睡过站,被载到终点站也没醒来。女售票员误认我是几次借故纠缠她的痴情小伙儿,就报了派出所。验明真身,警察释放了我。已然错过末班车。我一路步行回家,拐进小街突然看见街灯下伫着个矮小身影。

冬夜寒冷。她老人家就这样站着,眼巴巴等待孙儿下班归来。我快步跑过去,当头就问有没有把褥子晾出去。祖母严肃地摇摇头,说是烧熨斗烙干的。

你下班越来越晚了。祖母进家就催我喝下一杯热水。杯里,她给孙儿放了白糖。喝了糖水,我恨不得立即睡觉,伸手去抓床头闹钟。

床头没了闹钟。大男孩失去监护人,我慌忙望着祖母。她老人家小孩子似的躲闪着,告诉我闹钟摔坏了,不小心掉到地上。

您!我几乎失去控制。祖母拉开抽屉取出摔伤的闹钟。我呼地抢在手里,匆匆打量着。

闹钟依然身着绛紫色衣裳,可惜玻璃钟罩摔裂了,两只钟铃歪

112

歪扭扭，好像两颗委屈的头颅。我举起闹钟紧贴耳畔，听不到行走声。她心脏停止了搏动。

北极星死了。那么遥远的一颗星星落在地球上，摔坏了。我想哭。闹钟停摆，没人叫我起床了。清砂组李国义迟到三次，就在全车间大会上做了"检查"，还被撤销基干民兵资格。我累计两次了，事不过三。

祖母抚摸我头顶说，宝贝儿啊，明天我去修理闹钟，安心睡觉吧宝贝儿，到时候奶奶叫你。

自从参加工作成了人，祖母便不再叫我"宝贝儿"。听到她老人家这样安慰我，又觉得自己成了大男孩儿。

尽管祖母承诺她是"闹钟"，我仍然紧张得难以入睡，黑暗里瞪大眼睛望着屋顶。屋顶写着一串大字：迟到迟到迟到迟到……

我听到祖母的声音：宝贝儿，起床吧，起床去上班啦，宝贝儿。

我猛然醒来，下意识寻找闹钟。想起闹钟摔伤了，便扭脸看着祖母。

宝贝儿，现在四点半，奶奶保你不会迟到。祖母微笑着说。

平时祖母极少笑容。她从年轻守寡，为避免是非便将自己塑造成为不苟言笑的小媳妇，极力消减女性温柔，故意走向冷硬。多年的艰辛磨难，女性笑容基本消失。年近古稀，祖母将慈祥的笑容给了她的孙儿。

您又不是钟表，您怎么知道现在四点半？我很不放心地问她。

她老人家再次露出寡见的微笑说，放心吧，我就是我宝贝儿的钟表。

我接过祖母递来的棉袄。棉袄是她在火炉前烤热的，使我温暖地穿衣。祖母烤热的棉袄，总是等于体温。我拎起饭盒走出家门，奔向24路车站。

祖母送闹钟去修理。亨得利钟表行师傅说下礼拜三交活儿。我面临没有闹钟叫醒的漫漫时光：五天。

你安心吧，这五天光景一眨眼就过去了。祖母依然努力保持微笑，安慰着她老人家的宝贝儿。

我还是想念我身穿绛紫色衣裳的好朋友。不知为什么，我经常把它想象成"哪吒"——这是个风驰电掣的精灵。可能因为闹钟能够发出金属的疾声呐喊吧。

我期待着，期待耳畔重新响起金属的闹铃声。一连两天清晨，我都是被祖母唤醒的。她老人家轻声叫着"宝贝儿，起床啦"。我突然不愿意听到这种爱称了，似乎我渴望真正长大。

第三天凌晨，我被噩梦惊醒。梦里我迟到了，满头大汗跑进车间大门，当头受到军代表激烈批评。

噩梦醒来，我急忙伸手拽亮电灯，发现身边空空荡荡，祖母不见了。家里没了钟表，我心情紧张抓过衣服快速起床。棉袄棉裤没有经过炉火烘烤，穿起来凉飕飕的。

一旦没了祖母呵护，这个世界便是冰冷的。我害怕了，全然忘记自己是社会主义大企业青年工人，顿时成了无依无靠的大男孩儿。我盲目地跑出家门。

大街上没人。我漫无目的向前跑去，看到增兴德饭馆亮着灯光。这是一家老字号回族餐馆，有着临街的玻璃窗。越跑越近，我看到玻璃窗前一个矮小身影，双手攀住窗台朝着增兴德饭馆里张望。

我看清这是祖母，就惊叫了一声。她转身看见我随即心疼地说，你起这么早干吗？现在才三点半……

我急切地扑到增兴德饭馆玻璃窗前，看见里面的挂钟指针走在3：35位置，心情松弛下来。

祖母已经奔回家了。凌晨天色里，她迈着曾经缠足的"解放脚"

快步走着，那么矮小的身影，一步一步撞开黏稠的夜色。

大红门副食店的守夜老汉好像认识我，他走出店门嘟哝道，这几宿你奶奶总跑到饭馆外面看表，你半夜赶火车啊？

迎着冷风，冬夜板结了我的泪花。跑进家门，祖母给我冲了一碗"油茶面"说，这么冷你跑出去干吗？傻小子！快喝了它暖暖身子，一会儿就该去上班了。

她老人家并不提及半夜外出看表的事情，脸上连微笑也没有了。多年后我懂了，她的故作严肃是提前防范我的询问。她不愿意我询问，是因为她根本就不愿意让我知道。

喝了热乎乎的油茶面，我走出家门，乘 24 路公交车到金钢桥，排着长长队伍，等候换乘 18 路。挤上 18 路公交车，乘坐十六站到达北郊医院下车，我步行十五分钟走到工厂大门，天色仍然不亮。我再步行八分钟走进铸造车间。迎面是手持考勤簿的军代表。我不再害怕，大声跟小战士打了招呼。他操着湖南口音回应了。

我确实不再害怕，因为我有祖母。我想象着她老人家和衣而眠，一宿几次跑到增兴德饭馆窗外看表，确保四点半钟呼唤孙儿起床……

我可以没有闹钟，不可以没有祖母。我乐于听到她叫我"宝贝儿"了，我愿做她今生的宠物。

闹钟修好了，每天清晨重新振响铃声。一九七六年，我被工厂推荐去上大学，迁出户口离家三年。计划经济时期的大学食堂伙食极差，早餐是冰凉的馒头和玉米粥，每月凭票供应一次油条，挤得人山人海。只是每周六午餐有肉菜，给学生们解馋。

我回家无意间告诉祖母，有同学患胃溃疡退学了。祖母喃喃自语说，你们学校这么不厚生啊？

祖母就给我炸酱，带到学校打牙祭。酱里有肉丁，我们抹着馒头吃，小贵族似的。

大学毕业，我返回工厂当技术员。可巧"傻大个儿"师傅退休。我猛然想起那只北极星牌闹钟。

下班回家，我就向祖母打听。她老人家笑而不答。自从我大学毕业成了工厂技术干部，八十多岁的祖母多了几分笑容。

我还是想知道闹钟的下落，它毕竟是我往昔生活的重要伙伴。

它在你肚子里呢。满头银发的祖母谜语似的说。

原来，在我大学期间，家里这只闹钟坏了，送到亨得利钟表行，人家说不值得修了。后来，祖母就把它卖给走街串巷收购旧货的了。

我听了感到有些遗憾。尽管我生活得意忘了昔日伙伴，还是心有不甘。

祖母坦荡地说，我用卖闹钟的钱给你买了一盒午餐肉罐头，那年寒假开学你带到学校去吃了。

这就是饱经风霜的祖母，她既有永生的坚守，比如终身守寡不再嫁，也有适时的放弃，比如将失去使用价值的闹钟变成午餐肉罐头。她老人家主持的物件大变身，让闹钟住到我肚子里去了。

祖母去世多年了，有时我还会在梦里听到她老人家叫我"宝贝儿"。是啊，已经没人叫我"宝贝儿"了，只有远在天堂的祖母。

第 三 辑
你不知道这些人物

我见到了人间天使

  我平时是很少接触医院的，据说这个洁白的世界也已经受到污染，时有不良现象公之于众。我倒并不认为这是什么令人大惊小怪的事情，一个健康文明的社会，往往并不惧怕丑恶现象的出现，出现了我们将其清除就是了。你说哪个国家没有垃圾？清除丑恶现象就是依法治国。各行各业，皆同此理。

  然而医院毕竟属于特殊行业。婴儿在产科病房降生，美丽的生命从这里开始；人人避之不迭的死神也时有光顾，生命的消殒令人心碎。但是无论生与死，这里都应当是一个神圣的地方，属于人类良知所苦苦坚守的最后堡垒。

  这是我们共同的期望。

  一九九七年，是我频频接触医院的年头。夏的季节，我带着孩子去北京治病，形如跋山涉水。此间我遇到了许多好人，终生难忘。

  令我终生难忘的是中国医学科学院肿瘤医院的放疗专家徐国镇先生。

  由于治病是一个漫长的过程，因此我多次拿着 MRI 的片子请教徐国镇先生，抱着强烈的求援心理。他很忙，但从不拒绝我的请求并且为我的小孩儿制订治疗方案。我被深深感动了，不知如何报答。几经考虑，我还是决定依照俗理办事，那就是去给徐国镇先生送礼。

记得是冬季，我终于找到他的住宅。他在书房里热情接待我，越发使我如坐针毡。我终于鼓起勇气拿出装着人民币的信封，放在桌子上起身就走。徐先生立即起身抓住我的衣襟，表情十分激动。他身材清瘦，居然能够发出那么大的力量，令我不得脱身。他一只手紧紧抓着我，另一只手挥动着大声说：我发誓，我是不会要你一分钱的！我真的是不会要你一分钱的！

我顿时就被徐国镇先生的高贵精神击垮了。我知道，我的行为是对他的清洁精神的玷污。我真的感到无地自容。我甚至不知道自己是怎么走出徐先生家门的。在当今这个物质时代里，他洁身自好的精神令我终生难忘。每每想起徐国镇先生，我就充满了生活的勇气。

回到天津治病，经常接触天津第二中心医院的李维廉主任。关于李主任的模范事迹，已有女作家谷应著有专文，所述备矣。我只举出几个感人的细节，说明李维廉主任是一个平凡而高尚的人。

一次是检尿，我小孩儿错过了护士收集尿样的时间，我万万也没有想到，李维廉主任竟然手持尿样，亲自送到了化验室。看着他的背影，我真是感慨万千。每天清晨上班之前，我都能看李维廉主任手持拖把将楼道擦得干干净净。此情此景，你肯定不会想到他是一位全国著名甚至在国外也很有影响的专家。他六十几岁了，天天骑自行车上班。他告诉我，即使是著名专家也应当对生活保持平常之心。

记得那是冬天，李主任来查房，为我小孩儿检听胸部的时候，他将听诊器放在自己手掌上，反复摩擦着，然后才伸入内衣里听诊。李主任走了之后我蓦然明白了，他是担心听诊器冰冷，摩擦热了才给患者听诊啊。

我孤陋寡闻，但我敢说我没有见过第二位如此为我小孩儿听诊的医生。细节之中见精神。这恰恰是李维廉主任于平凡之中所表现出来的高尚医德。

十分凑巧的是徐国镇主任与李维廉主任，同为上海医科大学毕业，是校友。他们都是著名专家，很忙，几乎没有时间与我深谈。尽管总是匆匆接触，他们仍然给我留下不可磨灭的印象。这两位先生的精湛医术与高尚医德，使我坚信人性的美好。同时我还要大声说，尽管天国离我很远，但是我真的见到了人间天使。

我见到了人间天使。因此，我对生活充满信心。

苍山如海

一株小树的身世

那时候的贵州已经叫贵州省了。就在贵州省临近湘西地方，有一个玉屏县。玉屏隶属铜仁市，毗邻的万山区自明清以来即以产汞而闻名。汞就是水银。开矿以来，汞的运输便依靠挑担的脚夫。

到了民国年间汞的开采依然发达。运输依然是脚夫。人类在发明交通运输工具的同时，继续以肉身充当着交通运输工具。于是人类不停地负重行走。

六十多年前的一天，从玉屏到贵阳的路上，正行走着一群脚夫。他们挑着沉甸甸的担子，大汗淋漓。从玉屏到贵阳，往返需要二十天路程。全凭脚夫们的一双铁脚板。在这群脚夫的行列里，走着一个名叫张应炳的侗族汉子。他为了逃避国民党统治时期实行的"两丁抽一"政策，从邻县家乡跑到岳父家里在玉屏落了户，以挑脚为生。

张姓家族来自中国江西，早先属于汉族。张应炳的祖母是苗族，在一场战乱中被火枪击中身亡。因此张应炳身上有着汉苗侗的混合血统。与挑汞脚夫们相比，张应炳显现出良好的脑力。从玉屏到贵阳将近五百公里，一路行走沿途村镇数不清，他都能说得清清楚楚；谈起兵荒马乱的往事，他都能讲得明明白白。

这是一个记忆力出众的脚夫，因此显出几分与众不同。此时，年轻力壮的张应炳娶妻成家，陆续有了三个女儿。此时他并不知道自己将拥有一个男孩儿，更不知道自己的这个男孩儿日后将成为贵州著名的植物学家。

果然，妻子继三个女儿之后生了一个男孩儿，当然这是一九五五年的事情了。喜得贵子的张应炳将超强的行走能力和出众的记忆力遗传给这个男孩儿，并且取名张华海。

主人公的故事就这样开始了。

二〇〇八年八月三十一日，我在坐落于修文县扎佐镇的贵州省林业学校采访张华海。他是这座学校的副校长。扎佐镇距离贵阳市三十公里，明显缺少大都市的繁华。张华海则浑身散发着有别于都市浮躁生活的清爽气质，目光炯炯有神，透露出质朴与刚毅。这种质朴这种刚毅，显然来自大自然的滋补。

这位张副校长引领我参观他的植物标本储存室。我望着那一株株经过干燥处理似乎依然保持着绿色生命的植物标本，心头迸出"大山之子"这个念头。是的，我的这位主人公常年在野外采集标本，熟知亚热带地区的无数种植物。这源于他超强的记忆力，更源于他几十年投身大山深处的经历。他应当被称为大山之子。

新中国成立初期，挑脚的张应炳参加农会工作，通过脱盲识字班学习，他长了见识懂了道理，渐渐拥有了自己的生活观念。

玉屏县属于少数民族地区。这里的民间风俗认为女孩子将来出嫁就是人家的人了，因此上学念书的很少。其实这种重男轻女的现象在汉族地区同样普遍存在。

然而，这个在扫盲班里学会识字的侗族汉子张应炳恰恰成为这种传统观念笼罩下的一个巨大的"异数"。

他培养大女儿读了农业中专学校；他培养二女儿读了师范中专学校；他培养三女儿读了卫生中专学校。之后，他让儿子张华海五岁多就进小学读书了。

新中国成立初期的贵州农村生活，清苦得很。在难以保证温饱的生存状况下，吃苦耐劳的张应炳完成了他一个人的教育事业——将子女放在人生起跑线上。

多年之后，张华海谈到当初父亲培养三个姐姐都读了中专学校，不无动容地说父亲重视子女教育的行为至今在玉屏农村保持着绝无仅有的标高。农民张应炳似乎创造了一项家乡纪录。回望新中国成立以来一个甲子时光，农村女孩儿读书难照旧属于全国范围的问题，而早在六十年前身处偏远乡村的普通农民张应炳竟然成为"教育先锋"——这正是他的不凡之处。张华海应当为拥有这样的父亲而感到荣幸。

农村生活的艰苦，首先体现在衣食住行上。子女多，经常年终断粮。虽然如此，男孩儿还是重点保护对象，特别金贵。尤其三个姐姐对张华海的爱护，感人至深。

张华海五岁半上学，竟然还没有断奶。从家里到学校是一公里的坡路，无论刮风还是下雨，每天都是姐姐背着他去上学。张华海自幼接受教育首先应当感谢父亲，然而他的求学之路则是在三个姐姐的脊背上开始的。

这便构成一幅令人难忘的人生画卷：一段缓缓的坡路上，姐姐背负着弟弟朝着学校走去，这仿佛一座小山驮着另一座更小的山，奔向远方更大的山。

进入小学第二年，张华海的母亲去世了。这位中年早逝的妇女死于大出血。幼年丧母可谓人生一劫，好在张华海有三个姐姐接替了母爱。

身为林业学校副校长的张华海回首往事，难忘三个姐姐的恩德，尤其是谈到三姐对他的恩德，一时哽咽。我与他相处几日，这是他唯一的一次动容。可见姐弟情深。

父亲续了弦。从邻近湘西的松桃农村娶来的继母是苗族。这位苗族寡妇还带来一个女孩儿。在中国人的口碑里，继母往往是虐待子女的负面形象。尤其这位继母给父亲生下一个男孩儿之后，张华海分明感到生存环境的空气稀薄。一个男孩子在母爱缺失的状态下成长，已经有了几分悲苦，何况在母爱缺乏的状态下又迎来了性格狭促的继母。

大姐农业中专学校毕业，外出工作了。二姐考上师范学校，外出读书了。几年之后三姐在卫生学校毕业，面临分配工作的喜悦。中国人都知道，出身农村的孩子唯一改变命运的途径就是接受教育——上学读书。上学读书意味着你可以"农转非"而成为公职人员，彻底改变"面朝黄土背朝天"的命运。知识改变命运——中专毕业的三姐即将分配工作开始新的人生。

就在这种人生转折的时刻，血浓于水的亲情蓦然放射出耀眼的光芒。三姐这个普通的农村姑娘，毅然放弃了卫生学校的毕业分配，放弃了改变农民身份的唯一机会，坚决留在家里务农。这种令人惊讶的放弃意味着她将沿着从村姑到农妇的生命轨迹，了此一生。

采访之中，我受到张华海讲述的强烈震撼。他显然处于激动状态之中，一时语塞。这位有着大山性格的侗家男子为了掩饰自己的激动起身喝了一口茶水，依然无法平复心情。我愚钝地问张华海，你三姐为什么放弃分配工作的机会呢？这太可惜了。

沉静片刻，张华海操着略带湘西口音的贵州普通话说，我有继母嘛，何况继母又给我生了一个弟弟。

我终于明白了，大姐外出工作了，二姐也外出工作了，三姐是担心弟弟独自在家遭受委屈，果断放弃了走向社会参加工作的机会。

　　正是这样，卫生学校毕业的三姐挺身担当起母爱职责，在继母主持家政的日子里，她含辛茹苦地照料着尚未成年的弟弟。

　　张华海自幼丧母是不幸的，然而他也是幸运的——因为上天赐给他一个平凡而伟大的姐姐。

　　三姐为了弟弟免受继母委屈而放弃自己的人生前程甚至幸福，甘心成为终生劳作的农妇。这样的姊弟亲情在偏远的贵州农村乡下，默默闪烁着人性之美。

　　三姐以她的奉献精神在张华海心田里撒下一颗温暖的种子。这颗种子日后必然开花结果，盛开在他的人生道路上。

成长的同义语：年轮

　　贫穷。生活的艰苦绝非当今青年人可以想象。张华海的大姐在玉屏县读农业学校，离家四十八公里。二姐在铜仁市读师范学校，离家三十五公里。每逢周六放假，她们吃了早饭步行回家，从清晨走到傍晚，中午也不打尖。姐姐们这种吃苦耐劳的精神，使得弟弟从小受到人生坚忍的"启蒙教育"。

　　家境贫困。即使一角钱也属于巨款。张华海小学三年级为了买一支铅笔，找同学借了一角钱。放假了，他还不清一角钱债务，那位同学竟然卡下他的书包做了抵押物。一个学生怎么可以没有书包呢？何况是一个热爱读书的好学生。

　　张华海又气又急，束手无策。这时候三姐悄悄找她的同学借了一角钱，为张华海还清债务赎回书包，维护了弟弟的尊严。

　　这一角钱如今几乎等值白纸，但是这一角钱的故事，多年以来令张华海念念不忘。二〇〇三年返乡探亲，他在玉屏县城宴请几位同学，向当年那位借钱给三姐的同学表示感谢，感谢他当年一角钱救急。这位同学已然是玉屏县卫生局局长了。此公显然忘记了这件往事，神情恍然。

县卫生局局长可以忘记这件事情，张华海却不会忘记。童年的贫困记忆，一定给勤奋好强的张华海注入了强大动力，督促他大步朝前走去。

小小的张华海是热爱读书的好学生，他从父亲张应炳那里继承来的记忆力，为他日后的读书生涯提供了先天优势。

张华海升入初中。虽然后来被称为"戴帽初中"，但在校期间他的门门功课考试都在八十分以上。这在盛行"读书无用论"的年代里，应当属于优异成绩了。

家庭的经济状况越来越紧张。继母的娘家在临近湘西的松桃县，属于著名贫困地区。每逢年关便从松桃县来了一群继母的亲戚，住下吃饭。所以一过春节家里就断米。父亲张应炳四处借粮。那时候有钱是买不到粮食的，更何况没钱。自尊心很强的张华海只好到舅舅的机米厂清扫下脚料，筛出米糠度日。

初中毕业张华海回乡务农。他担任了生产队副队长，民兵排长。

家庭关系越发紧张。张华海很想离开家庭离开继母，外出干活儿找一碗饭吃，能够自己养活自己。

内心怀着这种企盼，他几次找到有关人员表达自己这个愿望，总是得到这样的回答：这个问题不好解决嘛，因为你的社会关系不好。

社会关系不好，就是指大姐夫头戴的"坏分子"帽子。这是一顶沉重的帽子，间接地压得张华海喘不过气来。大姐夫为了躲避批斗，跑了。大姐生小孩期间，张华海上山为大姐打柴。他放眼青山大川，小小男子汉的意识在心头萌发。

有一次，张华海替大姐夫去公社交粮食，一路行走扛着一袋大米。公社接收大米的人训斥说，你交的是什么大米啊！我们吃了要患阑尾炎的。

逆境之中的遭受挖苦遭受奚落遭受屈辱，使得张华海越发盼望改变生活环境，离开继母主政的家庭。他向往更为广阔的天地。那么广阔天地在哪里呢？首先就是走出家门。只要走出家门自食其力，他就是顶天立地的男子汉了。

一株植物为什么生长？因为花要开放。一个人为什么要离开家乡？因为他要成长。农村青年张华海有着吃苦肯干的秉性，必然渴望离开盆土进入更大的成长空间。

一九七二年高等院校恢复招生。经过基层推荐进入大学读书的学员即"工农兵大学生"。张华海所在的农村也开始招生，他似乎看到曙光。然而，只是"社会关系"继续影响着他的前程。尽管不乏雨水和阳光，小树的成长依然艰难。

人的命运往往期待出现转机。当时公社妇联主任关竹珍同情张华海，也欣赏他的才干。可巧，关竹珍同志被派舞阳河水电站工地任职，于是她为张华海提供了一个走出家庭外出做工的机会。

离开家庭，张华海来到热火朝天的舞阳河水电站工地，走进一个广阔新天地。

这里的劳动很艰苦。张华海偏偏不怕吃苦。他背负着一百多斤的水泥预制板，沿着五十度陡坡，上上下下。头一天做工便磨破了脊梁皮肤，疼。张华海默不作声——尽管曾经是家里唯一男孩子受到娇宠，苦难的生活毕竟赋予了坚韧的性格。你出声叫苦，就是苦难的奴仆；你不出声叫苦，就驾驭了苦难。

吃苦而且默不作声，沉默便练就人生的黄金。不声不响的张华海在自己身后留下一串扎实的脚印。

俗话说，机会总是留给有准备的人。就张华海而言，机会总是留给有吃苦耐劳准备的人。张华海就是以吃苦耐劳赢得了人生进取的机会。

这个机会就是受到推荐去上学。由于受到关竹珍等人的关照，在舞阳河水电站工地劳动的张华海获得了推荐的机会。这是他人生的重要转折。依照中国人传统观念，所谓人生转折必有贵人相助。应当说关竹珍正是张华海人生道路上的"贵人"，她在张华海身处人生困境之时，拉了他一把。

"工农兵学员"还是要参加考试的。渴望读书的张华海投入紧张的复习阶段。他没有学过物理也没有学过化学，因此文化基础不牢。张华海暗暗发力给自己补充着文化知识。

参加入学考试，张华海在十七个被推荐的考生里，成绩名列第一。上级下达两个指标，都是中等专业学校。一个是贵州省冶金学校，一个是贵州省林业学校。工业是大热门，冶金学校自然轮不到张华海头上。张华海的要求不高，获得就读贵州省林业学校的机会，已经很知足了。

知足心理，有时候容易化作一种精神力量，对已经获得的人生机遇倍加珍惜；不知足心理，有时候则容易产生怨艾情绪，对生活的恩赐无动于衷。

获得人生新机遇，张华海从水电站工地回到玉屏家里，准备去读书了。一个农家子弟获得进城读书的机会，这是多么值得庆幸的事情。令他意想不到的是离家前往贵阳报到那天，继母竟然持淡然态度，是父亲起早给即将远游的学子做了早饭。

吃罢这顿人生起跑线上的早饭，张华海起程了。他背着行李走出家门，好像一条游往大海的小鱼，也好像一只飞向高远的小鸟，更好像一株行走的小树。望着村前那条长长的坡路，张华海依稀可见当年姐姐们背负他上学的一串串脚印。在今后漫长的人生道路上，也必将叠印张华海刻苦求学的足迹。

贵州省林业学校是一座创建于一九五七年的学校，几经转折落户贵阳市附近的修文县扎佐镇。农家子弟张华海走进这座与大自然紧密相关的学校，开始求学生涯。这一批学生里，不乏拥有十年工龄的被称为"老工人"的学员，也不乏具有十年下乡经历的被称为"老贫农"的学员，还有来自上海的知青。相比之下，回乡青年张华海并不显眼，成为这里的一名普普通通的学生。

学生在校读书是需要花费的。此时二姐远在遵义钢绳厂工作，二姐夫是汽车驾驶员。二姐每月资助弟弟十元钱。当时十元钱的分量，不亚于如今的二三百元。于是这十元钱成为张华海不可缺少的生活费。

有一次野外调查几个月，张华海自然收不到二姐寄到学校的汇款。头发长了，只得找同学借了五分钱理发。艰苦贫穷的生活并没有消磨张华海的意志，穷且弥坚——反而成为这位侗家子弟求学上进的强劲动力。

每逢假期，张华海就来到万山矿区在三姐夫的蔬菜队做工。当初三姐为了照顾弟弟主动放弃卫校分配工作，甘愿成为村姑。后来三姐从玉屏县嫁到万山区，成为农妇。

三姐夫为人不错，也很能干，是蔬菜队的头头儿。蔬菜队种菜以供应矿区，经济收入高于农民种田。别人来蔬菜队做工，每天两元钱。张华海来蔬菜队做工，每天四元钱。在贵州省林业学校读书期间，三姐夫以这种方式资助妻弟，使他以这种勤工俭学的方式继续着学业。

计划经济时代，学校同样实行粮食定量供应制度。除了大米，还有一部分杂粮。女生饭量小，杂粮往往有所节余。有的女生将杂粮饭票塞给张华海，这种朴素的表达也包括几分好感吧。

然而，每次张华海都将饭票递还，谢绝这种男女同学之间的情谊。这个出身农村的侗家小伙子有着倔强的自尊心，绝不轻易接受别人的馈赠。

这种倔强，也使得张华海在林业学校读书期间没有涉足爱河，也没有结交女朋友。他深知自己属于"戴帽初中"，文化知识基础不牢。因而，他一门心思放在学业上，心无旁骛。

我在林业学校采访张华海的时候，他已知天命。望着这位五官端正、身材适中、一身正气的中年男子，遥想当年风华正茂的他，当属一表人才。然而内心积聚的巨大能量只能促使这位农家子弟刻苦学习积极向上。他的爱情之门，尚未敞开。

两年时光，正是张华海在贵州省林业学校学习期间。俗话说，铁打的营盘，流水的兵。无论什么学校的学生总是要毕业的。毕业，就意味着走出校门进入社会，为自己谋一份职业。张华海也不例外，即将面临毕业分配。

关于学生毕业分配，那时候有着"从哪里来，回哪里去"的基本原则。张华海有着充分的思想准备回到铜仁地区。因为那里是他的家乡。

然而，毕业之前的一次野外实习，使得默默无闻的张华海显现出他的出众之处。那是一九七五年的夏季。

这次毕业实习是野外调查，主要内容是资源清查，包括森林面积和木材积蓄量。如果纸上谈兵，这种野外调查似乎难度不大，然而实际接触则大不相同了。

我的林业知识几乎为零。采访张华海的时候我向他请教，尤其是那次改变他人生命运的野外实习的具体内容。张华海不厌其烦地给我这个门外汉讲解着一个个概念：五万分之一的地图，地物标，抽查样地，测量精度，闭合差不得大于2%……

张华海的讲述将我带到莽莽山区，我想象着一群攀岭越壑的青年人，扛着测量仪器不知疲倦不畏艰难地工作着。尽管人类在大自然面前显得十分渺小，他们还是顽强地测量广袤无边的山峦和森林……

张华海担任组长的实习小组的野外调查地点在思南县，抽查样地临近乌江。由于以前参加过短期培训，凭借出众的记忆力与知识积累，他带领的小组顺利开展工作，选择抽查样地，确保测量精度，很辛苦也很快乐。经过上级领导核查，张华海领导的小组圆满完成了任务。

不是金子，总是难以发光的。金子则不同。这次野外调查显露了张华海的组织能力和业务水平。学校将他抽调到第二个野外调查地点，在地处梵净山外围地区的印江县。他带领着几个身体弱能力差的同学，从选择地物标到确定调查样地，再次开始野外调查工作。

有一次，由于路况不明计算出现偏差，只有三公里的路程他们走了两个小时，仅仅攀爬到了一千七百米的山顶，还有一半路程。天色完全黑了，下山的道路处于野猪出没的地区，情况顿时紧张起来。张华海望着山下村寨灯火，镇定自若抱起测量仪器带头走下去五百米，终于率领同学们安全到达目的地。

正是这样，张华海率领两个野外实习小组完成了两个野外实习点的调查任务，风尘仆仆返回学校。临近毕业分配，张华海终于展现了他的才干。

学校举行毕业生会餐，一位副校长问张华海家乡哪里，他回答铜仁。这位副校长说这次我送铜仁同学回去，不过你回不去了。听了副校长的这句话，张华海并未在意。

张华海留校工作了。这个消息有些令人感到意外，因为张华海在校学习期间并不属于众人瞩目的"明星学生"。

明星，往往意味着人生时光的辉煌。人生是一场马拉松，最终跑向终点的选手必须拥有恒久的耐力。

张华海的留校，是因为学校里有"伯乐"。原来，张华海这一届学生有五个留校指标。在学校领导班子讨论留校人选会议上，省林业厅的副厅长也参加了。张华海的班主任是林业学校的副书记，这位副书记向大家介绍说，这次野外实习张华海表现最好，不但完成了第一个点的调查任务，还把这个班里最弱的几个同学组织起来完成了第二个点的调查任务，这样的学生是很难得的。

由于王育明老师要选一个学生做助手，便主动询问张华海的情况。当得知张华海来自农村很能吃苦，王育明老师当即选中了这个侗族青年。

任人唯贤而不是任人唯亲，这正是当年贵州省林业学校的良好风气。这样的良好风气使得不依靠门路不依靠关系的贫家子弟张华海，得到公平的评价。

终于，学校宣布张华海留校工作。王育明老师将他分派在树木标本室，每月工资 29.5 元。王老师很欣赏这个学生，随即派他参加全省种苗会议。会议结束之后，张华海拿着平生首次领到的 29.5 元工资，回家过春节了。

在玉屏家里过了春节，第一个月的工资所剩无几。张华海找人借了十元钱买车票，返回林业学校。他一头扎进树木标本室，开始工作了。

张华海的新生活从树木标本室开始。新的天地，在树木标本室敞开了。多年之后回首往事，这里无疑成为张华海的人生起跑线的助跑器。

采访期间，张华海热情地接待了我。这种热情是朴实的而不是浮华的。贵州是产酒大省，但是我不擅饮酒，于是颇为羡慕张华海的酒量。

张华海不会吸烟。他还告诉我，他不会喝酒，他的父亲也不会喝酒，这是家族血统所致。那么他怎么成为颇有酒量的男子呢？还要从树木标本室说起。

留校工作第一天走进树木标本室，不到十分钟张华海便被熏得跑了出去，站在外面用力呼吸着新鲜空气。原来，树木标本室常年使用95度的酒精为标本消毒，还有氯化高汞。从不饮酒的张华海显然难以适应这种有着高浓度酒精气味的"生存环境"，只得不停地进进出出。看来，张华海确实从父亲张应炳那里继承了不擅酒力的家族遗传基因。

大约用了两年时间，张华海终于适应了树木标本室的工作环境。此时，他并不知道自己已经被环境塑造成为一个颇有酒量的人。

平生第一次饮酒，是一次野外调查。一天经风沐雨的疲劳，回到驻地吃晚饭。同事买了酒让张华海消除潮湿与疲劳。他喝了一两多白酒，发现自己竟然能够接受酒精了。

张华海为人正派，人缘很好。有一次他出席林业学校老师的婚宴，一位同事竭力劝酒，处事低调的张华海只得连饮三杯，之后又敬了对方三杯。对方惊呼"原来你能喝酒啊"。

我见过不少擅长饮酒的人，有官有民，有老有少，有男有女。然而，由于工作环境的气味熏陶，使之变得酒量颇大者，张华海是第一人。关于张华海的饮酒，我听到不少细节。比如他在家里从来不喝酒，接待上级领导，他基本不喝酒；但是从下面的基层林业局和林业站来了人，他必然痛饮至醉。张华海真诚地对我说，我们的工作得到基层同志多少支持啊，所以我跟他们喝酒那是真心真意的。

张华海认为，工作使得个人生活充满人生乐趣，工作也使得个人生活具有光明前途。因乐于工作而乐于改变自己，这也是一种人生境界。酒，在张华海身上显出健康的魅力。

我出于好奇追问张华海的酒量，譬如一次能喝多少酒。他笑着回答说，我只记得自己一顿饭能喝两杯酒，那就是第一杯和最后一杯。

第一杯酒与最后一杯酒？这是代表着起始与终结的两杯酒。那么在第一杯酒与最后一杯酒之间的第 N 杯酒哪里去了？看来，这位朴实无华的植物学家并不计较过程中的得失。因此只用象征起始与终结的两杯酒来表述自己的酒量。

关于酒与酒量，与众不同的张华海有着自己独特的表达方式。

姻缘：一棵树遇到另一棵树

三年多时光，张华海在贵州省林业学校树木标本室从事植物标本的整理、鉴定工作。面对一只只来自大山深处的标本，他认识的植物越来越多，可谓阅尽人间树叶。

张华海的日常生活就是这样。有的人在日常工作中认识越来越多的人，张华海则在日常工作中认识越来越多的植物。久而久之，植物渐渐人格化了，张华海则朝着大山之子一步步迈进。

留校工作不久，一位名叫李典群的女同志走进张华海的生活，使得这位侗族小伙子的爱情之门，缓缓打开。女生李典群是张华海在林业学校的同学，只是在校期间两人没有更多的接触而已。李典群来自黔东南的剑河县，在校读书期间是学生会的干部。

毕业分配，根据"从哪里来回哪里去"的原则，女生李典群被分配到黔东南州林业局。黔东南州管辖十六个县。其实她是可以回到家乡剑河县工作的。当州林业局问李典群想去哪里工作，有着服从组织分配的思想觉悟的李典群说，去哪里工作都可以。

是的，这一代人的思想观念就是一切服从组织安排，尽力克制一己之私。于是李典群被分配到远离家乡的榕江县。她到榕江县林业局报到，又被分配到更为偏远的八开林业站。那里青山莽莽河水清清，却属于封闭落后的少数民族地区，紧挨着一条名叫都柳江的河流。

李典群迎着新年的脚步来到这个距离榕江县城三十公里的林业站报到，一条土路不通车。从县城乘船顺水而下，很快就到达。从林业站乘船逆流而上前往县城，则需要两天时间。

李典群在报到的路上看到苗族男子们留着辫子，手牵黄狗肩背鸟枪，感到这是一块陌生的土地。来到八开林业站，好强的李典群立即投入工作。第一个春节不让回家，她独自值班守着林业站过了一个年。地处偏远的八开林业站，这里既是李典群的工作单位，也是她的家。

人生总是存在机缘的，包括爱情与婚姻。一天，一位林业学校同学分配在黔东南州林业局工作见到留校工作的张华海，将女生李典群的处境告诉了他。张华海不假思索地认为，把这样一个能干的女同志分配到那样的地方工作是不合适的。

这个念头使得张华海开始挂念李典群。后来，一个在扎佐林场工作的同学替两人捅破了这层窗户纸。于是，张华海与李典群建立了个人之间的联系。

一九七六年夏天，张华海利用出差机会去看望李典群。当时正在修建公路，张华海给李典群打了电话，从县城沿着都柳江步行三十公里，前往八开林业站。张华海在江右，八开林业站在江左。他到八开林业站对岸，天黑了。

江水东流去。船工下班了。李典群亲自撑着船儿从对岸来接张华海。这很像一部电影里的情节：张华海上了船，两人没有多少语言。李典群撑船离岸没有驶出多远便撞到一块石头。船儿翻了，两人双双落水。

　　张华海给我讲这段往事尤其讲到船翻落水的时候，他的表情还是挺兴奋的。成长于革命年代的年轻人的恋爱史里没有多少罗曼蒂克，这次两人双双落水竟成为记忆里的一件趣事。

　　重新开船，两人同船过渡。李典群成功地将船摆到对岸——也成功地摆渡了自己的一生姻缘。摸黑登岸，李典群立即动手做晚饭。天色黑得很深沉。晚饭之后，两人谈了婚事。就这样度过一个夜晚。

　　第二天一大早，李典群摆船送张华海过江。他与她的故事是这样简单。

　　二十世纪七十年代的恋爱，仍然受到革命传统教育的影响，无论从内容到形式都显得那么单纯。单纯得近乎简单。简单，有时候比复杂更为结实。过于复杂的东西反而脆弱。人的爱情可能也是这样，往往因简单而结实起来。

　　第二年春节，张华海背着一只黄色军式挎包里面塞着一件衣裳，怀里揣着十几元钱，去剑河县拜见李典群的家长。未来的岳父看到未来的女婿为人老实，同意了这门婚事。为人老实，这是当年择偶的重要指标。人品端正的张华海无疑符合这个要求。

　　那时候张华海经常出差跑野外，每天补贴五角钱。住县招待所吃份饭，一份四角九分。他整天跑野外饭量大，一顿吃两份饭。这种花销超了支。野外出差半年欠了一百元账务。出差不增收反而欠款——这正是张华海当年的生活写照。

　　一九七八年元月份，张华海跟李典群结婚。没有积蓄却有债务，张华海只得找副校长借了一百元钱。花六十元买喜糖，其余四十元买了床单和枕套什么的。简简单单结了婚。林业学校的同事们前来贺喜，送了脸盆、暖瓶、水壶等生活用品。场面挺热闹的。

据说往事愈久愈醇，但是多年之后张华海关于自己恋爱与婚姻的讲述，依然这样简单。这令采访者难以从中觅得更多的写作素材。殊不知，一棵树遇到另一棵树，已经预示着前方的森林了。

从中国传统文化观念来看，男人娶妻就是要娶贤内助。尤其一个以事业为重的男人，更需要一位富有牺牲精神的妻子支撑着大后方。从这个意义上讲，张华海一步步走向成功，妻子李典群起了不可或缺的作用——她为丈夫撑起半边天，甚至三分之二天。

一九七八年十月份，张华海喜得贵子，妻子给他生了一个男孩儿。孩子三个月了，李典群必须返回榕江县八开林业站上班，只得将小孩儿留给张华海。

一个在扎佐的林业学校，一个在榕江的八开林业站，夫妻两地生活。计划经济年代里，两地生活意味着夫妻天各一方。调动需要"指标"。有的夫妻由于没有"指标"两地分居大半辈子，只有退休求得团聚。

张华海并没有那么漫长的等待。小孩儿将近一岁时，几经周折，李典群得以调入贵州省林业学校。

李典群回到母校，分配到实验室工作。她从林区买了几十元钱的木材。总算有了一个家，还是要打几件家具的。

我采访李典群，这位中年女性同样谈到当年亲自撑船接张华海渡江翻船的往事，脸上现出稳重的笑容。这是一个为了丈夫事业甘愿牺牲自己专业前程的女性。自从一九八〇年调回母校，先后在食堂、人事部门、学校办公室、学校工会工作，她多次调动工作岗位，无论在哪里工作都是全力支持丈夫的科研工作。多年以来，张华海从来不管家务，无论修理房子教育孩子，还是照顾老人操持家政，一切都由妻子担负起来。

张华海坦言，家里无论遇到什么事情，都是妻子李典群不声不响地承担起来。能够取得今天这样的成绩，有妻子李典群百分之八十的功劳。

进入二十世纪八十年代，也进入了张华海的事业"积累期"，一年三百六十天，他总有两百天出差在外，大量的野外调查，广泛地采集标本，几乎不问家事。正是由于这种扎扎实实的积累，进入二十世纪九十年代终于迎来张华海的事业"爆发期"。

采访之中谈到孩子，张华海和李典群都有几分歉疚表情。李典群也是一个把工作放在第一位的人。丈夫常年跑野外，妻子天天上班，只得让孩子自己玩耍，小时候不慎摔成轻微脑震荡，还断了锁骨。上学了，扎佐镇地处偏僻每天往返八公里，孩子全凭自己管理自己，最终只读了一个专科文凭。

多年以来，张华海在妻子李典群的支持下，执教讲台，笔耕不辍。经过多年学术积累，他先后发表研究论文三十三篇七十二万字，主编研究文集四册，"科学考察集"六册，"科普"一册。他参与的科研课题获得省部级科技进步二等奖一项，三等奖一项。他主持的科研课题获得省政府科技进步二等奖一项，三等奖一项。这些成就证明，张华海是"实践出真知"的典范，是一个亲力亲为的模范教师，是一个德技双馨的优秀学者。

从教多年，张华海还获得林业部"全国林业系统优秀教师"，国家教委、人事部"全国优秀教师"等等荣誉。"传道、授业、解惑"，张华海无愧于光荣的人民园丁称号。

同时，中国科协授予张华海"西部开发突出贡献奖"，国家林业局授予张华海"全国野生动物、野生植物、湿地和大熊猫调查先进个人""全国林业优秀科技工作者奖"。二〇〇五年，入选贵州省人才工作协调小组《黔中英才》一书，二〇〇七年获得"省管专家"称号。

如今，张华海为贵州师范大学资源植物学硕士生导师，已经招收三届硕士研究生。他还受聘贵州大学植物学的硕士研究生导师，培养新的学术队伍。

人间宛若莽莽林海。一棵树遇到另一棵树，这是人生的姻缘。张华海不顾"小家"把大山当作自己的"大家"，这是森林的胸怀。

这个大山之子，以树木的年轮壮大着自己。他踏遍青山，必然以大山为背景做出更大的文章——那将是一株大树的故事。

野生的：没有受到物欲异化的心灵

如今，许多城市兴建"世界微缩景观"公园。一时间，英格兰的巨石阵，荷兰的风车，雅典的卫城，古罗马的斗技场，印度的泰姬陵，尼罗河畔的狮身人面像……全世界的风貌建筑被集中于一座公园里，以"小人国"的姿态让你环游世界。

走进坐落在修文县扎佐镇的贵州省林业学校，一派郁郁葱葱。如果依照所谓"微缩森林景观"的概念，这里无疑是一座植物云集的"树木活标本"校园。

这正是张华海多年以来的杰作。自从留校工作，不论在树木标本室还是担任教学实验场场长，无论担任教育研究室主任还是林业学校副校长，他利用外出参加科学考察和科学研究的机会，攀岭越壑，肩挑背扛，广泛收集各种树木标本，带回校园栽种。日积月累，经年不断，逐步建立起一个有105科232属710种树种的教学树木标本园。张华海以他的辛勤劳动将"大自然"搬进学校，为学生们创造了一个认识树木的鲜活的教学环境。

妻子李典群至今记得，二十世纪八十年代丈夫张华海从野外采集树种归来，大年三十带领学生们栽树的情景。跟随张华海种树的这些学生都是没钱买车票回家过年的贫苦孩子。李典群在家里忙着做饭，让学生们来吃年夜饭，共度除夕。每逢过年都是这样，家境贫困的学生们与张老师带领他们栽种的小树们，一起成长着。

二〇〇八年深秋黄昏，我徜徉在贵州省林业学校校园里，一株株高大的乔木，一簇簇浓绿的灌木，仿佛置身城市森林公园。当我站在两株外形极其相似的"紫荆"前面，张华海告诉我这是两株紫荆，树种相近树龄相同，都是二十年前栽种的。那株身材高大的是野生的，那株身材矮小的是人工培育的。我蓦然想到，举凡扎根大自然的树木原本就是野生的，它们因野生而身材高大。

我想到张华海。三十多年了，这位质朴严谨的科技工作者常年奔走野外从事调查研究工作，踏遍青山与大自然为伴。他的心灵没有受到社会"物欲"的异化，依然保持一颗赤子之心。从这个意义上讲，身体结实心灵健康的张华海也是野生的。大山之子由于亲近大自然而显得生机勃勃。

张华海热爱野外生活。他认为人与大自然的关系比较单纯，跟人打交道就复杂多了。野外生活没有杂念。清晨起来，整理昨天采集的标本，然后上山继续采集标本，即使住岩洞吃冷饭也不觉得艰苦。

进入二十世纪八十年代，《中国森林（贵州部分）》和《贵州森林》的调查研究工作启动了，张华海在恩师王育明先生带领下，一双脚板辗转全省各地县的林区，进行森林植被与森林群落的实地调查，走遍全省八十余县，采集了近三千号标本，做了百余样地，对贵州省的自然地理、植物资源、林业现状有了一个大略的了解。实践出真知。张华海在实践中学习，在学习中实践，紧紧拥抱大自然——这个学术母亲。如此这般，他的专业知识产生了一个质的飞跃，也坚定了他今生为之奋斗的专业方向。

多年的野外生活，喝山泉吃野味亲近植物，不但滋养了他的赤子之心，也保护了他的人身安全，更避免了物欲浸染造成的异化，从而丰富了他的学术成果。

跑野外——已经成为张华海多年难以割舍的大自然情结。他多年以来取得的学术成果与显著业绩，无不与"野外"二字有关。

张华海参加省行业课题五个；他主持国家课题（贵州部分）一个，主持省行业课题两个。

张华海以植物多样性专家身份，参与"中国南方喀斯特世界遗产"的申报工作。

张华海参加"茂兰国家级自然保护区""雷公山国家级自然保护区""宽阔水国家级自然保护区""大沙河省级自然保护区""佛顶山省级自然保护区""朱家山自然保护区""赤水常绿阔叶林自然保护区"等九个自然保护区和中国科学院武陵山生物资源科学考察，皆承担"植物资源、植物区系、珍稀植物"的专题调查研究。

张华海主持"草海国家级自然保护区"等七个自然保护区综合科学考察和"雷公山国家级自然保护区生物多样性研究"……

张华海主持参加的科研考察与科研课题，不胜枚举，尤其由他主持的国家级项目"全国重点保护野生植物资源（贵州部分）"，采用的调查方法为典型抽样法、样点法、线路法，在国内首次实现"个体数量"水平上的省级区域性珍稀植物本底调查，具有较大的原创性。他走在全国前列，成为我国长江以南地区野生植物资源调查的工作样板。

三十三年来，张华海坚持"实践出真知"的科学信念，心系野外，情在大山，足迹遍及贵州所有县市区，无数次深入贵州各地的自然保护区，以梵净山为例，他竟然深入十五次之多。他野外调查，总共采集植物标本 23000 余号 65000 余份；发现贵州植物的一些新的科、属、种分布记录。

张华海以自己的野外经历印证了"梅花香自苦寒来"的当代经典意义。

要想成为一名优秀的植物学家，只有"野外经历"显然是不够的。张华海在树木标本室工作期间，认识到自己的植物学乃至林学的系统理论知识比较薄弱。他在恩师王育明先生指导下，系统地自学了学校图书馆所藏的植物学、树木学方面的书籍，掌握了基础理论知识，为后来在植物学和树木学的教学及科研打下基础。

一九八二年春天，张华海进入贵州农学院林学系树木教研室进修树木学，一步迈进"理论大森林"。在一年半的宝贵时光里，他跟随指导老师野外采集标本，代老师指导学生实验和实习，还系统地研究了贵州农学院树木室馆藏的五万余份标本，对每个标本的产地、主要特征、不同产地的差别、每种的识别特征、与相近种的区别特征，都做了认真研究，并且做了详尽记录。

张华海在贵州农学院进修期间，还接触到国内外的权威著作和资料，同时还得到贵州几位学术前辈的言传身教，为日后学养积累奠定了深厚而坚实的基础。

如此不知疲倦的学习，使得张华海胸中拥有了一座座内涵丰富的大森林。他从父亲那里继承了顽强的脚力和不懈的脑力，朝着科学高峰登攀着。

一九八三年十月，张华海结束了贵州农学院的进修，返回母校任教。他主讲《树木学》《园林树木学》和《花卉学》，到二〇〇一年为止，共授课十八个年级四十个班，平均每学年任教二百五十学时以上。

张华海身为一名中专学校教师，"传道、授业、解惑"的同时怎么能够承担完成那么多国家级或省级的科研课题呢？按说这样的任务应当由专业科研院所的专业科研人员承担完成的。

张华海不囿于三尺讲台，他将课堂教学与野外实践相结合，积累了深厚的"野外生活履历"。同时，徜徉于"理论大森林"积累了深厚的学养，使他不断登攀新的学术高度。据说，只要是亚热带地区的植物没有张华海不认识的，脱口便能说出它的科、属、种以及分布地带，如数家珍。

然而，他在家庭生活是却是另外一番面目：他至今不会开洗衣机不会开微波炉，甚至不熟悉电视机。他几乎不会做任何家务劳动，好像笨拙的大男孩儿。

张华海的家坐落在校园里。只要在家里他便手不释卷地看书。家庭好像是图书馆。多年以来，他书房的椅子在水泥地上磨出两道沟痕，记载着主人公的岁月时光。

他习惯躺着看书。据说躺着看书是一种不良习惯，日久伤眼。张华海躺着看了三十多年的书，既不近视也不远视，视力奇佳。即使从事野外考察，人到中年的张华海依然目光似箭，远远就能发现别人难以发现的情况，这足以替代小型望远镜。这是张华海在视力方面创造的一个奇迹。

性格内向的张华海在家还是比较安静的。当然也有这种时候：从他家里传出收音机或者电视机的声响，音量很高而且持续很久。这种时候只有妻子李典群心里明白，此时张华海正在写作呢。

一般人写东西都要给自己构建一个安静环境，甚至容不得丝毫声响。张华海恰恰相反，他需要构建一个喧闹的世界。他必须在充满声音的背景下写作。这正是张华海不同常人的"怪癖"。

我曾经问过张华海为什么在闹声里写作，他告诉我无论收音机或者电视机多么喧闹，写作的时候他充耳不闻，心中一派清凉。我揣测，张华海是以这种方式将自己淹没在声音的海洋里，却赢得了心灵最大的宁静。

张华海没有什么娱乐爱好，既不唱歌也不跳舞，生活简单至极。但是，有时妻子却邀来两位邻居跟他打"双升"，就是那种用两副扑克牌四人对垒的打法。一连打上两三个晚上。此时，只有妻子李典群心里明白，这是丈夫即将做课题了。投入课题之前，张华海放松大脑的唯一方式就是打"双升"。他的牌技不错，经常成为赢家。

张华海一连几天不说话了。每逢这种时候，妻子李典群是不会打扰他的。因为她知道丈夫处于构思状态。一个大课题，必须经过缜密的思考。张华海一连几天不说话，深深沉浸在他的科研王国里成为一个沉默而纯粹的人。

沉默与纯粹，似乎是孪生子。一言不发的孤独语境所产生的巨大心理能量，使得张华海直抵纯粹的心灵境界——从而攻破一道道科研难关。

这就是张华海的家庭生活——打"双升"是为了扩展想象空间，置身喧嚣的声响世界里写作是为了赢得更大的内心宁静，一语不发则是为了积蓄精神能量的进一步爆发……显现了一个科研工作者的独特性格。

张华海在家从来不谈工作，性格内向却有着很强的心理承受力。他满脑子工作，回家仍然思考科研课题，有一次楼顶漏水亟待修理，他根本没有家务观念。

儿子交了女友，这个未来的儿媳甚至有些惧怕他。有一次她动情地对李典群说，张伯伯工作太忙了，如果我成了你家媳妇，我会陪伴您的。

采访李典群她对我讲到，有时候就是想跟张华海吵架也吵不起来。因为他的心思根本不在家里。这位温顺贤惠的女士将话题扯到野外，谈起丈夫的腰病。

那是一九八八年随中科院考察队采集标本，他在野外工作一个多月。有一天烘烤标本即将收尾，他在楼下吃饭看到楼上冒烟，扔下饭碗冲上楼去抢救标本，一下摔伤腰。第二天，他拄着拐杖上山继续采集标本。从此落下腰椎间盘突出的病根。后来有一次出差广州竟然在大街疼得难以行走。

多年以来，张华海就这样坚持着，从来不因腰疾而放弃工作。这位侗族硬汉忍耐着疼痛，几乎不为人所知。到了冬天他回家就躺在电热毯上——不废分秒地继续看他的书。

李典群心疼丈夫说，人家出差都是去大城市好地方，你出差却是去深山老林艰苦的地方。

不做任何家务劳动的张华海属于野外生活。心系野外生活的张华海属于山峦和森林。踏遍青山的张华海属于大自然。没有受到物欲异化的张华海属于"大山之子"。

树木与树人

新年伊始，张华海被任命为林业学校教学实验场副场长，之后担任场长。他在教学实验场工作，既育了树，也育了人。这期间，他常年穿着一双长筒胶靴四处奔走，身先士卒的作风，勤俭朴实的人品，被大家亲切地称为"筒靴场长"。这个亲切的称呼，极其传神地概括了张华海的特征：参加野外考察，大自然是他的课堂。学校这座四季常绿的教学实验场，则是他教书育人的大好天地。

采访张华海的时候，我发现这位走出早年家庭生活阴影的侗族男子，已经从当年一株小树成为一株硕果累累的大树。从幼小的树

146

苗儿成为颇具年轮的大树，这是张华海个人奋斗的必然结果，也是社会与时代的赐予。谈到自己取得的科研成就，心怀感恩的张华海认为有三个方面不可忘记，一是林业学校的老师王育明、蓝开敏以及贵州林学界的周政贤和李永康教授，他们既是自己的授业恩师又是自己的学术引路人。二是贵州省林业厅领导的信任，给自己提供了展示才干的平台。三是夫人李典群的鼎力支持，多年做好后勤工作。

以前辈恩师为榜样，即使成了大名鼎鼎的树木学专家，张华海在教书育人方面有着良好口碑。俗话说，十年树木，百年树人。张华海是这两方面的典范。

这位"筒靴场长"在学校有限经费的支持下，将林业学校教学实验场搞得井井有条生机勃勃。他在完成教学任务的同时，大力培育树苗提供给社会，为学校创造了一定经济效益。

林业学校的很多学生源自农村贫困家庭。同样出身农村的张华海没有忘本。教学实验场用工，他尽量选择那些家境贫困的学生。贫困学生获得勤工俭学的机会，一边在实验场打工一边读书，保证完成两年的学业。

有一个来自西双版纳的贫困学生，带着一支牙刷一管牙膏就来报到了。他四年期间没买过一件衣服。李典群老师从家里拿来衣服送给这个学生。他不要。张华海叫这个性格倔强的学生来教学实验场做工。这样不但解决了学生自己的生活费，还能贴补家中父母。

还有一个贫困学生，四年没有回过家。张华海同样让他来实验场打工。每天付给民工二十元，付给这个学生五十元。后来，这个学生被保送贵州大学林学专业读书，成才了。

张华海认为，资助一个学生就可能改变他的一生。因此，他在家乡玉屏县资助几个学生读书，回报乡梓。

一个学生去北京读中国林业大学，张华海拿出六千元助学。一个学生去南京林业大学读书，张华海出了两年学费。从一九八四年开始，贵州林业学校每年都有保送指标送学生们进大学深造，只要遇到贫困学生，张华海就解囊相助。

张华海说，我资助这些贫困学生也是为了我们贵州林业学校的声誉，因为他们毕竟是我们学校培养的。学生成才，我身为老师感到很光荣很自豪。

我暗暗断定，张华海是从这些贫困学子身上看到自己当年的影子。他曾经对我说，"我不能做个好领导，只做个好人就是了"。采访时我被他的这句话感动了，因为我深知如今做一个好人并不是一件容易的事情。

我还记住了张华海说过的一句话，"我出身农村很苦，但是我苦得出来"。是的，张华海通过个人奋斗苦尽甘来，然而苦尽甘来而忘本者，不乏其人。张华海的可贵之处在于他没有忘记自己的贫苦出身和成长经历。如今，他能够发光照耀别人了，便将一束束光亮投映到学生们身上。

担任教学实验场场长期间，张华海不但育树，更育人。实践着十年树木百年树人的人生格言。他在教学实验场工作十年，施展了自己的才干。此间，他还增添一个业余爱好，这就是养花养草。兰花，盆景……几乎都是他从山里采回来的。张华海把大自然搬到家里。于是他的家里就成了一座"微缩大自然"。他一有闲暇便埋头侍弄花木，自得其乐。

张华海的名言是："我把专业当作爱好来做了。"一草一木见性情——他乐而忘返地进入大自然的境界。

无论育树还是育人，张华海都以自己的人格力量投入其中，表现出一个知识分子的令人敬重的品格。

张华海为人良善。小时候继母对他不好，使他很早离开家庭外出谋生。后来继母老了，张华海不计前嫌，极尽孝心。每次回家探亲，乡亲们都赞扬说"开钱的回来了"。

张华海不但孝敬继母，还帮助同父异母的弟弟。弟弟的两个孩子都在张华海执教的林业学校工作。他胸怀宽广，富有爱心。

一九九六年十月，张华海被提拔为林业学校副校长。他执意不干。然而不干也得干。张华海表示，是你们强推我上来的，不是我非要干不可。

面对领导的好心提拔，以育人育树为己任的张华海为什么推辞不就呢？我揣测，张华海的推辞是担心影响科研成果。

张华海只得接受上级任命，当上了林业学校副校长。他利用业余时间继续搞课题研究，没有年节假日，一如既往。

张华海一次次圆满完成科研课题，还得益于全省各处都有他的学生，可谓桃李满天下。他的良好师德与友善待人的作风，已然形成口碑和人脉。无论走到哪里都受到学生们热烈欢迎和大力支持。

他曾经颇有感触地说，无论你是哪里来的科研人员，如果没有基层支持你就举目无亲，就连进森林公园也要买门票哩。他的这番话说出一个道理，无论多么高级的科研人员都不要脱离群众脱离基层。科研之花的盛开，永远离不开基层土壤。

树人同时树己。张华海仿佛一株牢牢扎根基层土壤的"植物"，它养分充足，枝繁叶茂，迎风怒放，显现出强健的生命力。

于是，别人是找项目找不到，张华海是推不掉做不完。项目太多做不及，他就将公益性的项目留给自己做，将带资金的项目让给别人做。

教学相长。张华海在育人育树的事业中，同时提升着自己的人生境界。他没有迷恋金钱也没有崇尚权贵，爱心依旧亲情依然，保持着那颗大自然给予他的纯净之心。

三十三年过去了，张华海一路走来，留下一串扎扎实实的足迹。这足迹来自大山深处，来自他的心灵家园——大自然。正是贵州大自然的山山水水，给予他力量，给予他智慧，给予他一身正气，给予他抗拒各种污染的能力。

踏遍青山人未老

如今讲究高学历甚至洋学历，科研工作也从粗放走向精细。比如，你从一只标本花蕊上采一只雄株，坐在实验室里足不出户便可以完成一篇博士论文。

张华海不是这类学者，他走的是一条迎风沐雨的道路。可以说他的"实验室"在山水之间，没有野外生活的张华海便失去了他的意义。

我记住了张华海说的话：我们国家很多植物资源在我们没有搞清楚之前，它们就灭绝了。也就是说在我们发现它们之前，它们就从地球上永远消失了。这是令人痛心的事情。

动物是人类的朋友。植物也是人类的朋友。我们不能在结识朋友之前，就让它们永远消失了。张华海要做的工作就是投身大自然，去发现去寻找那些我们本应当了解的植物——尽力抢在它们灭绝之前。

有一种我们中国独有的珍稀树种叫"珙桐"，它的花犹如鸽子头，包片宛若鸽翅，白花盛开很像鸽子展翅，因此俗称"鸽子树"。它是国家一级保护树种。

早在十九世纪，中国的珙桐由外国传教士采集树籽带到西方栽种，在我国反而难得一见。

白色鸽子是和平鸽，它在毕加索的画笔下象征着和平友好的人类精神。张华海暗暗下定决心，一定更多地找到这种珍稀树种。他根据植物分布原理，大胆断定在四川峨眉山与贵州梵净山之间的大片山区，应当有珙桐的存在。

这个念头在他心里酝酿着，终于迎来那次黔北地区的野外考察。

张华海感冒了，打了两天点滴，他仍然坚持上山考察。一到野外张华海就成了风雨难侵的铁人。感冒未愈，两千二百米的海拔他竟然出现高山反应，继续坚持着。几经跋涉，他终于在大山深处发现一簇簇白色花束——那正是中国独有的珍稀树种"鸽子树"。顽强的张华海终于印证了自己的学术判断。

天道酬勤，发现鸽子树是大自然对这位科研工作者的慷慨馈赠。这种馈赠也给张华海带来了难以形容的喜悦。

张华海熟悉贵州的山山水水，已经达到细致入微的程度。面对大自然，他的一双眼睛既是望远镜也是显微镜。

有一次贵阳市领导们来到黔灵山森林公园视察，陪同人员怎么也找不到那几株珍稀树种"半枫荷"。此时，张华海远在哈尔滨出差。

只得拨通他的手机。身在北国的张华海通过电话给他们指引方向，向前走，然后向左转，前面的三岔路……人们很快就找到了那几株"半枫荷"。

多年以来的实地考察，贵州的珍稀树种深深镌刻在张华海心里。只要进入野外地带，无论多么遥远张华海犹如卫星定位系统，一瞬之间便找到它们的细枝末节。张华海，似乎与贵州的植物们共同呼吸着。

只要置身野外，张华海便有着超乎常人的判断力。他像感受自己脉搏一样感受到大自然的律动，几乎达到"天人合一"的境界。

贵州山区存在毒蛇。张华海隔着百米距离就能够嗅到五步蛇的气息，总是提前做出判断，从容镇定地指挥队员们躲避。

张华海告诉我，五步蛇通常埋伏于山岩或河滩的低海拢地带，人们以"五步"形容它足以致人死命的毒性。五步蛇惰性大，往往几个月不动弹。这种毒蛇行动迟缓，第一个人走过去它来不及攻击，往往伤害第二个人。蛇毒分为神经毒和血液毒两种，五步蛇为腹蛇类属于后者。竹叶青蛇则属于混合型毒液。

长期的野外考察，张华海从来没有受到毒蛇伤害，反而有几次成功捕获五步蛇的经历。有一年随同中科院考察队走进梵净山，张华海用自制的木叉捕到一条两公斤重的五步蛇。他风趣地告诉中科院专家们，这条五步蛇可以卖到八百元钱。别人还是吓得退避三舍。

有一次在息烽野外采集标本，突降大雨。张华海立即做出判断，率领队员们沿着大峡谷奔跑几公里攀上安全地带。呼啸的山洪随后而来。

同样的经历发生在梵净山野外考察。天降大雨，张华海带领队员们快速撤离，与大水赛跑。贵州电视台的记者失足落水，幸亏抱住一棵树得以生还。

三十岁生日那天，张华海在雷公山野外考察。他带领的三人小组半路遇到搞生态调查的十三人队伍，合并一起踏上返程的山路。中午每人只吃了一小坨米饭，饿着肚子走到天黑遇到一个小店，没有任何食物只好煮了一盆辣椒水让大家喝了，晚间十点钟步行到达县城。

张华海不愧为大山之子。他多年的野外考察生涯不乏惊险经历，却屡屡逢凶化吉。他说野外考察行走山间，危机四伏，空气紧张，随时提防遭遇毒蛇袭击。山间寂静，人是不可以随便咳嗽的。一声咳嗽往往引起的应激反应，很可能造成混乱。每逢这种时候张华海就放出两条狗前去探路，谨慎前行。

倾听张华海讲述野外考察的经历，不亚于听一部章回体野外历险记。

有一年，张华海随团出访日本。植物学家当然要参观日本植物园。张华海惊异地看到那里展出的各种植物其名称统统以日文书写，当即提出建议说，贵方介绍植物应当以拉丁文标注，因为拉丁文是植物学界的"世界语"，贵方只以日文标注这是不便于国际交流和沟通的。

面对来自中国贵州的植物学家张华海的"国际化建议"，日本接待人员只得点头称是。

写张华海，我要将他的学术成果和科研成就介绍给读者。然而，我还愿意以琐细的笔触写出张华海的点点滴滴。通过这点点滴滴看到主人公的内心世界。面对这位大山之子，我感到文字的笨拙，真正能够展示张华海的内心背景，必须置身大自然不可。只有在大自然之中，我的关于张华海的文字才会化作一群五色缤纷的蝴蝶，漫天飞舞。

张华海是教师是学者是专家，更是不知疲倦的实践者。他的生活属于树木标本属于三尺讲台属于野外考察，更属于他并不平凡的科研人生。

采访结束之际，我询问张华海会不会续写多年与大自然结缘的事业。张华海坦然地告诉我，今后将站在更为广阔的平台上，以更为开阔的视野观照贵州全省的野生动物植物保护工作。

我为他感到高兴。走向更为广阔的空间，这正是大山之子的社会责任，这正是大山之子的历史担当。

如是，大山之子踏遍青山。如是，踏遍青山苍山如海。

灯光，准备

　　从什么时候知道邹军的名字，我已经记不起了。记得起的只是拍摄二十三集电视连续剧《三不管》的时候，金书贵提到了邹军。当时似乎正在物色演员。我作为《三不管》的编剧之一，与导演一起为剧本做着最后的润色。我知道此时正是剧本由平面走向立体，人物也好比"生猛海鲜"呼之欲出。应当说这是一个很有意思的时刻。

　　《三不管》是一部反映天津民俗生活的长篇电视剧，其中有个颇具悲剧色彩的小角色，名叫齉鼻儿。角色虽小，但是个悲喜交加的人物。因此在演员遴选上不能含糊。金书贵导演成竹在胸，说这个齉鼻儿非邹军莫属。当时我就以为邹军是个丑星。

　　电视剧开拍了，我仍然以为那个名叫邹军的丑星将出演齉鼻儿这个角色。后来见到金书贵，才知道角色易人。但是，我还是记住了邹军的名字。同时我还知道了他是天津电影厂的灯光师，已经参加了多部影视剧的拍摄。尤其是近些年来，由他担任灯光设计的电视剧更频频在银屏上播出。描写三十年代天津要案的八集电视剧《箱尸奇案》，还有《车向太阳行》《爱在心中》等等。要说天津是个影视的小码头，人不多势不壮。但是邹军在这个小码头上，已经是一个小有名气的"主灯光"了。就一般观众心理而言，"灯光"

似乎离他们很远。离他们最近的是那些扮演女一号或男一号的明星们。光，被观众忽略了。

我们不能想象这个世界如果没有光，将是一个什么样子。

但是邹军是一个小人物。正因为他是一个小人物，我才决意写一写他以及他的灯光。

然而，据说邹军长得很丑。据说在此之前邹军是一名与高温烈焰搏斗的轧钢工人。据说邹军为人极善，但那一定是在酒后。

我从来就不认为应当以美丑来划分男人。同时我也喜欢真正当过工人的人。当然不包括那些号称当过工人而实际是当过工头儿的人。我正是在这种情绪之下，与邹军见面的。

这是一间没有女人味道的屋子。我的第一感觉就是邹军的拘谨。不知是出于什么心理，他首先端出一只玻璃器皿，让我参观。我猜想这是他热情待客的方式，就做认真观看状。那玻璃器皿之中的水，浓绿浓绿的，煞是灿烂。我以为他要我参观的就是这浓绿的水。霎时浓绿之中浮出两只小龟，摇头晃脑朝我打着招呼。

对我来说，这是一个惊喜。

我从来没有见过这种景观：那水，比那龟还要绿。与其说养龟，不如说是在养水。能将水养成如此浓绿的模样，那男子也够执着的了。

床上放着许多杂志。茶几上也放着许多杂志。拥有这么多杂志，在如今知识大贬值的时代里，也堪称饱学之士了。

我欣喜地问道，你很爱看书啊？

邹军拘谨地笑了。他说他爱看杂志，主要是爱看与战争有关的杂志。听他说着，我开始翻阅那些杂志：《世界军事》《兵器》《现代兵器》《舰船知识》《坦克装甲车辆》。不知为什么，我一下子就被打动了。眼前的这些印着彩色插页的与英勇战争有关的杂志，使我想起了自己的童年。

从小龟到坦克火炮和战舰，我似乎懂得了邹军。我觉得当务之急是我将自己也还原成一个大孩子。大孩子与大孩子之间进行一场毫无心机的对话。譬如说《机器猫》什么的。

童心多美好啊。可惜我无法将自己还原。

于是邹军继续拘谨。我也被他弄得拘谨起来。看来一个大孩子将自己的毛病传染给另外一个大孩子是非常容易的。

孩子传染大人则是很难的。我渴望自己能够在邹军的带动下，重新天真起来。

这很难。他还是谈不出什么来。这次见面的唯一收获只是改变了他在我心目之中的先入为主的印象。原先以为曦鼻儿角色的候选人一定很丑。见了，我倒觉得他是一个长相普通的男子。他永远也当不了丑星。

当不了丑星并不是因为他长得不丑，而是因为我发现他是一个善于为自己营造儿童乐园的氛围的男子。

拘谨也是一种味道。

邹军的拘谨是真正的拘谨——你想问的问题，往往得不到准确回答。他讲给你的，往往是你当时并不想听的。我只能去听一听别人口中的邹军是个什么样子。其说不一。难道邹军本身就是一部剪辑错了的故事？我只能借助长焦镜头来看一看他了。

这时候你看到的邹军正在工作。

那是一场正常拍摄的戏。机位在山下，邹军与同伴的工作位置是在一座小山包上。身后是直上直下的山壁。

工作间歇，同伴想方便一下，邹军也有此意。就地方便一下？邹军摇了摇头，因为他发现自己所处的位置仍在女同胞的视野之内。这就是拘谨的邹军。剧组到了荒山野岭，背过身子方便就是了，何

156

言视野内外。邹军不。邹军讲究视野。于是讲究视野的邹军起身四顾，他对同伴说爬到高处去方便吧。

然后他率先朝高处爬去。那是绝壁。讲究视野的邹军并不去想什么是绝壁。他只想找到一个合理的位置，方便方便。

爬到一个山包儿上。朝下看一看，他认为此处仍在女同胞视野之内，就继续朝上爬去。

远在山谷里的导演似乎看出邹军正在爬向绝境，就大喊起来。

邹军已经听不到下边的呼喊了。他朝上爬去——为了一泡尿。

又爬到一个勉强栖身的地方。邹军朝下看了看，笑了，在此处方便一下，肯定不会有碍观瞻了。这时他蓦地明白了，自己已经到了绝境。退路是没有了——除非将自己变成一个肉球，滚下山去。唯一的出路就是朝上爬去。这直上直下的山壁，什么时候才能到达光辉的顶点呢？

绝对荒谬。一个拘谨的男人为了无碍观瞻，居然爬到了进也难进、退也难退的地方。山下阳光灿烂，剧组的同人分明已经看出邹军此时的绝境。有人朝这个方向架起长焦镜头。那意思是说，一旦邹军从绝壁失足，剧组随时都能录下他高空坠落的过程，回到电影厂也算是有个交代。

人们的心大都悬到了嗓子附近。

别无选择。邹军只能朝上爬去。此时，他已经改变了目的——不是为了撒尿而是为了求生。

灯光师邹军朝上爬着。坠落身亡的危险，随时都有可能发生。邹军的心情从未像今天这样灰暗。双手，已经磨烂了，他攀着岩石朝上爬去。这是目前人类最为典型的求生状态。他想起了导演经常对他发出的呼唤：灯光，准备！

有了灯光的感觉，就有信念。他的力量渐渐充足起来。他在最

157

后的时刻，终于攀上了山顶。

站在山顶上，他隐约听到山下传来的欢呼声。山的另一侧是一片慢坡。他东摇西晃，从慢坡走了下去。剧组远在山的那边。

这时候他才想起应当方便一下。这里真是一块好地方啊，深山野谷绝对没人。无碍观瞻。

邹军心里踏实了。从从容容解决了排泄问题。定格吧。这就是邹军。

还有一则不确的传闻。传闻虽然不实，却可以看到另一个邹军的形象。那就是一种因自责而引发的近乎自戕的艺术气质。

传闻内容：拍摄梁宝魁将日本浪人的汽车推进海河的一场戏是夜景。灯光找不到了，拍摄现场抓了瞎，BP机急呼邹军。邹军赶来了，意识到自己误了剧组的进度。他当即提出愿意充当替身演员，跳进三九隆冬的海河。果然，他扑通一声就跳了进去。

后来我见到邹军，他告诉我那绝对是一则不实的传闻。那天他公干外出，不存在灯光误场的事情。我坦然了。同时，我心中又生出一丝淡淡的遗憾。如果真是灯光误场的话，我相信邹军会那样做的。尤其是酒后的邹军会那样做的。

人们常说酒后无德。一般男人酒后往往失言失态甚至失手与失足。邹军恰恰相反。酒后的邹军善以待人。酒后的邹军越发是一个正人君子。很多人都有这种印象，酒后，邹军妙语横生，满腹经纶，说理清楚，叙述精确。一切优点都在邹军的酒后表现出来。在紧张的人际关系社会里，他能在酒后说出超乎境界的话语，令人感动不已，前嫌尽释。第二天当人们赞扬他的高风亮节的时候，他却茫然。他记不起自己在酒后居然有那么出众的美德。酒后，餐馆结账他从来都是抢着付款，通常还要多给小费。酒后，他心灵手巧，能够拆开电话机自己动手排除故障。酒后，他能够对你大谈光的艺术并告诉你"骷髅光"如何设计。总之酒后的邹军是可爱的。

同时酒后的邹军也是优秀的。人性的优点在酒后邹军的身上得到最为充分的展现：热爱并尊重女性，仗义并颇具侠士风度。酒后恰恰成了邹军人生的黄金时刻。

邹军不能总是将酒瓶拎在手里处处招摇过市吧？他，还是喝酒的时候少，不喝酒的时候多。于是在人们眼里邹军就成了一个凡人。无酒的季节里，他的才华很难显现，他的机智无以发挥，他的善举没法行使，他的美德无处体现。于是，邹军就只能去当一名灯光师了。

就这样，灯光师邹军乐此不疲地工作着。

工作的时候，邹军自有邹军的风度。站在拍摄现场，谁都会认为导演是这里最为风光的人物。摄录美，服化道，都在随时待命。导演大声喊，灯光准备！摄像准备！演员准备！给人一种咋咋呼呼的感觉。

这种咋咋呼呼的样子其实是一种职业习惯，同时也是权力的象征。家有千口，主事一人。导演就是灯光下的帝王。

邹军往往担任灯光设计，也就是通常所说的主灯光。他手下总有几个伙计。在拍摄现场邹军完全可以对他们咋咋呼呼，以此显示紧张的工作态势。邹军不。邹军从来不咋呼。他对手下发号施令的时候，总是小声小语，远远看着就像是秘密接头。

这就是邹军。从不善咋呼这个意义上说，他今生今世是当不了导演了。

后来，我终于问他，为什么不去出演《三不管》里曩鼻儿那个角色呢？他不好意思地笑了笑。

我怕丑化了自己的形象。尽管我目前独身生活，我对今后的远景还是充满憧憬的，我也说不太清楚。你让我怎么跟你说呢。我还是最喜欢灯光。

灯光。莫非是说，那人却在灯火阑珊处？但愿如此。

无论阑珊不阑珊，我倒觉得邹军应当去演那嚯鼻儿。那样，他就用自己的灯光照亮了自己。至于美与丑，我们对这一双孪生子既有一种市俗的理解，同时也怀着一种近乎宗教式的追求。因此，才有了电影。因此，才有了电影中我们人类的影像。

犹如夜海航行，远处随时都会出现我们向往的灯火。

但愿邹军也被照亮了。那时候，你会看得清清楚楚的。

灯光，准备。

金陵有吾兄

　　康弘女士嘱我作文以配合《天津文学》推出重头力作，此番正是著名作家赵本夫先生的小说。

　　这是本夫兄对津门期刊的支持，也是文学兄长的新作。我当然愿意助兴，不亦快哉。

　　静下心来回想，我是何时认识本夫兄的呢？说实话我想不起。只觉得认识很多年了。时光如梭，我的记忆返回二〇〇七年暮春时节，我俩站在壶口大瀑布夹岸旁，身后是呼啸的黄河飞溅起的水花。我们聊着什么，伴着哗哗的水声。

　　壶口大瀑布之后三个月，又是中国作家采风团走进军营，我与本夫兄同在团内，走了二炮、陆军、空降兵、空军、海军……这就是我记忆里二〇〇七年的他——在济南战区一二七师身穿迷彩服卧倒打靶的赵本夫。

　　几年来，又有二〇〇八年的海南三亚、二〇一〇年的四川资阳、二〇一二年的山东栖霞……然而，让我牢牢记住的还是站在壶口大瀑布旁的赵本夫。他给我留下刚直仗义的印象。

　　说本夫兄仗义，并非我凭空赞美。记得那次四川资阳采风，一路行走诸多市县，每逢有人求字，他有求必应，从不摇头。我不敢说他的字多有市场价值，但毕竟是名人书法，也是不可多得的墨宝。

那次在简阳他挥毫写下几幅，仍有求者。我只得上前将"中华"送至嘴边说，本夫兄别写了歇会儿吧。当时嫂夫人也在场。

认识一个作家的品性，往往见于细节之处。

本夫兄外表严肃，内心良善友睦。他说话也不高声，却是有力量的。

说他良善友睦，并非为人处世没有原则。无论笔会还是采风，他的开会发言从无阿谀奉承之词，总是直抒胸臆，袒露自己真实感受。有时给活动主办方提出建议，也从不敷衍了事。他在中国作协全委会小组讨论发言，并不因身处京师而虚与委蛇。

我不记得本夫兄说话有多么幽默，只记得文友雅集非要他表演节目，他便表演"模仿某人讲话"的桥段，至于模仿何人，我忘了。只觉得他的模仿不是特别好笑，远不如他小说的语言精彩。

本夫兄是秉承现实主义写作的小说家，三十三岁时小说《卖驴》获得全国优秀短篇小说奖，那时我还是个初学写作的业余作者。多年后他的中篇小说《天下无贼》被冯小刚搬上银幕，更使他名满天下。

本夫兄出生在苏皖鲁三省毗邻的丰县，那里有着悠久的历史文化积淀。听他讲当年参加"四清"工作的故事，我惊叹作家生活积累如此深厚。他的长篇小说"地母三部曲"，便是出自他深厚的消化文学素材以及再造文学世界的功力，可惜没有引起文坛的足够重视。

回想他多年主持江苏作协工作并担任《钟山》主编，多少挤占了他的时间与精力，这并没有使他停笔，却使他有了更多的文学积淀时间。文学时间的积淀，会使一个作家跑向文学马拉松。

本夫兄的二〇一七"开年大戏"是他的长篇新作《天漏邑》，甫经人民文学出版社推出，便引发评论界关注。被评论为"诗性虚构与叙事的先锋性"的佳构，可称为小说家赵本夫的"巅峰之作"。

有评论家认为，《天漏邑》这部小说所作的叙事变革，不只体现于它在坚实的写实主义基础上，含有东方哲学与文化、带有文明演进和神秘色彩乃至存在主义的多重格调，更体现在它既继承了中国古典传奇小说的叙事传统，又吸纳了二十世纪八十年代以来的叙事经验，在叙事结构、叙事策略等方面都体现了先锋性。

　　我因本夫兄而感到鼓舞。他尚未步入"文学老年"，却迈开"文学变法"的步伐，令我钦佩令我欣喜。写作多年，成就辉煌，有多少作家固守自家"文学自留地"，怀"志在千里"之情，做"老骥伏枥"之状。然而本夫兄并不是这样，儿孙满堂的他，却在文学世界里大刀阔斧变革自己。

　　这是他丰县人的性格使然，也是他家国情怀的真实体现。我认为他是个有着强烈文学理想的作家，始终没有忘记当年走出家乡踏上文学之旅的初心，因此，他用自己的文学大脑思考，用自己的文学心灵写作，这便将他与别的作家区别开来了——使我看到一个不一样的赵本夫。

　　我期待中国文坛不要像忽略"地母三部曲"那样，忽视了赵本夫的长篇力作《天漏邑》。

　　这次《天津文学》推出赵本夫小说《村口一棵白毛杨》，乃是新作。我通篇拜读，一时竟然难以概括。

　　这是篇寓言小说，还是篇传奇小说，我说不清楚。只觉得这是从赵本夫文学乡土里生长出来的一株小树，几经文学之水浇灌已然大树参天。我从这部小说里读出"年轮"，更读出赵本夫式的中国小说气派。

　　如今很少有作家这样懂得并且描写植物了："节节草、富苗秧、抓抓秧、马蜂菜、苦苦菜、灰灰菜、扫帚菜、扁扁墩……"真是如数家珍，令人嗅到青草的气息。至于那株幼小白毛杨的描写，引出这段入肌入理的文字。

"它（小杨树苗）大概把自己和野草混为同类了，互相缠绕在一起，勾肩搭背，在微风中摇头晃脑，很开心的样子。……其中一棵抓抓秧已经攀上小杨树苗，把它细小的腰杆弄弯曲了。唐家爷爷小心摘下抓抓秧，又逐一拔除周围的各种野草，小杨树苗一下变得清爽而挺拔了。小东西，你以为你也是一棵草啊？傻瓜，你是一棵树！懂吗？你的名字叫毛白杨。"

这既是客观景物描写，也是唐金爷爷的主观视角。小说文字突然转为人物内心独白，让我感受到中国农民的仁慈之心。我们通常所说的优秀小说恰恰有这种特质，它将客观呈现与主观情绪相互融溶，于不知不觉间感染了读者。

这篇小说最终落脚于唐氏三兄弟，老大唐田不离乡土做过村里干部，老三唐银消失几十年，终于发财而归，坐着高级轿车拖着病身子回到故乡。只有老二唐金毫无业绩可言，一介农夫而已。然而，他却爬了二十多年的树，而且是先人栽下的如今"要三人合抱，四十多米高"的大杨树。我以为，这恰恰是赵本夫小说的深意所在。

一个人的执着，却体现在默默无闻的攀爬生涯里。他的目标只是攀到树顶，从而看到"另一个村庄"。

我掩卷沉思，赵本夫的"另一个村庄"意味着什么。可能意味着某种生存状态，也可能意味着某种精神取向，当然也可能意味着"无为"——仅仅是爬到树顶而已。这对固守乡土的唐金来说，用二十多年时光爬到树顶，可能比唐银在外闯荡发财更有意义。

人生拥有多重选择，同时具有多种可能性。以从不停歇的攀爬到达树顶并看到"另外一个村庄"，这无疑充满个性人物意义。

这正是《村口一棵毛白杨》带给我的思考。一篇内涵丰富的小说，可以让人从中受到鼓动从而发力奋进，也可以让人从中读出人生况味从而散淡放达。这就是赵本夫写作的意义吧。

文学路漫漫，金陵有吾兄。吾道不孤——赵本夫的存在也是我至今没有放弃写作初衷的原因之一。当然，这也是我欣然写出这篇小文的真心所在。

可爱不可爱

听说刘雪屏写出了《可爱不可爱》这部长篇小说，我并不感到意外。我以为他十年之前就应当写了，可惜那时他病了。这十年他从这家医院搬到那家医院，就跟搬家似的。

《可爱不可爱》是他的长篇处女作。雪屏写小说这么多年，居然还是处女作。可见，他的长篇，那是不轻易出手的。翻了翻书，果然如此。将自己第一本长篇小说取名《可爱不可爱》，我以为具有反诘意味。爱耶非耶，其实只是个人感受而已。雪屏在这部小说里展现的，是书籍和人类的生存现状。最终人书合一，难以区分——刘雪屏也被印到书里去了。

男主人公取名万喜良，够古典了。他开着一爿书店，取名油纸伞书坊，越发古典了。刘雪屏围绕着这爿书店展示了他的世界，各类书籍与各色人等。各色人等统统与各类书籍有关。藏书人、教书人、读书人，反正除了书就是人，除了人就是书。我以为，这就是《可爱不可爱》在时尚生活时代的古典意义。刘雪屏也因此有所作为了。

不知为什么，读了《可爱不可爱》的开头，我便想起博·赫拉巴尔。这位捷克作家在长篇小说《过于喧嚣的孤独》开篇第一句便说："三十五年了，我置身在废纸堆中，这就是我的 love story。"

166

赫拉巴尔描写的是一位常年在废品回收站工作的打包工。刘雪屏的主人公则是一爿书店的小老板。在这里，我无意将中国作家刘雪屏与捷克作家赫拉巴尔进行比较。我一比较肯定有新锐作家跟我急，说我对《可爱不可爱》评价过高。其实那位捷克作家与这位中国作家恰恰存在相同之处：赫拉巴尔面对摧残人类文明的暴行并未捶胸顿足疾声控诉，而是以通篇独白的方式把它当作 love story（爱情故事）叙述出来。他"开始懂得目睹破坏和不幸的景象有多么美"。这是黑色幽默。刘雪屏在《可爱不可爱》里也不乏温和的反讽。这使我想起十几年前刘雪屏的中篇小说《蛛网》，尽管写的都是工厂女工生活，从那时开始他已经有了"黑色幽默"的尝试，就好比向这世界伸了伸舌头做了做鬼脸儿。如今，他终于在《可爱不可爱》里显摆了他操练多年的本领，尽管掺杂了几分时尚。

　　大约二十年前吧，我们还小。记得那时刘雪屏先生的文笔清新明快得很，永远透着那么一股子年轻人的精气神儿。印象之中的《交叉巷》《紫色的云》还有《蓝色笔记本》什么的，分明就是他早期的"成长小说"了。可惜那时没有这样一种划分，于是把他给耽误了。否则，像刘雪屏这样的作家必然成为开中国青春小说先河的泰斗级人物了。

　　读了《可爱不可爱》我好像明白了，货真价实的刘雪屏终于以真正作家的身份出场了。这一部十五万字的长篇小说，一个男主人公身边围绕着两位女性，一个将他引入无比广阔的外部世界，使他有了"腿"；另一个告诉他冰箱里有饺子煮煮吃吧，使他拥有了世俗生活。一张一弛，一内一外，一动一静，构成了《可爱不可爱》的基本内容。当然，还有一群小巴腊子，偷书的贩书的毁书的，有的虚伪，有的下作，有的可怜，有的可恨，不一而足。尤其那位以收藏左翼作家初版书为己任的许佩祈老先生，当他将最后短缺的两册图书凑齐之后，居然丧失了人生目标，娶个老伴儿过日子。这就是"青年老作家"刘雪屏的令人喝彩之处。这种老道，不是依靠漂亮脸蛋儿参悟出来的。这是十几年冒充病人而领教的人生哲理。

男主人公万喜良，这名字使人想起哭倒长城的孟姜女。这位万喜良在《可爱不可爱》的结尾给读者上演了一幕扣人心弦的好戏：他将一册册书籍码放起来，这分明象征着主人公在搭建一座什么。万喜良越码越高，于是书墙轰然倒塌。刘雪屏和他的男主人公一起被掩埋在书堆里了。应当说被掩埋在书的海洋里了。

这就是《可爱不可爱》的结局。请读者不要落泪，兴许刘雪屏正偷着乐呢。一个人掉在书的海洋里，那多美啊。

记得当年在哈密道报刊门市部门前遇到刘雪屏，他那时只有二十多岁吧，却满脸沧桑了。这么多年过去了，我发现他那张瘦脸没有什么深刻变化，依然不老不小的样子，介于叔侄之间。他完全可以归入年轻时不显年轻、年老时不显年老的那一路人。我以为，只有这一路人才真正能够写出"成长小说"或者"青春小说"，因为他有着特殊的成长经历。

这所谓特殊的成长经历是什么呢？就让我告诉你吧，没有第二个人像刘雪屏这样难以长大，也没有第二个人像刘雪屏这样拥有比你爷爷还要深厚二百年的阅历。

不信你就去试试。当然不用搀着你爷爷去见刘雪屏，你自己去就行了。去的时候一定记住，男孩子衣帽齐整即可，女孩子自便，或者说随意。

什么叫随意？你看看《可爱不可爱》就知道了。据说，刘雪屏的第二本长篇小说取名《你喜欢林肯公园吗?》，多么清新多么美好的书名啊。我只担心这座公园坐落在境外，那样还得办理签证什么的。

无论可爱不可爱，都不会妨碍刘雪屏前往林肯公园——当然不是去观赏风景而是去充当风景。这就是我向你推荐《可爱不可爱》的根本理由。

李静的世界

　　我要叙述的是一个京剧演员的故事。在京剧这个大舞台上，充满了"生旦净末丑"的艰辛与欢乐。正是如此，京剧演员的生命才充满活力。当我们走近京剧大舞台的时候，京剧艺术的魅力扑面而来。这时候我们就会明白，京剧为什么被称为"国粹"。

　　圣人曰：四十而不惑。我正是在不惑之年开始喜欢京剧的。我说的喜欢京剧，只是喜欢听一听而已。我所认识的中国作家里，真正的票友是河北作家谈歌。他唱的马派，已然达到中央电视台票友大赛的入围水平。他忙于写作，没有前去参加复赛。

　　我不是谈歌。我不会唱。我只是喜欢听。我知道，真正听懂京剧其实是很难的。至今，我也没能真正听懂。但是，我还是喜欢听。

　　这就是京剧的魅力——无论你能否听懂，它都将你包容。这也是京剧的雅量。记得有一次坐在剧场里看戏，我突然被台上的演出深深感动。电视转播车停在剧场门外，正将现场实况转播到千家万户。然而我也知道，在当今这个电视节目无所不包的时代，所谓千家万户，究竟又有多少家庭正在收看电视里的京剧节目呢？大概并不很多。

　　因为这是一个喝可口可乐吃汉堡包跳迪斯科听摇滚的时代。京剧，的确已经成了少数人的艺术。正因如此，每当坐在剧场里听着台上演出的京剧，我的心往往被悲壮的情绪所笼罩。尤其是当演出结束之时，狂热的天津戏迷们拥向台前向著名演员欢呼的时候，我的这种悲壮心情达到高峰。

天津是当代中国京剧的重镇。在当代中国的版图上，京剧的重镇并不很多。有人说，京剧迟早成为博物馆艺术。这对京剧界无疑是一个挑战。

中国的京剧历史出现过几次黄金时代。一代代优秀的京剧演员正是伴随着一次次京剧的黄金时代应运而生，同时又将这黄金时代推向高潮。我不能说如今的京剧演员没有赶上黄金时代，然而京剧的萧条又是一个不容回避的事实。正是在这种情况之下，面对痴心献身于京剧艺术的演员们，我的这种悲壮心情也就不言自明了。

于是，热爱京剧几乎成为一种信仰，那就是坚守自己。你的阵地，必然由自己来坚守。没有援军。

我正是在这种时候，听到了李静的演唱。

如果我真的能够懂得京剧艺术，那么我必然要对李静的演唱评价一番。因为李静真的需要评价并值得评价。可惜我不懂京剧。于是，我也就不应发表评论。但这并不妨碍我走进李静的世界。人与人的世界，理应相通。任何艺术都不能离开感受。

中国京剧历史上出现的"四大须生"与"四大名旦"，无不与各自对生活与艺术的感受有关。当今的科学技术即使发达到令人瞠目结舌的程度，京剧也不会成为"塑料制品"。当今，京剧理应成为一门"人"的艺术。而真正的京剧演员，极有可能成为当代中国最后一批古典主义者。譬如说李静。

李静自幼就显现了戏剧天才。这可能与家庭的熏陶不无关系。她的母亲就是一位京剧演员。关于童年生活，李静留给人们的深刻印象就是她浑身充满戏剧天赋。无论什么腔调，李静一听就会。字还咬不准呢，唱起来就腔是腔调是调。李静忘不了小时候在家里与哥哥一起演唱《女起解》的情形。屋子再大，也比不了舞台。闪身时哥哥碰了桌角，疼痛难忍。李静很是内疚，哥哥却说："要是在台上就碰不着了，台上没有桌子。"

李静记住了哥哥的话。是啊，台上是一个宽广的地方。连接天地，八面来风。人间万象，千年风景，统统汇聚到这里。

李静记住了哥哥的话，她渴望走上舞台，让青春放射光芒。

李静终于走进舞台大世界。但是，她走进舞台大世界的门径却充满了苦难。一九六八年全家遣送河北省衡水地区。她沦落到生活的最底层。田间的劳作，使李静渐渐成长起来。天赋使然，她身上的京剧细胞依然活跃，在单调的生活中，她的心声不泯。

她终于走进衡水地区京剧团，成了"阿庆嫂"。

李静是从生活底层走上京剧舞台的。这就注定了李静艺术道路的平民精神。她在漫长的从艺道路上攀登着，成为一名孜孜以求的行者。时至今日，李静已经成为天津京剧舞台上一位颇有名气的花旦演员了。她身上的平民意识，依然故我。李静对我说："唱了这么多年戏，我没有高兴过。大家都说我唱得好，我也是听一听就过去了。不知道为什么，我总是高兴不起来。"从李静身上，我看到了一种气质。置身浮泛的现实生活，一个真正的京剧演员，在拥有革新意识的同时还应当具备古典主义者的情操。否则，学梅，你只能得到一个空壳，宗谭，你也只是皮毛而已。

京剧不是一只空心萝卜。

李静当然不愿做一只空心萝卜。她最大的愿望就是"唱好戏"。其实"唱好戏"这三个字已经暗示李静必将走上一条艰辛的道路。她沿着这条道路，一直走到今天。

一九八三年二月，李静拜童芷苓先生为师。正是从那一时刻开始，李静对艺术的追求，竟然显现出一种勃发的生命力量。

一九八四年，李静到北京观摩童芷苓先生的演出，潜心揣摩老师艺术的真谛。

一九八四年冬，李静专程到上海向童老师学艺，不辞劳苦。

一九八五年冬，李静来到武汉，参加"童芷苓爱徒专场演出"，不失时机向老师求教。

李静对童芷苓先生的人品，充满崇敬。

李静说，她专程到北京向童老师求教。童老师包下了她的吃和住，宛若慈母……

李静说，那年冬天在武汉，童老师坐在没有暖气的剧场里听戏，冻得跺脚。别人劝童老师离开剧场，童老师坚持要听完李静唱的那段"南梆子"……

李静说，她到上海向童老师学艺，住在童老师家里。晚上临睡前，童老师说上海没有暖气，就脱下身上的棉袍给她压脚……

李静说，武汉演出结束，童老师一行乘轮船返回上海。当时只买到两张二等舱的票，童老师与老伴毅然将二等舱让给另外两位老先生……

听着李静的讲述，我蓦地感到，李静心目之中的童芷苓先生，既是一位具象的京剧艺术大师，又象征着一种京剧艺术的精神境界——那就是人品与艺品的合一。

李静对于童芷苓先生的崇敬，也正是由于她向往人品与艺品的合一。

作为一个京剧演员，李静心中矗立着她的榜样——童师。每当她谈起童师的人品和艺品，总是那样激动、那样真诚、那样宠辱皆忘。

李静决心弘扬童芷苓先生的艺术。自从拜师学艺，李静无时无刻不在心中钻研着童老师的表演艺术。一次，李静悟出戏中的潜台词，将自己的心得说给童老师听。童芷苓先生听罢十分欣慰地说："李静啊，你算是把我给琢磨透啦。"

童师，成了李静心中的一座艺术高峰。越是走近童师，她越发感到艺无止境这句话的分量。

关于李静求艺的痴迷，一位对她了解颇深的长者对我说："李静满脑子都是京戏，左脑是二黄，右脑是西皮。"

这是一个生动的比喻。一个人将自己的身心统统交给京剧艺术之时，所表现出来的痴迷无疑达到忘我的境地。采访李静的时候，我强烈感到她的"京剧情结"。

我们只谈了五分钟闲天儿，她就开始谈起恩师童芷苓先生。这时候的李静，进入一种忘情的状态。作为采访者，此时你只能听她讲下去。也只有在这种时候，你才有可能走进李静的世界。

这是一个痴迷者的世界。

李静告诉我，论起表演，童老师独到的地方太多了。她向我娓娓道来，话语如流。这时候我注意到，李静完全沉浸在童芷苓的艺术世界之中。她讲到《诓妻嫁妹》，然后讲到《尤三姐》，讲到童老师表演细微之处的与众不同……

虽然我是一个京剧门外汉，但还是被李静的讲述打动了。

李静讲到童老师一九九五年在美国乘鹤而去驾返瑶池，竟热泪涌流，不能自持。

童师之道不孤，后继有人。

采访李静的时候，她对我说，她读了《童芷苓传》，其中说童派后继无人。李静执着地说："我就冲着'后继无人'这句话也要坚持下去。我一定要当好童派艺术的继承人。现在我终于明白化悲痛为力量这句话的意义了。"

李静正是这样做的。童芷苓先生逝世一周年之际，李静在有关方面的支持下，在中国大戏院举办了"著名京剧表演艺术家童芷苓逝世一周年纪念演出"。这场演出尽管得到天津市房管局企业家协会和天津市振兴京剧艺术基金会的资助，但李静本人还是花了四千多块钱。她说，为了纪念恩师，有多大困难都要克服。

一九九六年七月六日，李静在中国大戏院演出童芷苓先生的亲传剧目《尤三姐》。

远在美国的童芷苓的女儿童小苓发来贺电。

居住在上海的童寿苓、童祥苓发来贺电。

海外的许多京剧界人士也发来贺电。

演出获得极大的成功。当地传媒称李静为"童芷苓的得意弟子"。此言不虚。

为了这场演出，李静用尽心血。她以自己对童派艺术的追求，回报恩师。

我想，童芷苓先生作为中国京剧的名家，生前红遍中国大江南北。她于晚年收李静为徒，老树新枝。关于李静对童派表演艺术的虔诚，童芷苓先生若泉下有知，也应甚感欣慰。

我问李静举办周年纪念演出的目的。她说，不以死人来抬活人，而是以活人来弘扬故人——弘扬童派艺术。

李静告诉我，她正在筹办纪念童芷苓逝世两周年的演出。面对李静对童派艺术的执着追求，我渐渐能够理解李静的内心了。

李静告诉我，京剧不大景气，有时候她就到茶楼去演唱。李静追求的是艺术，茶楼也是她施展艺术才华的场所。李静说这话的时候，一点儿也没有演员的虚荣。在本埠，李静毕竟是一位颇有名气的京剧演员了。

"一个人演戏有了一点成绩就骄傲，我觉得那样做特别不值钱。"

这时候，我终于渐渐走进李静的世界。在这个世界里你会看到，无论京剧景气还是不景气，你都会看到她在执着地朝着攀缘，从不气馁。李静记住了童师的话："我们只管认认真真地演戏。"

演出开始了。

龙一其人其文

　　好多年前，龙一写过一篇《肖克凡其人其文》，那是天津市委宣传部委派的任务，后来这篇文章编入《未来之星》一书。悠悠岁月，漫漫时光。今天，我终于有机会写龙一了，文章自然取名《龙一其人其文》。

　　那一来一往，这一还一报，我以为是很好的缘分。

　　说其人道其文，首先介绍龙一其人。龙一本名李鹏，二十世纪八十年代初期毕业于南开大学中文系。起初，我以为他"避尊者讳"才取了龙一这个笔名，其实跟尊者毫无关系。龙一就是龙一。

　　他大学毕业的时候大学生还是香饽饽，就业绝无问题。于是，走出南开校园的李鹏同学被分配到天津市教育卫生委员会，简称"教卫委"。

　　这可是一个挺不错的单位，政府机关，铁饭碗，工作清闲，是很多大学毕业生向往的地方。报到之后领导告诉他，好好干吧，咱们单位出国机会很多，有短期访问，也有长期深造，你有什么想法尽管提出来。

　　他说："好的。"

　　就这么工作了一年多时光。

　　终于，他向领导提出要求了："我想调走……"

领导当然感到惊诧。这么好的工作单位，这么好的个人前程，竟然拴不住新来的大学生李鹏同志的心。看来，只能以人各有志加以解释了。

于是，他离开那所政府教育机关，竟然去了一个名叫天津市作家协会的地方。而机关干部李鹏同志，也就变成了文人龙一。

就这样，龙一开始了。

龙一来到天津市作家协会，进入简称"创研室"的创作研究室。虽然来到天津作家协会，然而文人龙一似乎并不醉心于文学创作。我认识龙一之初，也看不出此君有什么远大追求与奋斗目标。他上班时间手里捏着一只宜兴紫砂壶，显得挺散淡的。当时，我身边有一大群急于成名成家的业余作者。龙一与他们相比，形成鲜明对照。

我第一次走进天津作家协会，它处于流离失所的状态。堂堂天津作协租借坐落在河西区气象台路新港船厂招待所的几间房子办公，也就是当今经济适用房的水平。我心中的文学圣殿竟然如此这般境地，心头不由掠过几分惊诧与迷惘。

第一次与龙一打交道是参加蓟县笔会。上海的《萌芽》主编曹阳先生带着几位编辑来津，积极筹备"天津青年作者小辑"的稿件。龙一是这次笔会的工作人员，代表天津作协接待上海客人。初次见面，他对我没有表现出过多热情，我对他也没有表现出超常友好，就这样认识了。

那应当是一九八六年初春季节。那时龙一小我八岁，如今龙一仍然小我八岁。这样的年龄差距，今生是铁定了。

他留给我的印象比较好，似乎并不急于获得什么，当然也不急于放弃什么，一派通达随和的平衡状态。他有几分酒量，因此得到《萌芽》编辑孙文昌先生的好评。当时的龙一与身边的几位业余作者已经混熟了。这几位业余作者也以与龙一称朋道友为荣。于是，酒喝得也就比较畅快了。

蓟县笔会留给我的最深印象就是业余作者们争强好胜的进取精神。由于《萌芽》以发表短篇小说为主，于是发表中篇小说便成为几位作者的努力方向。我只在《萌芽》发表了短篇小说《我那亲爱的玻璃》，心里挺知足的。那是我第一次在上海地区的文学杂志上露面。

蓟县笔会结束，业余作者们作鸟兽散。我回到单位上班。那时候我是一所工业机关的干部。至今我仍然记得，我坐在办公室里给龙一写了一封信，内容则是"别来无恙"式的问候。至今我仍然记得我给龙一写信的动机，无外乎是想跟他搞好关系。当时在业余作者队伍里已经出现急功近利的风气。我也不能免俗：一个普通的业余作者向一个作家协会"创研室"的文学干部表示友好，其用心不言自明。无外乎是想多参加一些文学活动而已。这就是二十世纪八十年代一个业余作者的心态写照。

后来，我与龙一几乎没有什么往来。有时候见面，也没有什么印象留在记忆深处。这是我与龙一相识的初级阶段。

一九八八年我离开天津市经济委员会，调入天津市作家协会文学院。这样，就与龙一成为同事。那时候天津作协仍然蜗居在新港船厂招待所。由于地方狭小，低头不见抬头见，接触的机会渐渐多起来。后来天津作协搬到天津京剧院招待所。这期间，我与一些青年作者接触颇多，鸡鸣狗盗浪费了许多大好时光。与龙一的接触则很少。

进入二十世纪九十年代初期，文学创作处于比较低迷的状态。就在这种时候，天津文艺大楼终于落成。天津作协也结束了多年的流浪，有了稳定的处所。

我与龙一的交往，也跨入新时代。

搬进新的办公大楼不久，天津作协文学院就彻底完成自身转化，从文学机构变成经济实体，办学习班，开印刷所，生意做得颇为红火，令人羡慕。在这种激动人心的经济热潮中，我自然成为无用之人。于是，天津作协资料室便成为我与龙一经常会面的地方。

如今，那间资料室已经成为天津作协创联部的办公室。我还是怀念那间屋子。记得窗外有一株大槐树，后来一夜之间消失了，去向不明。我与龙一正是在这间资料室里开始了旷日持久的闲聊。所谓闲聊，主要是谈读书方面的事情。我的所谓读书，也是从那时候开始的。

龙一好像对唐朝的事情非常了解，他还给我看过一张唐朝长安城的地图。坊间与坊间，标得清清楚楚。关于晚清与民国，他也说得头头是道，好像是前朝遗民。

在此之前，我大多读的是小说，基本属于骑着驴看驴的状态。然而龙一读得很杂，与他聊天儿涉猎范围也比较广泛。渐渐，我也开始读得杂了，这样与龙一就形成对谈，乐趣遂即浓厚起来。

龙一读书，从来不标榜什么学问。他声称自己读书之目的是"以助谈资"，也就是说他读书是为了跟朋友聊天儿的时候拥有谈话内容。这种关于读书的用处，我从来没有在别人那里听到过。以前听过"读书做官论"或者"读书无用论"。然而，龙一的读书"以助谈资"论——我以为是一种通俗意义上的绝妙境界。因此，读书便有了品酒的味道。

当然也去买书。坐落在烟台道上的古籍书店，那是我们经常去的地方。龙一与这里的店员稔熟，俨然一派旧式文人逛书店的风采。古籍书店的小郑，曾经是大学中文系的"工农兵学员"。只要龙一迈进店门，小郑便迎上前来热情接待，宛若今天的VIP。

大约是一九九三年吧，我们相中一套《北洋画报》，总共好几百册，定价人民币七百多元。我的工资当时只有一百多元，面对天价很是犹豫。虽然龙一购书从不吝惜金钱，面对《北洋画报》也是踟蹰不已。

有那么一段时间，我与他好似两条猎狗，屡屡窜入古籍书店围着那一堆"猎物"转圈儿，目光紧紧盯着价值七百多元人民币的《北洋画报》，贪婪而无奈。我们当然知道，放过这个机会，它二十年之内也不会再版了。

最终还是买不起《北洋画报》。我花五十四元买了一套清代编纂《渊鉴类涵》。然后眼巴巴看着那一套套当年由奉系军阀资助的具有史料意义的《北洋画报》销售一空。

从此，烟台道上的古籍书店成了我与龙一的伤心之地。后来它一度停业，我与龙一则丧失了一个好去处，就好似酒徒没了酒馆儿，呈"绕树三匝，无枝可依"状。

人生在世，不同阶段遇到不同的朋友。我与龙一的交情，就是这样开始的。我不记得他怀有什么目的，我也不记得自己怀有什么目的，应当是互相没有什么目的。多年之后，我们终于确认了当年建立的友谊，那就是四个字：君子之交。

我们俩聊天儿，从来不谈女人，从来不谈钱财，从来不涉及个人私密，聊的内容都是能够摆到桌面上的。譬如风物人情，譬如历史沿革，甚至包括皮黄鼓曲以及奇闻逸事。总而言之，前五百年，后五百载，皆为毫无经济效益的清谈。偶尔有人旁听几句，随即兴味索然起身离去。

倘若有一段时间没有见面，他有什么心得往往立即告诉我，我也同样。譬如对当年天津的"潮不过杨"，不得其解。我从一老者口中得到答案，见到龙一立即倒卖给他："大沽口涨潮，南运河不过杨柳青，北运河不过杨村，子牙河不过杨汾港。"

龙一听罢，满脸破译天书之后的快乐表情。这种快乐，与基金分红和股票反弹毫无关系。这是一种纯粹的快乐。

　　说起炒股票，龙一也有一段故事。十年前他买了一只股票，严重套牢。他就将此事扔到脖子后边去了。去年，文学院的李大姐告诉他，你的股票大涨啦。

　　他去查了查，果然赚了一万多块钱。回家翻箱倒柜找到股票交易卡什么的，卖掉股票兑成现金，之后径直走进水产市场拎着几只大海蟹回家解馋去了。

　　我以为，他是中国股民里为数不多的成功者。无招胜有招。他的成功秘诀就是忘掉股票。遗忘，有时候胜过牢记。

　　龙一其人，多有不同凡响之处。譬如他的春秋两季衣着，很是老派。早在中国兴起所谓"唐装"之前，二十世纪九十年代初期他便身着"对襟疙瘩襻儿"，堂而皇之出现在天津作家协会。别人眼里的奇装异服，那是他的寻常衣裳。我知道，这一身寻常衣裳里确实包裹着一颗寻常之心。

　　有一年我访问香港置装，龙一主动为我提供整体形象设计。平素，他不是一个主动替旁人拿主意的人。他的本意是不强加于人。对我，他破例了。生活之中他很少破例。

　　那天，他先是陪我去天津估衣街上的老字号瑞蚨祥绸缎庄购买衣料。那一种种料子，无论春绸还是缂丝，没有百年阅历是不认识的。我傻子似的看着他替我选定衣料：古铜色的，宝石蓝的，皆为暗花儿。我感受着老绸缎庄的老派气氛，只懂得数票子付款。

　　之后，龙一骑着摩托车嘟嘟嘟载着我，一路冒烟找"他的"裁缝做衣裳去了。后来，我穿着这一身行头出现在香港街头。从地处中环的著名华服店"上海滩"门前走过，径直走进"周大福"。店员们看到我的奇装异服，纷纷投来惊诧的目光。由此可见龙一给我的古典形象包装有多么一鸣惊人。

是的，龙一是个老派的人。他喜欢的东西，基本不属于新鲜事物范畴。有一次他在家作画，据说画了几只葫芦。

画了自我欣赏就是了，他还其乐陶陶地拿去装裱，人家裱画店师傅实无颂词，只得啧啧称赞道："您的纸真好啊！"

龙一将这个故事讲给我，哈哈大笑。这是一种老派的乐趣。我专程去他家看了挂在墙上的葫芦，那纸确是好纸。

说起老派，其实龙一也新潮。从前几年开始，他居然迷上摄影。花大价钱添置设备，屡屡出手毫不犹豫，令我这个中国版葛朗台几度汗颜。龙一添置了设备，经常与津门著名"老顽童"林希先生切磋摄影技艺，我一旁呆呆听着成为陪衬人。

我与龙一，属于君子之交淡如水的朋友。然而，一九九七年我遇到困难，这种君子之水散发出有别于"小人之交甘若醴"的芳香。

那年夏天，我陪孩子从天津到北京治病，住在厂桥附近一家招待所里。孩子得了重病，炎热天气里心情极度压抑。一天，龙一来了。

他好像还是老派衣着，满脸轻松表情。人处困境食欲不振，不知龙一从哪里买来酸豇豆，还有其他开胃的东西。他的到来，立即改变了我的委顿心境，有了几分笑容。当天，龙一返回天津，临别之时他告诉我，他回去处理一下家务，到时候可以来京陪我十天。我挺舍不得他走的，他还是走了。

果然，龙一按时来京了。他的确说到做到，令我感动。我身处逆境有龙一这样的朋友相伴，感到慰藉与温暖。

有人说，一个人可以改变一个环境，此话在龙一身上得到验证。他热爱生活的态度深深感染了我，使我重返家常生活。

我去菜市场买菜，俨然居家过日子状态。那天买来羊肉，龙一笑了，宛若大画家看见好宣纸。他立即动手精心制作了一种小丸子，颇为得意地取名"眼儿媚"。这道菜令犬子胃口大开。平常人称龙一美食家，我终于领教了他因地制宜的厨艺。

住在招待所里，他竟然买来面粉和肉馅包饺子。我不记得他在哪里找来菜刀，只记得工具不齐，他居然洗净一只空酒瓶子充当擀面杖，快乐地擀着饺子皮儿。至今，我仍然记得他蹲在电炉前煮饺子的背影。如今，我已经能够从他的背影上看到一行大字：人要快乐地活着。

有时候，龙一给人以慵懒散漫的印象，然而，他的性格也有极其规整的一面。到了第十天他对我说："哥，我要回天津了。"

于是，当天下午他就走了。后来我才知道，他平素与岳父一起生活。这次来北京陪我，他是将泰山大人送到妻姐家里，说妥了，十天。

龙一的性格，其实属于内向型的。他不是广泛交友的人，我甚至认为他的朋友很少。正是在这种情况下，他认为我是他的朋友。我也认为他是我的朋友。

二○○二年，我获得首届天津青年作家创作家，奖金十万。这样我就脱贫了。那天发奖大会上，有些人为我高兴。会后有人告诉我，龙一看着我站在台上致辞，流下眼泪。

后来通电话，龙一感慨地对我说："你这些年，有多么不容易啊。"

龙一善解人意。有一次，北京一家机构购买我小说的改编权，我叫来龙一助阵。他骑着摩托车来了，毫无怨意地充当我的"马仔"。我敢说，当时请龙一出场是我唯一的人选。别人，恐怕是做不到的。

我蓦然想起，多年以来我们坐在天津作协资料室里聊天的情形。

那是一段与名利毫无关系的美好时光啊。

我知道龙一长期研究中国古代生活史，很有几分学问。有一天我郑重地告诉龙一："你积累了很多东西，是可以写小说的。"

之后，我又说："写小说依靠直接生活积累与间接生活积累，你积累了这么多东西不写小说，挺可惜的。"

过了很久，龙一开始写小说了。从此，龙一成了真正的龙一，没有愧对他给自己取的笔名。

此前，他多年研究中国古代生活史，出版了唐代生活史专著《后宫艳事》以及近代史的专著《租界里的老公馆》，似乎要走学者之路。

进入小说创作领域，龙一的写作姿态依然与众不同。我所见到青年作家，绝大多数异常勤奋，夜以继日，笔耕不辍，产量高得惊人。龙一毕竟是龙一，即使投身小说写作，依然故我，不紧不慢，不急不躁，有时候一天只写几百字，好像并不急于成名成家。

如果我没有记错，龙一是一九九七年开始写小说的。由于对古代历史比较了解，他以唐代生活为背景写了几部中篇小说，出手不凡，譬如发表在《中国作家》上的《我只是一个马球手》。这种历史题材小说的构思，龙一给我讲过几篇，那是很有趣的。

我以为他还是很有想象力的。他发表了《另类英雄》和《在传说中等待》等等一批小说。尤其《在传说中等待》这篇只有五六千字的小说，阅读之后给你带来的扑朔迷离的不确定感，使你重新思考事物的因果关系。我们所认识的世界，很可能是另外一番模样。

龙一从写唐代题材的历史小说，转入清末转入民初，进一步赢得写作空间。说起清末民初，他对天津这座大码头的了解，那是比较透彻的。手里甚至掌握着一些独门材料。天津文坛以天津为写作背景的作家，不少。然而，在青年作家队伍里刻苦读书者，龙一显得非常突出。

生在新社会，长在红旗下。龙一是从书本里了解天津的。我曾经回顾自己的津味小说创作，概括为依靠间接生活经验与间接情感积累，也是可以写出好小说的。无独有偶，进入二十一世纪以来，龙一发表了中篇小说《没有英雄的日子》获得中国作家大红鹰文学奖，还发表了短篇小说《屋顶上的男孩儿》获得《上海文学》短篇小说奖。

龙一的小说写作，已经将目光瞄准了这块充满故事的地方——天津卫。

天津这座城市，颇有几分独特之处。自古漕运，天津便是大码头。地近京畿，乃是首都前台，九国租界，华洋杂处，尤其开埠百年，中国社会发生重大政治经济事件，几乎都与它发生关联。天津的近代史，成为文学创作尤其小说写作的重要资源。

但是，龙一关于天津题材的小说写作，已然不同于前辈作家了。他对历史采取解构的手段，创作了一批有别于别人的"天津小说"。从所谓"看山是山，看水是水"进入"看山不是山，看水不是水"的阶段，最终构筑了一个"龙一的天津卫"。

就这样，他不声不响出版了长篇小说《纵欲时代》和《迷人草》。

他在以天津租界为背景的《迷人草》的开篇这样写道："下午，竹君去学院讲授她的'性玄学'，美美则是去了律师事务所。两个女友都不在家，便给香川留下一个完整的下午来享受独处……"

这种叙述，显然走出了前辈作家所谓津味小说的疆域，换代了。

《纵欲时代》与《迷人草》这两部小说，集中体现了龙一的小说观念，只是没有引起文坛的充分注意罢了。

龙一对此并不介意。他不慌不忙地写着，着手长篇小说《忠勇之家》的准备工作。这部内涵丰富的长篇小说，在二〇〇五年被选为中国作家协会重点扶持作品。这在天津是第二部。他的低姿态的长篇小说写作，终于得到认可。

龙一还写了七十年前的红军故事。譬如他发表了短篇小说《长征二题》和中篇小说《长征食谱》。这都是我们通常所讲的"革命历史题材"。然而，这种革命历史题材小说在龙一笔下，有了不同以往的新面貌。

我认真阅读了他获得"中国作家百丽小说奖"的小说《长征食谱》，颇有耳目一新的感觉。同时，我也觉得自己落伍了，应当认真向青年作家们学习。

《长征食谱》这篇小说以一个小厨子出身的有着几分药膳本领的炊事兵的目光，见证了红军通过草地的艰苦历程。倘若依照传统的小说创作观念评判，这是一篇有着明显"毛病"的小说。譬如小说叙述缺乏人物身份语言，譬如小说没有在"典型环境中再现典型人物"，譬如小说缺乏革命题材的宏大视角，等等。我以为，龙一的小说恰恰以自己独特的想象力和文化视角，将革命历史题材小说写得新意扑面。江山代有才人出。龙一的革命历史题材小说写作，既给他自己开了一好头，也给此类题材的写作带来新的思考。这是值得祝贺的事情。

龙一的小说我读得不多，然而也不少。我有一个突出的读后感，他的小说无论现实题材还是历史题材，都充满了一种亦浓亦淡的文化情趣。这种文化情趣不是强加的，更不是我们常见的"小说味精"。我以为它来自龙一特有的文化情怀。他年龄不大，却深深浸染在中国传统文化之中，其阅历其见识其学问都超出他的同龄人，时常令我感到惊讶。譬如他的京剧清唱，"骑马离了西凉界"那是很有几分味道的。还有河北梆子，高亢激越含有银达子的余韵。

龙一不光写小说，他还注重对小说理论的研究。我在《天津作家》杂志上看到他关于小说理论的连载文章，认真阅读之后，颇有收获。他站在中国传统文化平台上，大量研读西方文化理论，譬如符号学什么的。据说，这一组信息量极大的小说理论文章连载之后，在天津青年作者中引起强烈反响，使很多人意识到学习小说理论的重要性，一时趋之若鹜。

　　说人说文，不能不提到龙一的善吃。我早就认为一个人的善吃与好吃，那是不一样的。好吃只是爱吃而已。善吃就不一样了。从龙一身上可以看到善吃的具体含义是钻研厨艺。龙一曾经说过，他对自己喜欢的朋友的最大愿望就是做一顿好吃的东西，共享。当然，促使龙一善吃而且钻研厨艺的最大的动力是他嘴馋。在有些人眼里嘴馋好像不是一件雅致的事情，我则持不同见解：一个人如果对吃都丧失了热情，也就没有什么可说的了。

　　前几天，龙一给我打来电话，带着感冒未愈的鼻音告诉我，他的女儿然然考上了加拿大的多伦多大学，第一个向我报喜。这时我蓦然意识到，其实文化人龙一还是一个居家男人——衣食住行，操持着家务。是啊，他还是一个合格的父亲。

　　龙一生在天津，长在天津，是天津娃娃。他自幼生活在天津河北区，那里是当年袁世凯督直施行"新政"开发的"新区"，得风气之先，同时也是保持天津地域文化比较完整的地方。著名的扶轮中学就坐落在河北区，我国当代作家邓友梅先生就是"扶轮"的学生。我预祝龙一也能够给他的出生地带来荣耀。

　　我也是土生土长的天津人，从文化角度根本无法抽象这座城市。它是沿海城市，又是滨河城市，同时还充满华北腹地味道。这里发生的事情，有时深奥得犹如"哥德巴赫猜想"，有时家常得好似白菜豆腐，有时浅显得胜似 ABC，有时复杂得令人匪夷所思。无比丰富与乏善可陈，高度清晰与低级迷乱，不事张扬与极端自得……总而言之，只有天津这样的城市才会成就龙一这样的作家。

这就是龙一其人存在的最大理由。这就是龙一其文呈现的最大趣味。

后来，龙一在《人民文学》发表小说《潜伏》，改编成为引发轰动的电视连视剧。再后来的故事，大家就都知道了。

响铜的传承

关于"八〇后"作家的写作，留给我的印象多为个人化写作。他们成长于改革开放的大好年代，充分享受着多元化生活的滋养。做人，有着鲜明的个性与无拘无束的风格；为文，表达自己的内心感受与个性化追求。一个时代有一个时代的文学。"八〇后"作家的写作，为中国文坛构筑出一道新鲜明丽的风景。

出生于滨海地区的青年女作家李莹，正是"八〇后"作家群体的一员，如今已经取得了可喜的文学成就。综观她的初期写作，同样体现着"八〇后"作家的共同特征。比如她的长篇处女作《高空弹跳》，以及随后出版的长篇小说《爱是一碗寂寞的汤》《闪婚当道》，均以鲜明的"八〇后"作家风格，发出自己的声音。

然而，她的声音加入"八〇后"作家群体大合唱，在当代中国文坛上空回荡着，并没有引发更多的关注。因为，面对这样的大合唱群体，关注是需要识别的。

识别，需要鉴赏力。被识别，则需要作家有所不同甚至与众不同。这很像一座大森林里无数鸟儿在啾鸣，我们怎样识别百灵鸟呢？恰恰因为它的与众不同。

小说以及小说家的写作，也是相同的道理。正是在这种情况下，我们看到李莹拿出了她的长篇小说新作《响铜记》（百花文艺出版社二〇一二年六月出版)。

《响铜记》是一次与众多"八〇后"作家完全不同的写作,因此这是一本与众不同的长篇小说。在"八〇后"作家的群体大合唱里,我听到李莹与众不同的响铜的奏鸣。

我不是文学评论家,无法全面评价这部长篇小说。我手捧沉甸甸的《响铜记》,认为这是李莹文学创作道路上一次非常重要的尝试。这次尝试所获得的收成,理应在她今后的写作中得以更为明确的体现。

我以为《响铜记》让我看到几个鲜明的特点。

一、这部长篇小说以"非遗"为切入点,以汉沽"飞镲"为载体,延展出中国北方沿海地区一段"有声响的历史"。这是非常可贵的写作选择。"八〇后"的名言是:"昨日已经古老。"生活在当下——这句话反映了当代青年人热爱现实生活的生命哲学。对年轻人而言,历史渐行渐远,似乎已然成为与己无关的"冷题材"。

李莹选择有着久远历史的镲儿塘为小说背景,以赵氏飞镲由古而今为文化传承,以生动传神的文字反映了渔村的生活,也表达她对这块土地的内心感受。使我切实感到这是一部具有历史积淀与文化继承的长篇小说。从这个意义上讲,这是一部有根脉的长篇小说。这根脉,恰恰源于历史与文化。《响铜记》实现了作者积累多年的写作初衷。这就是写出家乡的历史,写出家乡的文化,写出家乡的人文精神,写出家乡当代生活的巨变。

无独有偶。文学作品与现实生活往往相得益彰,二〇一三年春节的香港,在中华传统文化大展演中,天津汉沽的飞镲表演昂然出场。中国北方渔民的风采,在香港国际大都会的舞台上亮相,淋漓尽致地展示了中华古老文化的活力。

飞镲是舞蹈表演。李莹的长篇小说《响铜记》则以文字记载并且传播着天津汉沽的古老文化与天津滨海新区的新时代风貌，体现了文学的力量。

二、《响铜记》是一部信息量很大的长篇小说。它根植深厚的历史文化土壤，然而作者并不囿于历史文化，更加关注现实生活，尤其是改革开放以来渔村以及沿海地区的巨大变迁。螺姑是具有象征意义的人物，李夏等一代新人则代表着新时代与新生活。"响铜"二字，包含着巨大的信息，轰然作响，直入云霄。铜镲里积淀着历史，也充盈着现实，铜镲里饱浸着人生况味，更有命运变幻。镲儿塘，镲神庙，飞镲会，鱼骨庙，放生祭，牛皮灯，庙会宝辇……这一则则民俗，一个个传说，为《响铜记》提供了文学大舞台。但是，作者并不拘泥于此，这部长篇小说更为关注的现实生活，是改革开放以来渔村人民思想解放，追求新生活的信念与勇气。李莹以这部小说告诉我们，只有继承中华民族优秀历史文化传统，我们才会拥有美好未来。发展 GDP 的同时，我们的文化软实力更应当得到大发展。

三、《响铜记》是一部结构新颖的长篇小说，作者以严整的构思能力，为《响铜记》寻找到最佳的表现方式。从李莹以往长篇小说创作来看，这是新意，也是突破。我们知道，长篇小说的结构方法，可以说是一部长篇小说成功与否的关键因素之一。《响铜记》作者在这个问题上颇用心思，它采取现实与历史相关联的方式，现实世界的博客与螺姑掌故的讲述，形成鲜明而颇具象征意义的对照，突破了传统意义的小说结构，扩展了小说的容量，赢得了艺术空间，取得了很好的艺术效果。

在历史与当下之间，在过去与未来之间，在这神话传说与现实社会之间，《响铜记》以它独特的结构方式，深化了文学主题，实践着"形式也是内容"的文学观念。这部长篇小说，是年轻的李莹对家乡的讴歌，也是她对家乡文化的致敬。尽管在"八〇后"作家群体里，文学观念已然发生很大变化，但是"家乡"仍然是李莹文学写作中的一大母题。从这个意义讲，李莹是在母亲大地上写作，天津滨海地区，永远是她的精神故乡。

因此，我要祝贺《响铜记》出版，更要祝贺李莹找到自己的文学故乡。故乡，是她的出发地，也是文学回归的福地。

李莹只要保护着她出发时对文学的热爱与忠诚，她的写作便有着更为广阔的前景。而天津滨海新区广袤深厚的土地，正是她"高空弹跳"的最好起跳点。

如爝之火不熄

　　一九九七年七月十二日，我站在北大医院收费窗口前办理住院手续，无意间看到旁边窗口有位长者。我立即认出这是陈玉刚先生，就轻声问道："您是陈伯父吧？"他一时认不出我，略显迟疑。我说出自己的名字并询问他给谁办理住院手续。陈玉刚先生语调低沉地说，给你陈伯母啊。

　　我称陈玉刚先生为陈伯父，称他夫人陈玢先生为陈伯母。那是从一九七七年开始的。

　　我开始练习写作是二十世纪七十年代初期，正在地处远郊的一座大工厂里当工人，身边多是些目不识丁的"三条石"老工人。工余时间我偷偷阅读文学书籍、唐诗宋词什么的，还有外国小说，往往为求教无门而感到苦闷。记得每逢公休日我便四处拜师，在同学介绍下曾经前往塘沽的新河船厂向一位业余诗人求教，还去了汉沽的轧钢二厂，向当时经常在报纸上发表作品的一位工人作者学习。这种心情比作久旱禾苗企盼甘雨，一点也不过分。我在学步路上跟跟跄跄地走着。还是井中之蛙。

　　我有两位小学同学也爱好文学。一天他们告诉我，拜师学习了。我问拜谁为师。他们说出一个名字。当时我并不知道此公是谁，心里却很是羡慕。他们拿出老师写的一首诗，我惊了。我不懂书法，却能看出那位老先生的学养绝非一般学者。我提出参加拜师行列一道学习，他们却告诉我那位老先生已经迁居北京了。多年之后我从报纸上看到那两位小学同学所拜老师的名字，终于知道那是一位国学大师。

一九七六年我离开工厂外出上学，在杨柳青的一所学校里念工科。读高等数学、金属学、电工学、机械制图、流体力学等，我还是开阔了眼界。令人高兴的是，这座学校的团委副书记竟然是我五年前打篮球结识的陈余，他出身书香门第，是陈玉刚先生的公子。可能是出于文学缘分吧，我与陈余兄渐渐成为好友。他知道我喜欢写作，还特意给我提供了显露文才的机会。后来我到陈府拜访，有幸见到了陈玉刚陈玢二位先生，终于有了向文学前辈求教的机会。

那时候，陈玉刚先生在百花文艺出版主持《红楼梦学刊》，不但精通外语而且汉学功底深厚，是一位深受尊敬的资深编辑，曾经编辑过郭沫若、茅盾、叶圣陶、冰心、巴金、老舍等一代文学大师的书稿，很有学问。陈玢先生则出身名门，曾在河北大学外语系任教，讲一口地道的北京话。结识了这两位先生，没有受过多少教育的我，越发对文化产生强烈向往。

我记得那时陈玉刚先生正在编辑《论凤姐》，与王朝闻先生住在海南修改稿子，因此见面不多。多年后我与薛焱文兄交谈，得知当年他也参加了《论凤姐》的编辑工作，颇有相见恨晚的感觉。后来，我与陈玉刚先生接触多了，经常趁机向他请教。

认识陈玉刚先生之前，我对文学的认知仿佛是一团乱麻，毫无头绪。经过他的指教，我终于懂得要从文学史着手，弄清何为源，何为流，以及中西文学的相互比较。他给我讲过《郑伯克段于鄢》，我也向他请教过《阿房宫赋》，收获颇大。他还告诉我，文学创作想象力非常重要，一定要多多读书。他的教诲不啻一缕阳光，照亮了一颗年轻求知的心。后来我在《新港》上读到他翻译的苏联小说《一瞬间》，方知老一辈编辑家的学贯中西。陈玉刚先生的学者气质，给我留下难忘的印象。

其实，我接触更多的是陈玢先生。她是一位很有文化教养的前辈，令我获益匪浅。我成长于红色革命年代，对西方文化几乎一无所知。有一次录音机放音乐，我就问陈伯母这是延安颂吧。陈伯母温和地对我说，这是小夜曲。我不好意思地笑了。

一九七八年五一节居委会送来海蟹，说是慰问军属（当时陈家三公子陈樨在海军服役）。陈伯母热情留我吃饭，计划经济年代里，这海鲜令我好生解馋。

二十世纪八十年代中期，陈玉刚先生奉调北京，先后在几家大的出版社担任社长和总编辑，同时他还参与《中国新文艺大系》的编撰工作。尽管公务缠身他仍然笔耕不辍。一九八八年深秋我去北京电影制片厂参加会议，抽出半天时间去陈先生在北京红庙的寓所看望他。那时候出租汽车尚未兴起，我从北太平庄乘坐公共汽车中途在西四倒车，一路走了三个小时。

他正坐在书房里写作《中国文学通史》。记得那天天气很好，书房里阳光灿烂。我再次产生了情绪记忆——我与陈玉刚先生交往，总是伴随着明媚而令人难忘的阳光。我因此而怀念他。

陈玉刚先生著作勤奋，他的《中国文学通史》，洋洋百万言，上起先秦，下至现代，在对浩繁的中国文学遗产按照科学体例进行编述的同时，又突破了一般文学史难见评述的范例，采取中外文学对比的方法，每章均设有中国本时期文学与同期外国文学的比较，成功地将这部中国文学通史放置于世界文学史的坐标系中，一经出版即被学术界誉为"文学编年史的重大突破"。人生晚年，淡泊名利的陈玉刚先生老当益壮，古稀之年夜以继日地伏案工作，注解《三字经》《百家姓》《千字文》《千家诗》，出版了中华传统启蒙教育读物《三百千千》，为全中国的孩子们做了一件大好事。

后来，陈玢先生在北京去世。不久，陈玉刚先生也返还道山。他一生编辑文稿近千种，总计九千余万字，成就卓著。他以鞠躬尽瘁的精神，走过了一个出版家、翻译家、文学史家的一生。好在二位先生留下了著作，令我们得以长久怀念他们。

如今，百花文艺出版社出版二位先生合译的《马克思青年时代诗选》，这真是一件功德无量的事情。捧读这部译稿，往事浮现眼前，我仿佛看到陈玉刚、陈玢二位先生，慈祥地站在远方——那里正是天堂。

如今，陈氏长孙陈玳玮继承家学，正在攻读博士。我以为，这是足以令陈玉刚、陈玢二位先生在天之灵为之欣慰的事情。一个家族的文化传承，宛若汩汩泉水而永不干涸。它无声，却滋润着人们心田。

陈玉刚陈玢二位先生的译作《马克思青年时代诗选》的出版，好像一朵散发着幽香的花朵，重新绽放了。在多元化社会的今天，这可能不是一部多么引人关注的书籍，但是深知其内涵的读者们，必然懂得它的价值。因为，如爝之火不熄。

我又见到了人间天使

一九九七年冬日下午，西北风刮得很猛，我在天津市第二中心医院大门口遇到李维廉主任。厚厚的毛线帽，厚厚的毛围巾，厚厚的棉手套，还有厚厚的羽绒服。尽管大口罩遮着老人面孔，我还是认出这位德高望重的肿瘤科主任医师。

"李主任，大冷的天儿您这是去哪儿啊?"我当时这样打招呼。

他推着那辆自行车答道："我去患者家里走访啊。"

这么冷的天，这么大的风，六十四岁的李维廉骑着自行车走访患者。那路程可能很远，他就这样骑着车子，挨家挨户走访着，为肿瘤患者送去冬日的温暖。在天津这座城市里，能有多少医生这样做? 我不知道，但我看到李维廉这样做了，而且他认为这是自己应该做的。

这是我的亲历。这个对他来说极其寻常的场景，却牢牢定格在我记忆深处，多年难忘。

十五年后，李维廉以八十岁高龄担任着天津市人民医院肿瘤科首席主任医师，依然忘我地工作着。感人至深的场景再度出现:二〇一二年七月二十六日星期四，这是李维廉主任门诊日。天津连日大雨，市区道路积水严重。清晨医院派车接他行至黄河道，汽车排气管进水而无法行驶了。

"今天我约了七个患者。"他说着推门下车，蹚着没膝积水，毫不犹豫地走向人民医院。积水里，路人们不知道这位八旬老者正是荣获过无数荣誉称号的津门名医李维廉，更不知道他惦记患者弃车涉水赶往医院，以保证对门诊病人进行治疗。

"李主任啊……"看到涉水赶来按时出门诊的他，患者们感激地哭了。

积水退尽，李维廉主任接受我的采访。他并不认为自己做了多么了不起的事情。"医生的时间属于病人。"他认为这是一种本分。

本分——这寻常的字眼，伴随他走过近六十年从医道路，在平凡的岗位上诠释着洁净、高尚、守正、敬业以及不容玷污的"白衣天使"精神。本分——他如此平淡地自我评价。

于是采访李维廉也成为我的本分。我从这位慈祥长者的足迹里，点点滴滴感悟着他的人生。

"我父亲早年毕业于协和医学院，回到福州开办贫民医院，主要给人力车夫和船民等贫苦百姓治病，我受父亲影响很大……"他从自家身世谈起，很家常很实在，让我看到一个年轻人的人生起点。

"父亲为我取名'维廉'，就是希望我成为'唯医道以济世，从廉行以救人'的好医生。"从小到大一直以父亲教诲激励自己，一九五五年他毕业于上海第一医学院。其间，他知道了一个伟大医生的名字：诺尔曼·白求恩。

父亲的教诲，白求恩的榜样，他渐渐懂得"白衣天使"的含义。在上海远郊青浦，他看到血吸虫病肆虐，很多农民染上"大肚子病"而丧失劳动能力。在安徽农村参加抗洪巡诊，他看到农民宁愿宿在水边，也要把耕牛安置在高地，因为牛是农家最宝贵的劳力。他以前知道，国家培养一个大学生要二十八个农民全年辛勤劳动来支持。通过深入农村基层生活他感触极深，曾经幻想做大医生当大专家，攻克心脏移植那样的"高精尖"，但不大适合中国国情。新中国成立初期农村生活苦，农民更是缺医少药。有时简单明了的治疗措施，就能救回一个农民的生命。有时打一针吃几片药，就能让一个农民恢复健康。

实践是最好的老师。从此，他明确了为人民服务的工作方向，确立了吃苦耐劳的人生观。一九五六年年初被分配到天津第二中心医院，先后就职普通外科和职业病防治科。只要病患需要，治病就是他的本分。二十世纪六十年代领导派他创建肿瘤科。癌症被视为不治之症，时刻威胁人类生命和健康，李维廉毅然挑起这副重担。五十多年过去了，他以精湛医术和高尚医德，成为我市医务战线一面旗帜。

我国医术高超的大夫不乏其人。然而，中华民族"悬壶济世"的传统价值观念，往往更加注重医德。举凡大名医，往往医术医德兼修并重，因此受到世人爱戴。二十世纪八十年代初，李维廉通过《天津日报》向社会承诺"拒收红包"，得到百余名专家和医生联名响应，受到广泛好评。改革开放以来，医患关系日趋紧张，在这种背景下医德越发成为公众评价医生的焦点。

我只举出李维廉一组数字：从医五十年来，医治病人十几万，没有一例医患纠纷；做过大小手术近九千例，没有与患者红过脸，也没有一次医疗事故；没有收过一个红包。

这应该不是很多医生能够做到的。所以我要说李维廉是一座高峰，他不光令人敬仰，同时对当下社会诸多乱象具有感召与匡正的力量。这才是李维廉人格光芒的现实价值。

请看：一女工罹患乳腺癌，夫妻双双下岗，全家每月仅四百元收入。术后发现肝转移。高额的治疗费使女工决定放弃治疗，一家人抱头痛哭。有人劝说："去找李维廉主任吧，那可是个好大夫。"

果然，李维廉采取化疗和中西医结合方法，同时耐心细致地缓解病人思想压力，使得女工病情大为好转，所付治疗费用也很低。爱心创造奇迹。多年后，人们还能在西沽公园看到他坚持晨练的身影。

李维廉主任经常对年轻医生说："从你第一次为一个癌症病人诊治，你就要对他负责一辈子，而不是一阵子。"反观当下各种急功近利的短期行为，这是何等崇高的人格境界啊。

请看：一个肿瘤患者住进医院，家属到处打听清李维廉开刀要送多少钱红包。病友回答一分钱不用送。患者家属根本不信，手术前硬塞来一只厚厚的信封。李维廉当然谢绝。患者家属表示不收红包就不在这里治病了。为了让对方安心，他收下红包当即转交支部书记。手术成功后，支部书记将红包退还患者家属，对方仍然不敢相信这是真的，激动得泪流满面。

请看：李维廉只要上午出门诊，每次都持续到下午。他接待一个患者至少二十分钟，既看病还谈心。有一天他结束门诊，下午四点才吃午饭。这时郊区医院打电话求援，该院一位八十岁肺癌腰椎转移患者，疼得直撞墙。他放下饭盒，说我马上动身。这时天空飘着鹅毛大雪，道远路滑。对方表示在电话里指导治疗就可以了，千万不要跑路。李维廉哪里听得进去，顾不得穿外套就匆匆赶去了。

李维廉表示，医生的神圣职责就是承担病人生命的嘱托。人民给了我信任，我就要全力以赴，不容许丝毫懈怠。

急病人之所急，视患者如亲人，李维廉的感人事迹举不胜举。有患者情绪悲观丧失生活信心，他会给予耐心疏导，有时谈心达两个多小时，又承担了心理医生的责任。他深有体会地说："一个人得了这种病，全家乱套了，我们治好一个人就等于救了全家人。"

有的医院和医生遇到高龄肿瘤患者，唯恐其预后不良，往往不愿接手。这些患者只得放弃治疗，回家苦熬时光。李维廉绝不这样。

近年来他共为七十多位六十五岁至八十九岁患者实施手术，他们分别患有高血压、心脏病、糖尿病等多种疾病，其中四个患者术中一度心搏骤停。由于预案完备，李维廉协同兄弟科室冷静处置渡过难关，使高龄患者们得到良好医治。

李维廉说："医生个人声誉固然重要，但患者生命比我个人声誉重要百倍！"

李维廉治病救人的名气越来越大，患者也越来越多。他虽忙于临床，仍然参加国际国内学术活动，比如以提高疗效为中心的随机双盲前瞻性优选各种治疗方案的循证医学研究。他先后发表八十多篇学术论文，其中十二篇论文和六项科研成果在国际肿瘤临床学术界产生了重要影响。他归纳的对癌症患者"四结合疗法"，即把局部治疗与全身治疗相结合、躯体治疗与心理治疗相结合、药物治疗与膳食调理相结合、祛邪与扶正相结合，成为独树一帜的"李维廉治癌思路"。他还是国务院特贴专家、天津市劳动模范、十佳医务工作者、全国十大医德楷模；二〇〇八年全国五一劳动奖章获得者，天津市道德模范。

采访李维廉主任，我频频受到感动。他儒雅的谈吐、温暖的表情、平和的心态、无私奉献的品格，令我久久难忘。我想起多年前我写过他的一篇文章，标题就叫"我见到了人间天使"。这次采访，我又见到了人间天使。

想起李景章

　　初写小说的时候，我认识的编辑很少。李景章呢，就是我所认识的编辑之一。这些年来，我牢牢记住了他，尽管如今是一个健忘的时代。

　　第一次见到景章记得是在当时的一个文友家里。偶然相见，他与我只说了几句话，纯属客套性质。后来我发表了《黑砂》，多少有了几分文名。景章从北京写信来，向我约稿。看来他还是记住了我的。当时他是《青年文学》的小说编辑。我给他回信，说如有稿子一定奉上请益。没出几天，他竟从北京来找我了。那时我在市政府所属的一个委员会里工作。下班时分景章突然出现，令我感到意外。他说下了火车连家都没回，过了解放桥直接找我来了。我受到感动，骑自行车驮着他，一路回家去了。

　　至今我还记得那个冬日晚上，我们穿小巷过短桥，躲避着交警。我们喝酒，他醉在我家，清醒过来就拿走了我的小说《别墅》。很快就发表了。当年，《文汇报》举办"一九八八中国文学新人"评选，我有幸入围。入围的近作就是《别墅》。当时我看不到《文汇报》。事后别人告诉我，说前八名的时候还有我。最后一榜只取五名。尽管没能当选一九八八年文学新人，但毕竟够风光了。这个风光，应当说是景章带给我的。是他发表了我的《别墅》。

203

景章是天津娃娃，考入北师大中文系。毕业留在首都。他的妻子，就是他的大学同学。后来，我将 W 君、G 君、N 君介绍给景章。这样，他在家乡就多了几位相识。

我与景章成了朋友。我还到王串场新村看望过他的父母，都是老实巴交的人。我公干北京，每次都住景章家。那时他的妻子到外地上学去了，只他一个人过日子，天天喝酒。有一次赶上他当值班编辑，第二天三校必须下厂。我与他校了整整一夜，第二天他迷迷糊糊去了印刷厂。我则躺在他家呼呼大睡。记得那期的稿子里，有傅绪文的小说《宝盖丁》。同时我也知道景章善写诗，是一个外表粗糙内心细致的男人。

后来中青社给景章分了房子，他搬了家。很长一段时间里，我与他失去联系。一天，我在教堂附近遇到闻树国兄，小闻说刘震云打听李景章在天津的近况，我这才知道景章回了天津。同时我还知道了景章已经离婚，回天津做了水产生意。我与刘震云也认识。朋友寻找朋友，我自然不能袖手。第二天一早，我骑上车子就去找他。没有地址只能凭印象去找。转了三个多小时，我也没能找到。我又到王串场市场，还是打听不到。我知道景章是个极其自尊的人，他回津多日不与我联系，肯定是觉得自己混得不好，羞见故人。我只得快快而归。

在我的印象里他是很爱妻子的。是不是因为他饮酒无度，妻子才离他而去呢？我从心里盼望早日见到景章。

全国青创会在北京二十一世纪饭店召开。天津代表团刚走进大厅，就有人喊我的名字，远远一看，是景章。他形象依旧，肤色黧黑，身体粗壮，脸上毫无表情。我告诉他到王串场寻他不遇的事情。他则小声嘱我，离婚的事情没有告诉天津父母。我知道他是暗示我切莫宣扬此事。当天在饭桌上，他就直言我的小说这几年毫无进步。

在我所认识的人里，没有第二个能像景章这样坦诚。有时我甚至想，如果我身边能有几个景章这样的朋友，或许情况会大不相同的。

记不清是缘于一件什么小事，青创会期间我与景章发生龃龉。我永远也不会忘记他说的那句话："克凡，我已经混得够微的了，你就不要再挤对我了。"

回津之后自我反省，我给景章写了一封道歉的信。他很快回信，说朋友之间不用客套。信中，他坚称我们是朋友。看来我与景章，绝对拥有做朋友的缘分——因为他能容忍我的暴躁。

后来，听说他在中青社附近承包了一家名叫金铃铛的饭馆，生意还算红火。我总想到首都去，看看金铃铛饭馆是个什么样子。终是没能去成。后来，饭馆赔钱，景章又没了踪影。去年参加黄山笔会时遇到刘震云，我问他李景章有没有复婚的可能。震云笑了笑告诉我，景章的前妻早已再婚，孩子都满地跑了。

虽然不通音信，但是我一直没有忘记景章是我的朋友。无论景章死去还是活着，我都这样认为。

那年的十月三号，我正坐在电脑前敲字，电话响了。是我的文学同行 N 君。N 君告诉我，今天上午，李景章死了，死在连云港。目前中国青年出版社急于找到死者在天津的家属。

我蒙了，说我要冷静一下就放下了电话。放下电话之后我就觉得湿了眼角。我的孩子走过来问我为什么哭了。我说，是爸爸的一个朋友死了。你小的时候，他还到咱家来过，每次都喝得大醉。

是啊，景章的醉倒好像就在昨天。酒醒之后，他穿着一件绿大衣，背着一只蓝色尼龙提包，就匆匆走了。我知道这几年景章内心是极其苦闷的。失去家庭，下海经商屡屡赔钱，只得远走连云港谋生。他开了一个小餐馆，取名"李大秀才"，虽然他在将届不惑之年穷困潦倒，却还是不甘失败，一步步朝前挣扎。景章的自尊表现为

205

他从来也没有忘记自己是个知识分子。我不知道这是他的悲剧还是时代的悲剧。至少我敢断定，景章客死异乡之时，内心一定是极其孤独的。这是一个独来独去的灵魂。

景章父母的住地已经拆迁。我打电话给 G 君。G 君曾在公安局工作。他立即通过户卡找寻。令我感动的是，这几位与景章生前并无深交甚至只有一面之缘的人，于文坛清冷之时，却表现出文人的可贵品格，那就是我们通常所说的责任与道义。N 君负责与北京方面联络，一天长途电话不断。他无权无势，当然要自己花钱。众志成城，两条线索在事发当天下午同时找到景章的家属，我们终于放心。当天晚上，几位文友聚在一起，共进晚餐。席间，大家只字不提景章的事情，表现出情感不溢于言表的男人风格。

夜晚回家路上，我深感自慰，觉得我们的灵魂还能够获救。我深信，李景章在天之灵正注视着我们。我们呢，也以自己的行动告诉远在天国的李景章：在人间，我们这几个人还没有变得太坏。

我说的是实话。因此，我任何时候都敢与鬼神对视。

仰望天堂

　　关于一九九七年的夏天，我曾经写下这样的文字记录当时的情形："我带孩子来北京治病，已经两个多月了。人到中年，我遇到了人生严重的挑战。炎热的天气里我东奔西突跑遍京城，为孩子求医问药。我完全忘记自己是一个写小说的作家，我只知道自己是一个父亲，一个身处逆境险关的父亲。有生以来，我所热衷的文学事业第一次离我如此遥远，我甚至完全忘记了她的存在。我唯一的身份就是一个父亲。"

　　进入秋季后，经杨志广介绍我借居北京和平里，这是高叶梅的房子。借到房子，仍然处于惴惴不安状态中。孩子病得很重，我几乎不知所措。一天，我突然动了给人写信的念头。

　　平时我还是有几个朋友的。我给他们写信倾诉心声，也在情理之中。可不知为什么，我在夜深人静之时所写的两封信，一封是给天津 T 先生的，一封则是给《上海文学》主编周介人。至今我也弄不明白为什么会给这两位先生尤其是 T 先生写信。关于 T 先生，我平时几乎与他毫无往来，只是十几年前他写过我的一篇评论而已。至于周介人先生，素常我与他也无更多联系。可能这是我自己认定的缘分吧。

　　我在这两封信里，倾诉了自己的心情。记得那天夜里是有月亮的，我被镀了一层银色。我写在纸上的文字也被天上月亮抹上了光泽。

第二天下午，我去和平里东街上的邮局寄信。我将这两封信投入邮筒之后，突然看到文学评论家雷达，然后就聊起来。就在即将分手道别时雷达先不经意告诉我，上海的周介人突然查出肾癌，已经住院住疗。我惊了，继而十分后悔，周先生已在重病之中，我竟然写信打扰他，这真是罪过。

然而信件已经发出了。

至今我也没有收到 T 先生的回信。T 先生对我置之不理，其实是极为正常的，因为双方本来就不是什么朋友，冒昧写信的只是我。令我感到意外的是周介人先生的回信很快就寄到我的手里。周先生在信中只字不提他的病，使人觉得他的肾癌纯属误传。他不但不提自己的病，反而对我的处境关心备至。他在信中告诉我："人生很长也很短，很平也很奇……人的一生犹如四季，春夏秋冬会有不同的感受，结出滋味不同的果实。您在最困难的时候要想到还有多少同您在一起的人，能够在心灵上感应您的人，您或许会有一丝安慰……这里有许多双眼睛关切地等待着您，这里有许多双手，如果您感到冷，随时可在这里取暖。"信中，周先生还问我经济上是不是遇到了困难。读周先生的回信我完全可以看出，他是真心实意想帮助我的，尽管他患了绝症。

周先生这封写于一九九七年九月十五日的回信，给我以极大鼓舞。我在难中，越发懂得友谊的分量。后来我才知道，他给我写信的时候病体已经很虚弱了。他在信中表现出来的深沉爱心与超人坚强，令我泪流不止。

重病之中的周先生是完全可以不给我回信的，就像心宽体胖的 T 先生那样。

然而周先生却给我回了信。我懂得了人心的分量。

后来，我与周先生通了一次电话，那是他出院回家过中秋节。他仍然只字不提自己的病情，却为我的小孩儿推荐了最新药物。我不敢多问他的病况，只能在心中默默为他祈祷。祈祷他对死神说不。

后来，我收到了周介人先生的讣告。

周介人先生病逝的时候只有五十六岁。我是从讣告里了解到他的生平的，在此之前我对他并不了解。我不敢给他的夫人打电话表示慰问。不知为什么我害怕听到她的声音。我到邮局拍了鲜花唁电，我说我真的感到心痛。

记得那年我们游览古镇同里，车过青浦时周先生轻声告诉我这里是他的故乡。如今，他返回故乡前往天堂了。他平时就很瘦弱，我想他一定是朝着天堂飞翔而去的，很轻盈，脸上还带着温和的微笑。

如今，周介人先生生前主编的那本文学期刊，仍然每期赠我，可是我从这本刊物上再也见不到他的名字了。一个优秀的编辑家就这样走了。命运有时候真的不公平。

我是个粗人，平时没有保留朋友来信的习惯，但是周介人先生的这封来信我小心翼翼保存起来，视如家珍。我认为他是我的挚友。他在人生的最后阶段所表现出来的人的高贵精神，令我终生难以忘怀。

我为自己能够拥有周介人先生这样的朋友，而感到莫大荣幸。

周介人先生的微笑，使我得以仰望天堂。

也想起罗洛先生

读诗人张洪波的《怀人随笔》，正是深夜时分。这是一组怀念文坛前辈的文章，末尾谈到已然仙逝的罗洛先生。张说当年他在《诗刊》工作有幸当过一次罗洛先生的责任编辑，遗憾无缘谋面，至今还保留着先生的一封来信和照片。读到这里我激动起来，起身下床翻箱倒柜连夜找寻罗洛先生的名片，还有那桩往事。

我早在诗集《白色花》里读过罗洛先生的诗，譬如《我知道风的方向》里面的句子"我知道风的方向，风打从冬天走向春天，我知道风的方向，我们和风正走着同一的道路啊……"印象很深。

那是一九九七年四月间吧，我去上海参加周介人先生主持的《上海文学》的笔会。至今我也没有忘记周介人先生亲自接站，立在出站口朝我招手的场景。其实与会者并不多，只有五六位青年作家。那时浦东已经崛起。上海人渐渐拥有了日趋广阔的胸怀。据说，时任上海作协党组书记的徐俊西先生动了将刘醒龙和谈歌引进上海体验生活的念头，只可惜后来未能做成。我正是在这次笔会期间见到了当时的上海作家协会主席罗洛先生的。

我是个缺乏见识的人，平日多与本埠粗通文墨的人士打交道，基本没有什么文化氛围。因此罗洛先生高贵的知识分子气质以及敦厚儒雅的长者风范给我留下终生难忘的印象。有时我甚至想，罗洛先生可能是我今生接触的为数不多的真正文化人了——尽管我与他只处了短短两天时间。

在中国举凡大地方的作家协会主席往往是名重一时的大作家。外地来了青年作家出来接见一下，就算是很给面子了。身处大上海的罗洛先生则完全不同。他年逾古稀却丝毫没有文坛大师的架子，总是笑眯眯的表情。我记得冰心老人描叙早年梁实秋先生也曾用"笑眯眯"来形容，令人备感亲切。

那次晚宴是在上海外滩老牌国际饭店。罗洛老人竟然出席了，这令我感到意外。席间，年富力强的叶辛先生坚守滴酒不沾的人生立场。于是难以出现对酒当歌的局面。我记得是谈歌率先起身向罗洛先生敬酒并称他为老爷子的。老爷子笑眯眯地一饮而尽。

我坐在罗洛先生一侧，也端起一盅白酒敬他。老人家照样二话不说，一饮而尽。就这样我们的豪饮开场了。我记得那天晚上刘醒龙和邓一光不在，被《收获》编辑请去吃饭了。于是几个来自北方的青年作家轮番向罗洛先生敬酒，一轮又一轮，他老人家有敬必干，从不拒绝，表现出大诗人的真正随和。我担心他饮酒过多，便故意向他请教保养身体的秘诀，他脱口说出九个字：不戒烟，不戒酒，不锻炼。听罢这"三不主义"，满桌人哈哈大笑。我越发觉得他有着儒雅的外表和放达的胸怀，真是一个可敬可爱的老人。

通过交谈我得知罗洛先生是四川人，当初"发配"边疆青海，二十多年中止写作转向自然科学研究，不声不响竟然成为生物学方面的专家。中国知识分子的坚忍与不屈，在罗洛先生身上得到充分展现。落实政策之后他担任中国大百科全书出版社副总编辑，后来还担任中国上海笔会中心书记，是一位集翻译家、出版家、评论家、领导者于一身的学者型大诗人。

酒至微醺，我向他讨要名片并且请他签名。他拿起碳素墨水笔对我说，是啊我这么大年岁了就给你留个纪念吧。就这样我有了罗洛先生亲笔签名的名片。

晚宴之后我们去新锦江饭店顶楼的旋转餐厅饮茶。天色已晚，罗洛先生仍然一同前往。记得我们一起喝了咖啡。他对我说，你们这么年轻应当好好写作啊。我看出罗洛先生是真心关爱青年作家的，也是真心愿意跟青年作家在一起的。尤其他的恬然与达观，真的令人难忘。

罗洛先生一九九八年九月十二日在上海病逝。如今，这样的大文人走一个少一个了。多年以来我一直认为自己没有资格撰写怀念老人的文章，便珍存着他生前送给我的名片。他亲笔写下的"罗洛"二字，仿佛镌刻一般。

为我指路的人

    我学习写作的初期，只在无名小报上发表了几篇小小说，内心对文学充满敬畏，从来不敢奢望自己今生以写作为职业。那时候专业作家的称谓分量很重，它不单证明着你的写作成绩同时还证明着你的尊贵身份。我正是在那时候认识肖文苑先生的。一个小若沙砾的业余作者能够认识一位《新港》文学月刊的大编辑，这对我来说是一件非同小可的事情。我写了两首"顺口溜"，经肖文苑先生修改发表在当时的《天津文艺》上。那时候他住在解放南路的一间临建房里，我曾经前去拜访，其目的当然是为了发表作品。在我的印象里，肖文苑先生平易近人，既是编辑又是诗人，但不擅交际。

    后来我在工厂当技术员，偷偷学着写小说。记得一旦写出一篇小说，我就装入一只剪去一角的信封里，贴上一分五的邮票，投给肖文苑老师并附信请教，其实是谋求发表。

    可能是我的作品写得实在太差，很长一段时间里我的作品都不能在肖文苑先生供职的《新港》月刊发表。这说明肖文苑先生是一位严师。他的严格，使得我在投稿的道路上不像别人那样一帆风顺，而是显得跌跌撞撞，一派灰头土脸的样子。如今回忆起来，我从内心里感激肖文苑先生。倘若他轻易就将我的作品发出，那么我极有可能成为后来的"文学独生子女"，弱不禁风而且自高自大。

一九八二年秋，我将一篇小小说投给了肖文苑先生，然后等待着消息。后来我才知道肖文苑其实并不主管小小说专栏。等到转年四月份，这篇东西终于发表，之后居然荣幸地被《小说月报》转载。我当时的感觉是光宗耀祖了。

这件事情之后，我跟肖文苑先生见过一面，谈话内容已经忘记了。

我如果没有记错那就是一九八四年，我有幸参加《新港》组织的一个活动，见到一大批天津青年文学才俊，大开眼界的同时又见到了肖文苑先生。那时候我已经是工业机关干部了，心情比较苦闷，一时不知道今后的人生道路应该怎么走。尽管那时候肖文苑先生只是个普通编辑，我还是视他为师长，真心向他请教。那天下午，我们站在新华路与泰安道交口的边道上，交谈着。

我问道，肖老师我不喜欢现在的工作，您说我这个人做什么工作最合适呢？

肖文苑先生想了想，说写作。他似乎意犹未尽，重复说了一遍，你最适合的工作是写作。

我内心一惊。据我所知，肖文苑先生这样严谨的知识分子，是从来不说过头话的。尤其对我这样的无名小辈，他更不会不负责任地说出带有误导倾向的话语。然而，他却明明白白告诉我，最为适合我的工作是写作。

这就意味着他认为我能够成为专事写作的人。在文学尚未贬值的二十世纪八十年代，肖文苑先生对我的评价无疑具有很重的分量。时至今日我也不知道他为什么那样坦率地指出最适合我的工作是写作。然而我却知道，时至今日也没有第二个人对我如是说。因此，我牢牢记住了肖文苑先生的这句话。有时候，一句话就能改变一个人的一生。

我从事写作以来，认识了许多编辑，也见过许多作家，他们的言辞或睿智或幽默，或尖锐或风趣，统统属于过眼烟云，记不住。只有肖文苑先生对我说的那句话，令我此生难忘。他那带有明显广东口音的普通话，时时在我耳边响起。

　　学识渊博的肖文苑先生去年仙逝，享年六十九岁。我怀念他，他是我文学道路上第一个指路人。尤其他伸手指出我写作前景的时候，我还是那么弱小，那么没有主意。

　　真的，肖文苑先生是我此生难以忘怀的人。

当年的阿坚

阿坚者，羊城人士，《广州文艺》编辑。她是天津青年作家的朋友，小有名气。她坦言自己是校对员出身的编辑。做校对员的时候她写了一篇小说给当时的主编柳嘉，主编非常高兴，说我们又有了一位能写能编的人才。可能由于才华吧，很快她就当文学编辑了。

我说不清阿坚是个什么人，只有一点能肯定，她终将成为一个老太婆，偶尔还要咳嗽。那时候她肯定退休了。重操旧业：校对人生。

她说她五十五岁就退休。说话时的表情活像一个十五六岁的小姑娘。她曾经是十五六岁的小姑娘，可能永远是十五六岁的小姑娘。

阿坚到天津来过两次，主要是组稿和看望朋友。她来的时候很多文友都跑来了，北人们沐浴着她带来的南风。她匆匆返回广州，说是南风北渐了，还说以后还会来的。因此，我做出阿坚北上的预告。

我们等待着，尽管这很可能是一个漫长的等待。

那年去广州，我和李治邦去家里看她。我说抢在你北上之前，我们南下了。她非常优雅地笑了，说看来北上存在一定难度。阿坚是老作家吴有恒的女公子。我们那次很想拜见吴老，可惜他老人家体弱多病，使我们未能如愿。

后来，吴有恒仙逝了。他的长篇小说《山乡风云录》和《香港地恩仇记》永留人间。吴有恒曾任珠江纵队司令，名震岭南，是老资格革命家。而身为高干子女的阿坚却没有一般干部子弟的习气，接触起来很是舒服。

阿坚对于编辑职业，那是很投入的。似乎只有这种职业更适合她人性之中的向往，那就是她向往人与人之间的沟通。正是由于这样，她将工作做得十分出色。她对于世界，有着一种近乎泛爱的情绪。她编出的每一个方块汉字，都是友谊载体，让你认真读着而且认真活着。

但是，她未必处处都能实现这种主观愿望，因为还有一个错综复杂的客观世界。这不是阿坚的过错，如果她不能完全实现自己的话。血肉之躯面对铁的生活便难免遭遇败绩。

阿坚说：五十五岁退休，我就去办一个同人刊物。年年北上，一个城市接着一个城市地走。

我知道京广线上的一座座城市里，有她一个个作者。

那时候你们都是老头子啦，你们来车站接我。你们给我买去下一站的火车票。

我想那时候火车票肯定体现不出商品价值了。因为此间经历了时间对人的筛汰。

阿坚有一个小本子。她以省分类，密密麻麻又二工整整写满了她拥有的作者姓名。这小本子每隔几年她就重新编写一次，因为有人"死"了。这样做并不是阿坚的残酷。朋友嘛，总会有变化的。她的筛汰有时候也是对方对她的筛汰。

当然，这是双向选择。

有时候我想，阿坚的北上计划假若由于她中途不当编辑了，怎么办呢？我想不会的，她对于编辑这一行实在太专一了，不会的。

因此我们等待她北上，满怀信心等待着。从人生苦短意义讲，这不会是一个漫长的等待，也很可能是一个令人翘首的等待。

阿坚你就北上吧，一站接一站地走，向北。天津在这场北上接力赛里，将是最为出色的"一棒"。

我们期待着，期待着这一位"南国文学常青树"北上。天津百花园里必将增添一景。等待阿坚。

阅读蒋子龙

我说的仅仅是阅读。真的。首次阅读蒋子龙先生（那时叫同志）的小说，是《三个起重工》，这部中篇小说乃是二十世纪七十年代初期的作品，也是我对他的早期阅读。那时候我青春年少，求知欲强，据说记性也不错。因此《三个起重工》给我留下深刻印象，至今我还记得有个起重工是青菜贩子出身。我是从别人那里得知这部小说的故事背景是天津重型机器厂的。这座大工厂因"七〇工程"建造六千吨水压机而闻名于世。后来，这座大工厂因出了一个名叫蒋子龙的作家而于世闻名。

这是我对作家蒋子龙的早期阅读，因而难以忘怀。无论什么事情总是这样，近期发生的往往一派模糊，记也记不住；早期发生的却一览无余地"存盘"了，而且自动生成备份文件，根本无法删除。依据多年的阅读经验，我将这种现象命名为记忆世界的"闪电效应"。这一道道难以磨灭的"闪电"，随时能够照亮你的记忆深处，并且呈现出极其强烈的价值取向，终生不改。

我就是这样。我的阅读也是这样。从一九七〇年到一九七六年，我骑一辆凤凰牌自行车上下班，走"高峰路"每天都要经过坐落在马庄的天津重型机器厂的大门。由于阅读，我知道那里有个作家名叫蒋子龙。由于阅读，我渐渐懂得了一些事情。由于阅读，我居然悄悄向往稍为深刻一点儿的生活。由于阅读，我开始对身旁的事物暗暗进行着内心判断。于是，一个读者对一个作家的阅读兴趣，渐渐从作品本身转向作家本人。有时候我骑行在路上远远注视着夕阳里那一座鹤立鸡群的高大厂房，很想见到那位作家——蒋子龙。

那时我的很多中学同学都在"天重"工作，我有机会便向他们打听蒋子龙这个人。可我总是得到这样的回答，"蒋子龙很有名，可惜厂子太大我不认识他"。

没有机缘阅读作家本人，就这样持续了好几年时光。我在这段时光里仍然花钱购买文学杂志（记得二十世纪七十年代《天津文艺》和《人民文学》之类的刊物大约只卖三毛钱一本），继续阅读蒋子龙陆续发表的小说，譬如《春雷》和《机电局长》什么的（还有他和冉淮舟合作的一部小说）。尽管蒋子龙那时候的小说表现了那时候的审美观念与社会价值，我仍然认为蒋子龙的作品已然显现出那时候工业题材小说少见的磅礴大气——他因此而赢得了读者，包括我这样的人。

一九七六年我外出上学，一九七九年回到天津发电设备厂，担任铸造车间技术员。在外面念了三年书，长了几分见识，益发注重阅读。记得七月里的一个公休日厂里发了电影票，时间是下午一点半。我在南市报刊门市部买了一本当月的《人民文学》，然后大步朝着群英戏院走去。时间尚早，我坐在戏院门前的台阶上，读《人民文学》。我被一篇小说吸引了，就这样入神地读下去。人们入场了，我仍然在读这篇小说。后来电影散场了，人流汹涌而出，我则读罢小说坐在群英戏院门前的台阶上，做掩卷沉思状。我一路信步回家，一派茶不思饭不想的样子。多年之后回首往事，我依然记得那次不同寻常的阅读。而那篇发表在《人民文学》上的小说就是蒋子龙的成名作《乔厂长上任记》。

从作品到作家，我第一次见到蒋子龙的容颜却是在电视里。他发表《乔厂长上任记》引起全国轰动，天津电视台播出采访他的专题节目。那时我家新买了一台长城牌十二寸黑白电视机。我记得蒋子龙身穿蓝色涤卡上衣，表情严肃地端坐摄像机前。我至今记得他面对镜头说的第一句话是："《乔厂长上任记》这篇小说是有漏洞的……"多年之后我终于理解了他这句开场白的含义。发表《乔厂长上任记》之后，他曾经遭到某些媒体近乎"大批判"式的讨伐。然而蒋子龙终于单骑突围，挥鞭冲上全国制高点。

　　"乔厂长"之后，我阅读了更多的蒋子龙小说。记得他在《弧光闪闪》里描写女焊工，说"郭明珍眨着一双好看的眼睛"，由此我认为他描写男人笔力绰绰有余，但描写女人却不那么随心所欲。他留给我印象深刻的是《血往心里流》的男主人公误闯女更衣室。当时不知为什么我被蕴含其中的悲剧意义打动了。当然，这只是我的个人阅读体验。别人完全可以认为它是喜剧。还有一部小说的标题对我启发很大，那就是发表在《小说家》创刊号上的中篇——《悲剧比没有剧要好》。我以为这是真正的男子汉哲学。蒋子龙的小说风格，确实与众不同。

　　就这样，我似乎已经悄悄成为蒋子龙作品的阅读作业户。我为什么这样热衷于对他的阅读呢？不知道。如果必须寻找原因，那么我只能认为这与读者跟作家生活在同一座城市有关。那时候，天津是大工业城市，而我又比较注重地域情感。

　　第一次面对面见到蒋子龙应当是一九八一年深秋。那时我二十多岁，也没有发表什么正式作品，却恬不知耻地在天津第一工人文化宫的文学讲习班充当辅导员。一天说是请蒋子龙老师前来讲课，派我到"一宫"花园门口迎接。晚间六点半钟他骑着一辆九成新的飞鸽牌自行车来了，好像穿了一件蓝色呢子上衣。由于在电视里见过，我走上前去恭恭敬敬叫了一声"蒋老师"。他不认识我，便投来迟疑的目光，然后轻轻朝我点了点头。

我终于当面阅读了原版蒋子龙。从作品到作家，这阅读一晃已然将近十年时光。

后来，我又读到蒋子龙的长篇小说《子午流注》《蛇神》以及《收审记》等等一大批中短篇小说。后来，市里举办文学活动，只要人家带我玩儿我就去。于是见到蒋子龙老师的机会渐渐多了。有一次天津作家协会文学院召开笔会，那时他已经担任天津作家协会常务副主席，前来驻地看望这群参加笔会的业余作者，以示关心。合影的时候我站在他身后，当时很想主动跟他说一句话，可是绞尽脑汁也想不出说什么，于是只得不言不语——眼巴巴看着蒋常务副主席跟别的业余作者交谈甚欢的场面，没词儿。

二十世纪八十年代初期的一天，有人告诉我说蒋子龙在一次文学会议上讲话，夸奖了本市几位业余作者，其中也提到我的名字。听罢此言我惊诧不已。既然夸奖了我，莫非蒋子龙先生看过我写的小说不成？这十几年来我可一直是他的读者啊，如今竟然出现逆转。受宠若惊之余，我一时竟不知如何是好。

没错，我绝不敢说蒋子龙先生是我的读者，那样我太不懂事了。但我敢说他读过我的《黑砂》。正是由于他一九八七年八月出任《天津文学》主编并且发表了我的这个中篇小说，因此使我获得了进一步写作的勇气。我是天津娃娃，懂得本埠的人情事理。我因此而感激他。第二年春天，我调入天津作家协会，成为他狭义的下属和广义的同事。

无论狭义还是广义，角度虽然变了我仍然没有中止对蒋子龙的阅读，譬如他发表在《当代》杂志的中篇小说《寻父大流水》、短篇小说《分分钟》以及后来出版的两部长篇小说《人气》和《空洞》。是啊，蒋子龙出山以来一直就是作家，他从来也没有蜕变成为什么别的东西——这是我多年阅读的最大发现。

今天我动手写这篇文章，正值二○○二年的五一劳动节。原来阅读也是劳动啊，遂有节日之感。于是回首往事，我蓦然发现我与蒋子龙先生的关系，实在应当用"阅读"二字来概括。因为这十几年来，我与他本人的接触其实很少，有时候甚至几年不见一面。即使偶尔见面，也没有多少说话的机会。交往如此淡泊，我仍然非常自信地说我了解蒋子龙。我不但了解他的作品而且了解他的人品，我甚至可以对他做出种种判断。（譬如一九九六年作代会期间我发现蒋子龙经常戴一顶帽子，遂不解。第二年我遭受生活重创开始脱发，立即明白男人在冬季确实需要帽子保暖这个家常道理。）真的，我的这种自信源于对他的经年阅读。我不敢说阅读使我变得聪明，我只能说阅读令我沉浸在"只读其文，如见其人"体验之中。这种不含功利目的的阅读，已然超越了个人恩怨，真是挺好的事情。当然这只是我的个人体会罢了。

今年以来，我与蒋子龙先生有几次接触。不知为什么我感觉他有些变化，可又一时难以概括他究竟发生了什么变化。这是我多年阅读蒋子龙所面临的最新挑战。看来命中已经注定，我对他的阅读必将继续下去。

无论怎样说，我认为如今的蒋子龙更多了几分从容，更多了几分恬淡与镇定。身体呢，也游泳游得倍儿棒，若是混在人群里完全可以冒充小伙儿。我以为，这恰恰是耳顺之年的魅力吧。

这就是我的一段阅读流水账。权当显摆，别无他意，更不敢放肆。最后我要感谢何镇邦先生与蒋子龙先生联手给予我这个自我暴露的机会，算是一吐为快。

仁者乐山

　　我认识关仁山是在一九九一年五月的全国青创会上，地点在北京二十一世纪饭店。当时天津与河北同组讨论，一个西服革履的小伙子迎面走来，神态谦和地跟我打招呼说："我是关仁山。"他可能担心我的回应冷落，主动提了几个人的名字，以此表示他是天津青年作家们的老朋友。

　　这是仁山给我留下的最初印象：性情温和，谈吐稳重，年轻英俊，可谓一表人才。后来，他将第一本小说集寄给我，再次使我感受到他的友善与谦和。很久以来，我的性格挺急躁的，内心却充满卑微。因此仁山的不卑不亢给我留下深刻印象。那时他生活在唐山丰南市，那里是我外祖母家。我小时候，坐落在京山线上的丰南县叫胥各庄，旧称"河头"。河头就是煤河之头。煤河是李鸿章下令开挖的人工运河。因此，我知道唐山那地方开化很早。唐山人锐意求新的精神，远远超过盛产锅巴菜的天津卫。

　　中国人特别重视地缘观念，"乡亲"二字分量很重。对仁山我心中暗生亲切，很想跟他深入交往下去。然而不知如何深入，也就浅尝辄止了。

　　仁山的写作，很勤奋。二十世纪九十年代我不断听到他的好消息，譬如一篇小说获得《亚洲周刊》大赛总冠军，譬如频频在《人民文学》上推出新作。我远在天津似乎也能够听到他拔节抽穗的声音——从冀东大地那边传来。

我挺高兴的——尽管我没有在《亚洲周刊》获奖，尽管我没有在《人民文学》亮相，我还是替仁山感到高兴。同时，我认为他是幸运的。至今，我仍然认为他是幸运的。

后来我跟仁山渐渐熟络起来。丰南市成立文联，他请了天津一拨人前去助兴，我忝列其中。至今我还记得早晨大家坐在丰南街边小食店吃早餐的情形，与如今豪华大酒店相比，当时的亲切与质朴令人怀念。

我外祖母的父亲王介臣先生是清末民初冀东一带的名医。那次笔会我在丰南打听他老人家的情况，事隔多年竟然有人知晓，这越发让我感到丰南的亲切。之后我在仁山嘴里听到"稻地"啊"宣庄"啊这样儿时外祖母经常提起的地名，跟仁山的感情越发亲切起来。

仁山第二次邀请我参加文学活动是去河北省鹿泉市的抱犊寨。我平时囿于斗室，画地为牢，这次跟随天津百花文艺出版社朋友们一路乘车情绪不错。正是这次笔会结识了乡党何申兄，也与谈歌兄成为好朋友。

然而这次笔会期间我并没有见到仁山。他好像有什么急事返回唐山去了。后来知道那是一场虚惊。

在后来的日子里，我和仁山一起去过上海参加笔会，也去过武汉参加三峡笔会。河北省作协在北京为"三驾马车"召开作品研讨会，我还在会议之外跟仁山他们吃过饭。席间我戏称自己是"赶大车的"。

仁山是"六〇后"作家里坚持现实主义写作的青年作家，他对自己的家乡怀有强烈的情感，曾经在海滨地区挂职担任副镇长，催生了长篇小说《福镇》。二十世纪九十年代他的"雪莲湾系列"小说，有的被改编成话剧，也有的被改编为电视剧，还有被改编为广播剧获得了"五个一工程奖"。仁山终于在河北省成为成就突出的青年作家。

有一件事情令我难忘。大约十年前我带着大病初愈的晓雨去内蒙古赤峰市参加公安系统的笔会。草原上气候变化很大，一次雨后降温晚间阴冷，我身为人父解下外衣给晓雨。一旁的仁山毫不犹豫地脱下自己的棉毛衫和棉毛裤让晓雨穿上御寒，我极受感动。我与仁山的兄弟情谊，就这样在心里扎了根。

早在晓雨患病期间，仁山夫妇表现出极大爱心。他的妻子刘英质朴热情，那乡情给我们全家留下深刻印象。

与仁山相识多年，我坚信他的好人品。我印象里他没有说过谁的坏话，更没有过什么怨艾。我知道他在成长道路上曾经遇到许多波折，却总是不言不语承受着。有人诟病他的小说，也不见他有过激反应，继续一门心思写作着。

仁山小我十岁，却经常关照我。使我这个生活在"文学洼地"的普通作者感到温暖。我深知，仁山对我的友谊是纯净的，他是真心希望我好的。有时候我出了新书他表示祝贺，我相信那是发自真心的。

仁山可能不属于才华横溢的作家，却是脚踏实地专心写作的作家。我读他的小说，总是能够看到他的一颗文学之心。

其实仁山很有才华，能写能画，内敛而内秀。我收藏了他的一大串紫色葡萄，还有两幅字儿。我们天津作协的几位司机师傅都有他写的字。提起河北作协关主席，一致称赞好人品。

是的，仁山当选河北作协主席之后，没添什么毛病。去年春天我去了一趟石家庄，他仍然是老样子。尽管身边工作人员口口声声

"关主席"，我觉得他还是当年的关仁山，为人谦和，举止得体。仁山当了作协主席，报以公心。他主持成立了河北作协影视文学创作委员会，大力开展工作。虽然身份变了依然不忘"众人拾柴火焰高"的道理，仁山真是一个明白人。

我看着仁山依然故我的样子，越来越厚而不是越来越薄，心里为他感到高兴。

仁者乐山。我以为山就是一堆巨大的石头。仁山的家乡唐山有山，如今身居省会石家庄依然有山。这是多么符合逻辑的事情啊。

这些年，我与仁山见面机会很少，甚至电话也不多。然而一旦想起他，无论什么季节我心里都感觉踏实。这就是仁山给我带来的快乐和吉祥。

第四辑
激情行动

不读书无感慨

　　有那么一段时光，我几次阅读《赫索格》，就是读不进去，只得怏怏然将索尔·贝娄先生束之高阁。这是毫无办法的事情，我真的读不进去。面对这位杰出的美国作家的叙述，我无缘聆听。于是心中非常失意。读不进就是读不进，我必须采取实事求是的态度。因此，我将自己与那些看不懂芭蕾舞听不懂交响乐的"土豪"列为一伍，有自暴自弃的趋势。

　　后来事情起了变化。记得那是个平常日子——不是圣诞不是春节也不是什么情人节，更不是彩票开奖的日子。那只是极其普通的下午，我无意间又拿起《赫索格》。我是躺在沙发上阅读的。不知过了多长时间，我猛然闻到一股焦煳的味道——当然不是赫索格先生发出的。我只得放下索尔·贝娄，起身奔向厨房。我看到煤气灶上的铝壶已经烧干，蓝色的火苗顽皮地跳跃着，嘻嘻哈哈制造出满屋子的焦煳味道。我立即关闭灶火，强行中止这次尚未完成的金属熔炼。

　　我立即转身返回书本前，因为那位赫索格先生还躺在沙发上等我呢。

　　是啊，索尔·贝娄先生，我终于把你读进去了。记得那是一次忘情的阅读。否则，我不会忘记煤气灶上沸腾许久的烧水壶。渐渐我终于明白了：读书，首先是一种心态。古人的青灯黄卷，首先归于他们安贫乐道的读书精神。开卷之前，必然沐浴焚香，崇尚清洁的心态；开卷之后，必然正襟危坐，讲究心情的端正。这种由衷的神圣，使读书具有天人合一的情致。当然，我在这里并不是赞美已然作古的科举道路。我说的只是读书的心态。

什么是读书的心态呢？那就是与人的灵魂律动息息相关的心理状态吧。宦海击浪、商战奔突、急功近利、立见实惠等，都是一种令人心跳目眩的高节奏躁动。至于为了应付考验而临阵磨枪的学生们，表象看似埋头读书，实为苦海挣扎的心理驱动。

读书的心态，首先是灵魂的沉浸吧。它的一呼一吸，应当与大自然相通，应当与心律相合。

真正的读书心态，使我们毫无心机而忘情于字里行间，霎时成为一个可爱的大孩子。只有在这种时候，你才可能获得巅峰体验。这种巅峰体验，恰恰是金钱买不到的。人间尚存花钱买不到的事物，读书的心态正是如此。

"有一千个观众，就有一千个哈姆雷特。"我觉得这是从接受美学意义上讲的。知晓这句名言很久了，但迟迟未能理解它的含义。前几天我偶然之间翻阅《资治通鉴》，竟然在书中看到一个被称为"君子盗诸"的荆轲，这大大出乎我的经验之外。

从童年我就知道荆轲是个大忠大勇的人物。尤其是荆轲起程上路那首"风萧萧兮易水寒，壮士一去兮不复还"的送别歌吟，曾经令多少人激动不已。

然而，司马光先生在其所著《资治通鉴·秦纪二》里却将我自幼景仰的大忠大勇的荆轲壮士定性为"怀其豢养之私，不顾七族，欲以尺八匕首强燕以弱秦，不亦愚乎！"在司马光这位正统封建士大夫心目中，莽汉荆轲属于不识时务以卵击石的愚钝盗者，毫无人生价值可言。由此我明白了，自幼心目之中荆轲那高大伟岸的形象，乃是《史记》之类书籍的观点对我形成的影响。惨遭宫刑发愤著书的司马子长实乃性情中人，他的思想毕竟不比大宋王朝的君实先生来得正统。于是司马迁笔下的荆轲形象，便闪烁出一种平民精神光芒。

无论怎样，我心中出现了两个荆轲。史家百家争鸣，书有不同版本，人也如此吧？或许还有一千种版本的荆轲。由此我又想到了人。生活之中，常有朋友反目而遂为路人的现象发生。彼此双方，皆惊呼知人知面不知心，大有形同陌路之感慨。这大约可以归纳为"人的版本"现象吧。

人与人交往，其实也是一种人对人的阅读。就其灵魂而言，一个人总会有许多侧面。所谓情人眼里出西施，恰恰正是恋人于情浓意痴之时，将所爱之人的所有侧面都当成正面来阅读。这种阅读可能产生情圣，但也可能因阅读角度的一成不变而难以看到对方"另有版本"。天有阴晴，月有圆缺，而人们不同版本的显现，又往往要在大是大非面前才能得以考证。然而我们平凡的生活中，又有多少大是大非问题呢？于是"人的版本"便成为一种隐性课题而存在于我们生活的深层结构之中。

如今，关于人的研究已经成为一门显学，版本也日见其多。无论怎样，无论有多少个哈姆雷特，无论有多少个荆轲，在当代社会，人对人的阅读，也应当是一种愉悦吧？而人的"版本"无论有多少种，也应当是向真向善向美的吧？

是啊，不读书无感慨，不阅人无宽谅。我首先感慨自己读书不可装模作样。我继而感慨自己为人不可冷漠刻薄。事情大体如此。

激情行动

我不知道迄今是否已经有人打破这个纪录，那就是在二十四小时之内两次经历飞机失事而大难不死。一九五四年一月，那个留着大胡子的美国人从熊熊燃烧的飞机残骸里爬将出来，脸上毫无惧色。他不顾伤痛，竟然指挥着人们灭火，现场的土著们都以为天神降临。

离开飞机失事现场，匆匆驱车一百八十五英里赶往乌干达的恩德培医院。主治医生在这个大胡子美国人的病历卡上这样写道：关节粘连、肠道机能紊乱、右肾挫伤、肝损伤、脑震荡、二度和三度烧伤……

几小时之后，他在病床上醒来。摄影记者已经将他团团包围，争抢着拍照。在此之前，这个世界已经用二十五种语言文字发表了他的讣告。

但是，这个人却没死。

这个人就是不死的欧内斯特·海明威。

是的。他的同时代人都认为死亡距离这位作家似乎极其遥远。只要他仍在行动，死神就无法追上他的脚步。如今，每当我们重读海明威留给人间的文字，似乎也能获得同感：海明威是不会死去的。因为海明威说过："一个人可以被打败，但是他决不会被消灭。"

这是一个永远行动的巨人。行动，使他一次次面临灾难；行动，又使他一次次死里逃生。只有行动，没有空谈。甚至到生命的最后时刻，也还是只有行动（口含枪管然后扣响扳机）而没有空谈。人们无法想象，静止的海明威究竟是个什么样子。他那具有个人主义倾向的坚韧不拔的精神，使他一生的经历成为一部英雄传奇。电影《丧钟为谁而鸣》女主角的扮演者英格丽·褒曼说："海明威不仅是一个人，他代表着一种生活方式。"

海明威的生活方式，其实就是他的生命样式。海明威一生的行动，无不表现为大海般的澎湃汹涌，这就是生命激情。如今你无论是贫穷还是富有，都一样；读一读海明威吧，你立即就会明白我们的生活之中究竟缺少了什么。

虽然我们天天都在为生计而奔走，但这并不能称为"行动"。肠胃的蠕动与心灵的律动并不相同。作为一个常人，海明威一直都过着危险的生活，当战地记者、斗牛士、拳击手、赌徒、嫖客、非洲猎人、加勒比海渔夫。作为一个作家，他的作品所表现的都是本人"行动"的经历。如果有谁向海明威宣讲"作家深入生活"的大道理，那绝对是一种荒唐。海明威即生活。你看他那历经战火而伤痕累累的躯体宛若一座纪念碑，而碑文却都印在他的小说里。阅读海明威的时候，我曾经产生一个古怪的想法：倘若海明威一生从未动笔写作，那我们这个世界将是一个什么样子呢？没有《杀人者》，没有《乞力马扎罗山的积雪》，当然也没有《永别了，武器》和《老人与海》，什么都没有，从来就没有海明威这个作家。这样想着，就觉出自己这个想法的可笑——仿佛一个小孩儿担忧明天没有太阳。其实无论是"死于午后"还是"过河入林"，"太阳照样升起"。

是的，这个世界不可能没有海明威。任何与之相反的设想，都将显得毫无意义。无论欧内斯特·海明威一生是否从事写作，他的行动都将证明他是一个勇士。这个勇士本身就是一笔人类文化遗产。

从这个意义上说，海明威首先是一个精神世界，是一种生活方式，其次才是一个作家。

因为海明威无时无刻不在充满激情地行动着。

一九一七年四月，美国宣布参加欧战。十八岁的海明威立即跑到募兵局要求参加美国赴欧洲参战的远征军，却因眼睛曾经受伤而遭到拒绝。海明威渴望行动。翌年，他终于穿上了红十字救护队的军装，赴意大利参战。他激情澎湃，寄给母亲的第一张明信片上写着四个字："非常愉快"。他寄出的第二张明信片写的是一个充满激情的句子："好家伙！我真高兴，我身临其境了。"

小小的巨人开始行动了。

他是一个"挂职"战士，不能直接参加战斗。一次他到战壕里分发巧克力，抄起一支步枪就朝奥地利军队阵地猛烈射击——这就是海明威的"处女作"。那时候他并不是一个作家。但他是一个战士。

就在他十九岁生日之前的两个星期，海明威中尉被奥地利军队的迫击炮弹片击中，他居然爬行一百五十码，回到自己的阵地。细碎而致命的弹片密如暴雨。多年之后海明威回忆道："我那时候已经死了。我觉得我的灵魂正在从我的躯体里向外逸出。"野战医院里医生发现他一共中了二百三十七块弹片。经过手术只取出二十八块，其余的好似战争勋章镶嵌在他的肌肤里。他的身体看上去像一个筛子。

此后，海明威又接受一次又一次手术，总共十三次。他愤怒地拒绝了医生"锯掉右腿"的建议。他的一个膝盖骨被打碎了，换上一块白金做成的替代品。他奇迹般下床行走抚着膝盖说："比原来的好。"

十年之后，他将自己的战争经历写成长篇小说《永别了，武器》。这时候他身上的伤疤已经由紫变白。而在这十年之间，他一刻也没有停止行动，就像是一股强劲的旋风。

只有行动起来，海明威才能充满激情。激情属于生命。毋庸置疑，激情是海明威通过他的小说献给我们这个世界的一份厚礼；同样，每每感到自己无法忍受激情匮乏的平庸生活时，海明威便去寻找激情。于是他青年时代就发出"海明威，酒满杯"的欢呼；于是他戴上拳击手套，在阳光灿烂的沙滩上与英国前重量级拳王交手；于是他爱上了西班牙成为一名斗牛士并写出以斗牛为题材的经典著作《死于午后》；于是他到非洲狩猎，选择的是黑色大陆最为凶猛的动物——豹子；于是他独自驾船出海，去深海捕捉马林鱼；于是他在参加第一次世界大战之后又参加了西班牙内战和第二次世界大战；于是他一生先后邂逅自己的四位妻子：哈德丽，波林，玛莎，玛丽；于是他伤痕累累却在反叛死亡的道路上奔走，而在他的小说中，死往往大于生……

在这个慵懒的世界上，几乎没有哪位作家能够像海明威那样"激情行动"。即使他风平浪静地住在哈瓦那郊外的"瞭望田庄"里，作家内心涌动的巨大激情，我们从那一篇篇小说里也能听到瀑布般的轰响。

静止的巨人只不过是一座山脉，行动的巨人则是潮汐的大海。海明威的文风已经成为一个公认的创作流派：惊人的明快，惊人的纯朴直率，惊人的粗犷果断。海明威言简意赅：他想做第一流的作家，最海量的酒客，最忠实的情郎，枪法最准的猎手，深海垂钓的渔人。海明威的文风正是他的人格体现，他时时都在向人类世界呼唤勇气。他将自己的战场摆放在那台彻夜发出声响的打字机上。从事写作的时候，他仍然像一个猎人。他说："写作就像是猎狮，射这一头的时候就想到还要射下一头。"

同时他开怀畅饮从不节制，一杯接一杯，将酒神喝到自己的肚子里。第二次世界大战他随美军在诺曼底登陆，一直攻到法国首都。他领导着一支游击队进入巴黎一家因窖存美酒而出名的里兹饭店。他派人在门上写道："海明威占领好旅馆，地窖里美酒喝不完。"

世界上没有静止的海明威，世界上也没有单纯的海明威。

于是，多种角色在海明威身上统一起来。而贯串各种角色始终的，是海明威身上那与生俱来的勇气。关于勇气，海明威自有独到的见解。他认为一个人的临危不惧，既源于个人躯体或者蔑视死亡的习惯，这可以成为人的第二天性；也来自形形色色的激情，譬如说人的自尊。这两者的结合，成为人类完美无缺的勇气。

因此，我们这个世界出现了作家海明威。

《多伦多明星周刊》编辑克兰斯顿认为海明威天生就是一个小说家。只要刺激，他什么事情都肯去做。他吃过鼻涕虫、蚯蚓、蜥蜴，以及只有野蛮部落爱吃的"佳肴"，这样做仅仅是为了尝一尝味道。为了给报刊写一篇理发技术学校的见闻，他伸出脖子就将自己的脑袋送到剃刀之下，让一个学徒练手艺。他将这个理发技术学校比喻为"免费者和勇敢者的真正乐园"。到这里来的人们必须"具有那种眼睁睁往死里走的真正的沉着和勇气"。

虽然只是写一篇小小的见闻，他也如同走上战场。这绝不是故弄玄虚，这正是海明威的风格。

无论是虚无的海明威还是迷惘的海明威，无论是硬汉海明威还是小情郎海明威，他终将走到死亡的大墙之下。阅读海明威的一生不难看出，他时时刻刻都在与死亡打交道，同时率领着自己小说之中的人物们。虽然他在自己的作品中大量描写形形色色的死亡，却不能说海明威对死亡充满热爱。人们所能看到的只是他充满朝气地活着。海明威最大的虚无杰作就是身上烙满死神的痕迹。当他一九二四年在巴黎遇到女雕塑家艾洛伊丝的时候，"死神痕迹"成为一种极致。

海明威与艾洛伊丝共用一间工作室。一天晚上他与她终于挤到一张单人床上。海明威不是圣徒，艾洛伊丝也不是圣女。这是黑暗之中的真实。

当曙光升起的时候，一丝不挂的艾洛伊丝拉开窗帘，阳光一下就将海明威的身躯镀亮。女雕塑家突然尖叫着，双手捂着眼睛坐在地板上。海明威身上布满第一次世界大战弹片的伤疤，好像一双双白色的嘴唇，吸吮着清晨的阳光。

她哭泣着。你太丑了。我的眼睛不能注视丑陋。

是啊，死神留下的痕迹，只有勇者才能够正视它。安德烈·马尔罗说："哥特人的头颅只有击碎之后，看起来更美丽。"

如果说艾洛伊丝是一个唯美主义者，她只能看到美丽的生命；那么海明威也是一个唯美主义者，他还能看到美丽的死亡。

海明威说："一个人只要反叛死亡，他就会成为天神那样的主宰死亡的人物，也就乐在其中了。"

一生都在行动的海明威，终于沿着死亡的大墙，朝前走去。他做过的事情太多了，多得仿佛什么事情都没有做。而他那留在这个世界的令人震颤的伟大著作，也好像是他无意之中挥手写出的。这就是我重读海明威的时候，突发的奇想。

毫不隐瞒，阅读海明威对我来说是一个难处。面对一个勇士，我自惭形秽。我总觉得人类历史上出现海明威这样的作家，就已经足够了。许许多多像我这样的人，大可不必成为文学从业者。海明威到达生命终点的时候，依然在行动着，而我的灵魂挂在一座腐败的阁楼里已然枯萎。面对时光，我永远被动；面对死亡，我只能顺从。于是我越发不敢阅读海明威，我认为自己是一个彻头彻尾的懦夫。

丧钟为谁而鸣？

一九六一年七月一日，文学大师海明威就要完成自己最后一件作品。他知道是时候了，他要立即完成才是。没有人听到他哼唱《为我装满弹药，让我留在三师》。他穿着睡衣走下楼来。同往常一样，最后的这件作品他也要独自完成。

这就是对死亡的反叛。

他将那支双筒猎枪含在嘴里，同时扣动扳机。

"我就会成为继美男子弗洛埃德之后的最好看的死尸。"

海明威果然用的就是那支非洲猎狮的双筒猎枪。

这是他打响的最后一枪。

他终于写完了。

用中国作家的酸词儿来说，他封笔了。可是海明威从来不用这个中国化的词汇：封笔。

硝烟散尽。什么都没有。

真的，海明威只是开了一枪，打死一头雄狮。

这是他做的最后一件事情。

家的含义

很长的一段时光里，我一直认为"家"这个词汇的含义，就是自己而已。

那时候，我是个男孩子，很大的男孩子。

二十世纪六十年代末一天下午，我在大街上闯了一个祸。事情的起因我已经记忆不起了，大概是我弄脏或弄破了一个男孩子的衬衣。那个男孩子似乎小我两三岁，十岁上下的样子。他扯住我的胳膊不停地哭着，要我一起去他家向老太太解释。我力图挣脱，但这个男孩子似乎是用他的全部生命揪扯着我。我只得同意与他一道前往。路上，我产生过逃跑的念头。

那男孩子身上穿着的是一件白绸衬衣。这在当时的孩子身上，无疑是一种奢侈。我就在心中暗暗羡慕这个怯懦的男孩儿，也羡慕那个给予他白绸衬衣的家。

我的出生地旧时属日租界，青砖楼房多而四合院极少。这个男孩子的居家则在天津老城里，就是庚子之乱八国联军用洋枪洋炮攻破的那个城池。如今早没了城郭。

那么大的一个四合院，两进式。我随那身穿白绸衬衣的男孩儿走过影壁穿廊过厦的，才知道这大院之中住的都是他们的叔伯一族。在泱泱然一个大家庭面前，我的自卑心理蓦然沉重。

我见到了那位老太太并解释了她爱孙之白绸衬衣上的罪恶系我所为之。那老太太相貌不恶，问我家里有什么人。

　　我的回答令那位老太太惊讶不已。

　　从此我才知道，家的规模，家的声势，家的气象，家的根深蒂固。家乃沉甸甸的历史也。

　　然而我却不大明了家的含义是什么。

　　北方中国有一句俗语：三亩地一头牛，老婆孩子热炕头。但是这只是一幅北方中国农村的温饱图景罢了。人们对家的希冀和向往，不应仅仅停留在吃得饱睡得着的层面上。家的含义，印在大书里可能是一个内容复杂的词条。

　　在一个成年男子的心目中，家，意味着什么呢？不惑之年，我才渐渐懂得了一些道理。

　　家，可能代表一种生存。同时，家又可能是你觉得最为虚无的地方。当初你为了保持自我而建筑了这么一个巢穴。而在这个苦心经营的天地里，你的所谓自我恰恰全盘丧失。望着这个巢穴，你终于懂得了什么叫悖论。

　　是啊，家是一个好去处——它永不打烊。无论是恋家爱家还是恨家，它总是你醉酒之后一步三晃而唯一认识的路。醒来的醉汉，往往是躺在自家床上。你回忆昨夜是如何酩酊的。男人在家中大醉的时候极少。可以说家庭收容醉汉而不制造醉汉。这就是意境与氛围的差异。

　　男人爱家有时出于一种自爱。这种自爱的根源可能又出于一种自私，你感到你自己融入了一个整体而不可分割。你知道这个整体需要你。男人的狡猾之处则在于你更知道你需要这个整体，尤其是你失魂落魄的时候。

　　男人爱家，是因为你知道它已然是一个不可抹杀的现实了。其实击碎这个现实乃举手之劳也。不知为什么你不愿去击碎。这可能出自一种懒惰思想。尽管有时你愿意将自己比喻成一只假牙，但最终你还是将自己镶在家里。

不要家庭的男人，可以称为当代真正的无产者。于是你可能赢得一种空前的主义和自由。

然而这世界上毕竟恋家的男人多矣。

虽然说恋家与爱家不是同一概念，但男人之所以没有舍家而去，正是因为在这个世界上，家是你唯一可以毫不讲理并撒野犯浑的地方。

男人恋家，还因为在这个世界上，家是你唯一自愿当牛做马的地方——你的儿子在你的脊梁上成长为一名出色的驭手。

男人爱家，你可能一生都意识不到这是一种什么情感。你的矫情经常大肆宣扬家是一个多余的地方。有时你又声称自己是家庭中多余的人，于是一个多余的人每天都到多余的地方去。家是一个无奈，你时时走向无奈。家是一具枷锁，你大义凛然锒铛入狱。

家，是男人旅途中打回来的一个长途电话。其实你没有什么话要讲。你只想身隔千山万水听一听熟悉的声音——墙上那只老挂钟的行走。你愿意与它对时，尽管它时快时慢像一位不断咳嗽的老祖父。

家，使男人拥有食欲，也使男人得以隐匿灵魂之中最为阴暗且最富活力的东西，全世界都在降雨，家就成了一柄满是补丁却经久耐用的伞。伞下有许多充满人间烟火的故事。

家，使男人赢得一个心理和生理环境。你可以在墙壁上胡涂乱抹。在单位，你连独立撰写黑板报的权利都没有。

男人回家，可以看到一个女人，或圆圆的脸或长长的脸。你也可能会看到你的女人和一个陌生的男人在一起。你可能愤怒，也可能向他们表示歉意。这些感受，只有在家中你才得以品味。与广场和大会堂相比，家便表现出一种独特的风格。

家中可能有男人的儿子，但他在你面前成长为一个忤子。家中的一切其实都是可有可无的，但你一件都不曾亲手扔掉。

男人爱家，可能是一个错误。但这一切又都是以这个错误为前提而产生的。于是在这个世界的许许多多错误中，男人爱家便成为"错误大全"中的精品了。

男人爱家，有时你得意地想：情人可以有几个，家却只有一个。于是男人爱家就成为一种战略和战术。男人在这个过程中，成为一名情场上的军事家。

男人，是这个世界上最为脆弱的雄性动物。而男人的家，则是充满平和景象的动物园。在这个动物园中，你虽然失去了天然，却总在需要帮助的时候有饲养员走来。

那饲养员可能是一个小巧玲珑的女人。而你那已经出走在外的儿子，正混在游客之中观赏着并说你属于国家二级保护动物。

你越发弄不懂家的含义了。

井中汲水为谁忙

　　创作心理学的理论认为，一个作家的写作始终为自己的童年经历所注定。美国作家福克纳说："我的像邮票大小的故乡是值得好好描写的，而且，即使写一辈子，我也写不尽那里的人和事。"

　　无论出生在农村还是来自城市，只要看到"故乡"这两个字，你肯定首先想到自己童年生活的场景。因为我们的记忆始于童年，童年无疑是作家的出发地。既然出发了，我们的记忆积累也开始了。

　　我们始于童年的记忆积累，既具有长度也具有宽度，久而久之成为个人的记忆世界。构成记忆世界的内容是什么呢？只要稍加留意就会发现，我们的记忆世界里盛满了自己的往事。

　　无论诗人还是小说家，只要从事写作就应当是个拥有往事的人。往事正是始自童年的人生经历的积累，它是你的"原始股"，时时体现着"增值效应"。

　　写作，正是作家对自身记忆世界的唤醒与发现。写作，使得你拥有的"往事"从隐性转化为显性，这也是写作的魅力所在。

　　很多年前我在创作《井边心情》里讲道："每每写出所谓反映当下现实生活的小说，我居然感觉它来源于自身往事的翻新。我的小说人物在现实生活中走来走去，我却感觉自己乘坐'往事列车'驶进月台。我下车看了看手表，不知这是心理时间还是物理时间。

我姑且将其命名为'现实主义心情'……"

是的，我还将写作过程比喻为从井中汲水。那原本静静安卧于深井里的水，吱吱呀呀被你摇着辘轳打进木桶里，渐渐提升高出井台，一下成为阳光下的"桶装水"。

水还是水。然而，这"桶装水"还是"井中水"吗？我不知道。我只猜测：那水井里盛满水的往事。这桶装水呢？它在离开水井的过程中，或许悄然变形为水井的"往事"吧。

写作，就是从真实到虚假，再从虚假到真实的过程。这个过程是作家精神化的过程。所谓从"看山是山，看水是水"，到"看山不是山，看水不是水"，最终抵达"看山是山，看水是水"的玄妙过程。我比喻的井中汲水，可能也是这个过程吧。我自己的往事在汲水出井过程中，也悄然实现了精神化的过程，水的化学成分没有改变，但是物理势能却从"井中水"变成"桶装水"了。

写作就是对往事的唤醒与发现。从这个意义来讲，一个没有"井中水"的人根本不存在井台汲水的可能。一个走上井台汲水的作家，我认为应当是个大孩子。他面对井水就是面对往事，此时他应当是存在客观世界与主观世界接壤地带的人，也是拥有主观世界与客观世界双重身份的人，更是浑身散发着"孩子气"的成年人。

我认为井中汲水首先表现为"孩子气"。只有充满孩子气的作家才最容易重返往事世界，进而逼近文学写作的本质。谁能说得清"孩子气"属于主观世界还是客观世界呢？谁能说得清"孩子气"是真实的还是虚幻的呢？

作家的童年情结是文学酵母，作家的孩子气是文学酵母的气质特征。一个作家的往事肯定不是寻常意义的往事，它应当是经过文学发酵的。

我的童年生活属于二十世纪六十年代，回忆起来似乎没有什么值得纪念的人和事。然而我还是牢牢地记住了平凡生活里的点点滴滴，久久回味着。这种回味令我深深沉浸其间，我不知道自己是否篡改着往事。但是我知道发酵。

就这样，这样的往事成为我日后写作的资源——当然是经过发酵的往事。我的所有写作即便是被称为反映当下现实生活的所谓工业题材作品，我认为也是从自身往事化来的，通常所说的火热的现实生活只是触动了我的记忆开关而已，好比我们揿亮一盏电灯。我所说的往事的变形，竟然就是当下生活。我所说的当下生活的变形，竟然就是还原往事。这个道理就跟"任何历史都是当代史"同样。

我写《天堂来客》时，完全沉浸在自身往事里，我成为目睹事件全过程的孩子，甚至为当年的某些真人真事所感动。然而，当我写完这篇小说通稿修改时，人物与事件渐渐陌生起来，好像这是我凭空编造的一个故事。老曲、老边以及纺织女工祁玉等人物，几乎都成了并不熟悉的路人。

莫非我写了别人的往事。那么这个别人又是谁呢？我绞尽脑汁终于明白，这个别人仍然是我，只是我让自己变得陌生了。

一个作家拥有属于自己的真实人生经历，更为重要的还要拥有不那么真实的却属于自己的人生经历，或者通常所说的虚构的人生经历。你虚构的人生经历与你真实的人生经历相互融合，它才是文学意义上的"往事"。只有在这种时候，我们的写作才能够进入更为自由更为广阔的天地，才会拥有真正的文学记忆，以及我所强调的文学的"孩子气"。

人若老了依然拥有孩子气，这是多好的事情啊。

文化的烦恼

一、订 报

关于文化能够给人带来莫大烦恼的话题，已经不新鲜了。我要谈到的关于文化的烦恼，是读书与看报的事情——有时候令人哭笑不得。

先说读报吧。为了能够读报，你必须花钱订报。我也如此。记得二十年前吧，也就是二十世纪七十年代初期，我只有十八九岁的样子，就已经是报刊订户了。我住在一座大杂院里，订了《新体育》《学习与批判》《光明日报》……堪称城市贫民区的订报大户。记得每当我订的报刊经邮递员送到大杂院里，立即呈人人传阅状。尤其是报纸，有时候传来到我手里的时候，此前至少已经被三户邻居遍读了。尽管人们喜欢读报，但在那座大杂院里我始终是唯一的报刊订户，别人是不花这种冤钱的。

这是我的一段美好记忆。

如今，我成了一个从事写作的手艺人。手艺人可以不订阅报纸、杂志什么的。可是从事写作的手艺人，毕竟与其他手艺人有所不同。说一句如今时髦的话语，那就是我必须通过阅读报刊以了解市场信息。

我订阅报纸的主要目的是不想成为一个与世隔绝的人。有人说真正的作家必须是孤独的。我认为作家无论真孤独还是假孤独，报纸还是要看的吧。于是我仍然坚持订报的习惯，至今。

却是遇到了烦恼。起初，我不知道邮局存在"漏投"的毛病。什么叫漏投？就是到时候你的邮箱里见不到你应当见到的报纸。说得更为赤裸裸，就是你花钱买东西，对方收了钱，却不给你东西。

这就是我理解的邮局报刊"漏投"的基本定义。

其实我订的那几种报纸，并非日报。譬如《中华读书报》和《中国图书商报·书评周刊》，就属于周报，而《文艺报》则是一周三张。因此，很难发现邮局什么时候出现"漏投"。发现邮局"漏投"完全是出于偶然。于是，我就给负责投递的邮局打电话，说我订的某年某月某日出版的某种报纸，我没有收到云云。接电话的这个人表示，查一查。从此，就没了音信。

过了几天，我主动给邮局的那个人打电话，询问事情的进展。对方不急不躁，承认可能是邮递员漏投了，并且表示由于漏投的那种报纸是北京出版的而且发行量不高的外埠报纸，因此无法采取任何弥补措施。放下电话我终于明白，我必须接受这样一个现实：花了钱买东西，然而卖方并没有将东西给你，而且还告诉你这东西永远也给不成了。于是心里开始生气，最后决定打电话向邮政管理局投诉。

这个投诉电话，打得太好了。当天下午邮局就来了三个人，据说其中还有基层负责同志。他们向我道歉，并且将那份漏投的"北京出版的而且发行量不高的外埠报纸"补送到我手里。我一下被感动了。

我所居住的这座城市的社会主义邮政事业，真好。

尽管被感动了，但我从此还是提高了对这座城市邮政投递系统的警惕，开始观察并且发动家人留心"漏投事件"是否再度发生。

　　果然，漏投事件又发生了。于是，我的心里增加了新的烦恼，那就是还打不打投诉电话。就说上次吧，打了投诉电话之后，人家就登门道歉补送了报纸，而且态度极为诚恳，并声称回去一定要将那个失职的投递员解雇。我若再给邮政管理局打投诉电话，岂不是跟奋战在我市邮政投递战线上偶有失误的好同志过不去吗？俗话说吃亏常在。算了吧。

　　于是就算了。过了一段时光，我接受了《中国图书商报》记者马萌的长途电话采访，谈了一个很有意义的话题。马萌说他要写一篇访谈，发表在他们报纸上。由于我订了《中国图书商报》，也没往心里去。过了很长一段时间，关仁山打来电话，说看到了《中国图书商报》上关于我的访谈。我说不可能，如果发表出来我是一定能够看到的，因为我订了这种报纸。仁山告诉我是五月九号的《中国图书商报》。

　　放下仁山的电话，一查。怪不得我不知道文章已经发表了呢，原来五月九号的《中国图书商报》，又漏投了。

　　紧接着又出现了我发表文章的某天的《文艺报》的漏投。我只得给负责投递我报纸的邮局打电话，询问这两次"漏投"，对方仍然说查一查。于是又没了音信。

　　我也没给邮政管理局打投诉电话。因为我知道，如果我坚持以打投诉电话这种方式捍卫自己的订报的合法权益的话，我肯定将成为世界最为繁忙的人。面对坚硬如铁的现实，我选择软弱地放弃。

　　然而心里还是有不平衡的时候。那天我去邮局发"特快专递"，与一位白发老者攀谈起来，谈到报纸的"漏投"给我带来的烦恼。

　　白发老者看了我一眼，十分冷峻地说：谁让你必须看报呢，谁

250

让你有文化呢。

我真不知道他老人家的这番话，是对我的忠告还是对生活的反讽。

二、买书

你以为读书就没有烦恼啊？有。读书之前，是买书。我说的不是买书难的问题。买书难当然属于烦恼之列，但本身也包含着乐趣。试想，你千方百计终于买到朝思暮想的书籍，持续已久的烦恼顿消，继之而来的无疑是莫大的乐趣。

因为，你终于得到了。

因此，我认为"买书难"的烦恼不是终极意义上的烦恼。毕竟总有"图书到手，心满意足"的那一天嘛。烦恼终将转化为快乐。

关键是你要善于等待。等待什么呢？

说一说我等待《中国京剧史》的趣事吧。

这套书分为上中下三册。上册与中册八年前就出版了，我买了。认为这是一套好书。有用。于是我便开始了漫长的等待。等待什么呢？等待下册的出版。

其间，大约是一九九六年我还给出版《中国京剧史》的中国戏剧出版社发行科写信，询问下册的出版时间。发行科的同志很热情，很快就给我回信，说明年。我就继续等待下去。说心里话，这种等待的状态，很有几分味道。它使你心里总怀着那么个念想——情人似的。

等待，真好。有时候我甚至觉得，长久的等待，远远比最终的获得更有滋味。等待真好。

一晃又是四年。我终于懂得了"光阴似箭"这句话的含义。

今年年初，我从图书目录上得知，我等待已久的下册终于出版了。于是我径直奔向当年购买上册和中册的书店，购买下册。

果然，我等待多年的《中国京剧史》下册，赫赫然阵列在书架上。我居然采取越位战术——伸长胳膊从前面顾客的头顶上方，嗖地从书架上抽出下册，转身就去交款。

书店的营业员告诉我，这次出版的《中国京剧史》上中下三册不能单独发售，因为只有一个定价。

我终于明白，我必须购买上中下三册的《中国京剧史》，光想补齐下册是不可能的。于是，心里顿时愤怒起来。久久等待了八年，用了抗日战争的全部时间，我居然不能单独购买下册。这真是辜负了自己的人生大好时光啊。

就与营业员交涉，说这样不公平。营业员表示爱莫能助，因为书店毕竟只是卖书的。人家出版社怎么定价书店就怎样卖呗。

我站在书店里，终于动了购买上中下三册《中国京剧史》的念头。可转念一想，不行。这样做岂不是废了家里的上中两册。那两册书跟了我八年，犹如发妻，糟糠不下堂，万万不可无理废除啊。再说我若这样做也属于图书浪费行为。不买，坚决不买。

我走出那家书店，发誓从此之后不再进它的大门。尽管我这样有几分小题大做，但毕竟反映了当时心态。

决定忘记这件事情。但忘不掉，想起来心里就别扭。《中国京剧史》的完整出版乃是中国出版界之大喜事，却成了我的心病。

有时候就在心里挖苦自己，说自己是个守财奴。又不是花不起那一两百元钱，为什么不去买一套上中下三册完整的《中国京剧史》从而了结此事呢？

继续坚持，不买。仍然是却下心头，又上眉头的样子。

大约是上个星期日，我的儿子晓雨突然告诉我，《中国京剧史》

终于出版了单独定价的下册，您快去买吧。

我很诧异，问晓雨怎么知道我的这份心思。

晓雨回避了这个问题，说您快去买书吧都等了这么多年啦。

我心里高兴了。中国戏剧出版社最终并没有将它的老读者们抛弃。至于我的这段等待时光，则越发具有滋味了。

嗯，买书去。还是去当年的那家书店。

想起工业题材

　　关于文学创作中的"题材"概念，我以为主要用于文学批评与文学研究，也包括用于高等院校教学。对于作家的写作而言，它不具有"启动"意义。然而日常生活中，我们习惯于将事物分类，譬如男人与女人就是分类，还有白酒与啤酒、皮鞋与草鞋以及君子与小人、乌龟与甲鱼。从分类学意义上讲这是必要的，所以关于文学题材的分类也是如此。

　　谈到工业题材文学作品，其实它是晚生的。因为只有人类社会出现工业或者说人类进入工业社会，文学创作才可能出现规模化工业题材作品。工业题材文学作品的这种"晚生身份"，可能会使它先天具有某种程度的"现代性"。如果这种说法成立，我们在探讨工业题材创作与其他题材的关系的同时，还应当看到工业题材文学作品的"胎记"。

　　中国是一个具有五千年文明历史的农业大国。中国进入工业化社会的脚步远远晚于西方世界。而且，在以城市为标志进入工业化社会的同时，中国地理版图绝大部分地区仍然处于农业经济状态，这就使得中国社会出现严重的不平衡状态。即使在近代的上海、天津以及沈阳这样的工业化城市，人们的文化心理仍然普遍根植于生生不息的农业文明王国，这种准工业化或亚工业化特征，就是我所说的中国工业题材文学作品的"胎记"。

主流的政治经济学教科书这样告诉我们：中国第一代工人主要来源于失去土地的破产农民。正统的文学史应当这样告诉我们：中国工业题材文学作品脱胎于古老农业文化土壤。从绝对化意义讲，无论近代还是当代的中国作家都是农民的儿子。中国工业题材文学作品，都孕育于有着五千年文明历史的农业大国的"精神子宫"。

很久以来，中国文学涌现了许许多多优秀文学作品，尤其以农村为背景的文学作品，深深影响了一代代中国读者。譬如柳青的《创业史》，梁斌的《红旗谱》，孙梨的散文和赵树理的小说，还有《山乡风云录》《暴风骤雨》等等大量农村题材的文学作品，包括二十世纪六七十年代出现的《艳阳天》和《金光大道》，都是名重一时的主流派作品，占据中国文学的半壁江山。

所谓农村题材文学作品与所谓工业题材文学作品相比，前者都有着近水楼台的先天优势。广袤的田野，夕阳的炊烟，温暖的炕头，麦粒的清香，灶台的婆媳，田垄的父子，祖传的白银手镯，崭新的黄铜烟锅……这一切人间俗情俗事俗物，无不承载着中国人与生俱来的文化传统和道德观念，传递着中国人熟悉的生命信息，表达着中国人的情理经验，诉说着中国人的家族血缘和人生风光，它产生的亲和力几乎无以抗拒，因为它是中国农业大国的生活画卷。

与之相比，有着晚生身份的中国工业题材文学作品，以城市为舞台，以钢水奔流为背景，以机器轰鸣为旋律，以"社会人"为文学形象，从日出而作日落而息的生活变成现代企业制度下的"三班工作制"，从三乡五村皆为亲戚的近缘关系变成万人大厂相见不相识的陌生人群体，从春种秋收的农耕喜悦变为车间生产线的技术革新争论。与之相比，钢筋水泥的厂房没有乡土气息，动力锅炉的蒸汽没有村头炊烟安详，铿锵的锻锤没有骡马鸣叫悦耳。工业题材文学作品里充满了车间厂房机器设备等等毫无情感的人造景观,缺少农村题材文学作品里的"原生态"风光。俗话说,触景生情。与传统的乡土田园风光相比,工业题材文学作品里的"景缺失"很可能导致"情难生"。

工业题材文学作品里的人物形象,以机器精神和钢铁意志屡屡战胜"自然时间",在农民眼里不啻寒冬季节收割新鲜稻谷。中国的工业化进程打乱了传袭千年的农业社会"时间表"甚至冒犯了"四季生态"规律。就这样,让中国人进入工业化生活便成为普遍的社会任务,让中国工业题材文学作品进入中国人内心世界也成为中国工业题材作家普遍的社会课题。

在中国农业文化大背景之下,工业题材创作与其他题材的关系,可以说是共生的关系。假若有"都市里的村庄",必然有"村庄里的都市"。这很像家庭出身与本人成分的关系。父亲的个人成分就是儿子的家庭出身——以前我们填写个人履历表的时候,经常遇到这种情况。

如果必须论述工业题材创作与其他题材的关系,我姑且将其喻为"同父异母"的关系。

新中国成立以来,曾经出现一些工业题材文学作品,譬如草明的《原动力》,等等。作家下工厂深入生活,也写出不少作品。二十世纪六七十年代出现工业题材文学作品的创作高潮,基本属于革命年代与计划经济背景下的"主题先行"与"政治图解",构成一段特殊的工业题材文学史。

改革开放以来,中国工业题材文学作品独领风骚,成为"改革文学"的重镇,譬如以《乔厂长上任记》为代表的一大批优秀作品。随着改革的深入给作家们带来迷惘与困惑,工业题材文学创作出现走弱趋势。尤其国有企业经历的巨大变化,承包、优化组合、第二职业、解聘下岗、买断工龄、合同制用工……这一系列崭新的字眼儿所代表的新生活，催促着作家们消化吸收，即使生吞活剥。

与此同时，昔日工业题材作家们积累多年的家底：公费医疗、铁饭碗、劳动模范、班组竞赛、女工委员、班车代表、年底食堂吃结余、长年歇班吃劳保、生活困难吃救济……这一系列烂熟于心的字眼儿所代表的写作资源，一夜之间成为"史料"而丧失了"现时用途"。

当代工业题材作家们的这种尴尬处境，好似经历一次"精神土改"。一个个拥有丰富写作资源的"地主"被扫地出门沦为不具备丝毫写作资源的赤贫者。

当然，这里只是用"精神土改"这个并不恰当的比喻来形容面临社会巨变一时难以做出深刻思考的工业题材作家。从这个现场出发，我一时难以找出工业题材创作的特殊规律，只能描述所看到工业题材作家们的这场特殊经历。

改革开放进入高科技时代，新生事物伴随新生词汇大量涌现，其猛烈势头远远超过雨后春笋。尤其农民工来到城市进入工矿企业成为产业队伍的有生力量。天变了，地变了，一切都变了，人好像也变了。于是所谓工业题材文学创作再次面临巨大挑战。

然而，我还是觉得工业题材文学作品的本质没有发生变化。只要工业题材文学仍然属于文学范畴，只要"文学是人学"的基本定义就不会发生走移，那么工业题材文学作品的本质仍然是"人学"。

如果必须寻求工业题材创作的特殊规律，我以为还是应当从文化视角出发。自从人类进入工业社会，渐渐形成具有明显时代特征的工业文化。以新中国六十年为例，分明形成了六十年前不曾具有的多种文化现象。譬如包括吃住行在内的内容简单却形式繁复的"会议文化"，譬如以"北大荒"为人物特征的"京城女性白领文化"，等等。

既然如此，工业题材文学作品理所应当发掘已然形成多年的"工业文化"。这种发掘如同老舍先生文学作品发掘北京文化，必将赋予工业题材文学作品以深厚的文化内涵。食堂饭票、加班券、理发票、对调工作、改变工种、涨工资指标、大号铝制饭盒、高温作业补贴、医药费报销、泡病号、迟到早退虚报考勤、冒领工作服、女更衣室、男浴池……这数不胜数的工厂生活细节与生活场所，似乎都应当成为系列文化符号而转为恒久的写作资源，从而丰富着不亚于农村自然风光的大工业文学景观。

工业题材文学作品，不必过分追求尖锐的社会性，不必过分追求匡正的使命感，不必把工业看作推动社会进步的特殊力量，不必"打酱油"也不必"俯卧撑"……如此这般，工业题材文学作品反而会走出偏见和狭小，使钢铁有了温暖，使机器有了性情，使工人再度成为创造者而不是失落者的形象，从而赢得与其他题材文学作品同样宽广的天地。

具有工业文化底蕴与内涵的文学作品，应当与具有地域文化色彩与风情的文学作品一样，成为文学植物园里的一株高大乔木——尽管它在深秋也要落叶。

然而，春天来了它还是要发出新芽生出新枝的，这才是工业题材文学作品的原本面目，这才是工业题材作家们的原本之心。

图书在版编目(CIP)数据

人间天使／肖克凡著. — 北京：中国文史出版社，
2020. 3

（中国专业作家散文典藏文库·肖克凡卷）

ISBN 978 - 7 - 5205 - 1644 - 0

Ⅰ．①人… Ⅱ．①肖… Ⅲ．①散文集 – 中国 – 当代
Ⅳ．①I267

中国版本图书馆 CIP 数据核字（2019）第 262199 号

责任编辑：蔡晓欧　薛未未

出版发行：**中国文史出版社**

社　　　址：北京市海淀区西八里庄 69 号院　邮编：100142

电　　　话：010 - 81136606　81136602　81136603（发行部）

传　　　真：010 - 81136655

印　　　装：廊坊市海涛印刷有限公司

经　　　销：全国新华书店

开　　　本：720 × 1020　1/16

印　　　张：16.75　　字数：195 千字

版　　　次：2020 年 3 月第 1 版

印　　　次：2020 年 3 月第 1 次印刷

定　　　价：56.00 元